소설과 역사

지은이 박흥순(朴興淳)

서울 출생. 단국대학교 인문학부 불어불문학과 졸업. 프랑스 엑스-마르세이유Ⅰ대학 불문학 석사 및 박사 학위 취득. 단국대학교 불문학과 강사.
주요 논문으로 『Les rapports entre la religion et la politique internationale dans les écrits de Pierre Leroux et de ses collaborateurs』(엑스-마르세이유Ⅰ대학 박사 학위 논문, 1992), Pierre Leroux, 그리고 George Sand의 소설 『Consuelo』(『불어 불문학 연구』 29집, 1994), 조르즈 상드 소설에서의 여성(『프랑스 어문교육』 5집, 1997), 『Le Globe』 연구-Pierre Leroux를 중심으로(『프랑스 어문교육』 6집, 1998), George Sand의 『Consuelo』와 유럽정신(『프랑스 어문교육』 8집, 1999), 프랑스 사회주의와 미국의 초월주의(『프랑스 어문교육』 12집, 2001), 저서로 『프랑스 근대 사상과 소설』(청동거울, 2000) 등이 있다.

청동거울 학술총서 ❼

소설과 역사
—빅토르 위고와 조르즈 상드를 중심으로

2002년 8월 24일 1판 1쇄 인쇄 / 2002년 8월 28일 1판 1쇄 발행

지은이 박흥순
펴낸이 임은주
펴낸곳 도서출판 청동거울 / 출판등록 1998년 5월 14일 제13-532호
주소 (137-070) 서울 서초구 서초동 1360-28 익산빌딩 203호 / 전화 02)584-9886~7
팩스 02)584-9882 / 전자우편 cheong21@freechal.com

편집장 조태림 / 편집 조은정 / 북디자인 우성남 / 영업관리 정재훈

값 12,000원

ISBN 89-88286-80-4

청동거울 학술총서 ⑦

소설과 역사

-빅토르 위고와 조르즈 상드를 중심으로

박흥순 지음

청동거울

문학은 한 시대를 살아간, 살아가는 혹은 살아갈 사람들의 삶에 대한 기록이다. 역사는 과거의 사실을 기록할 뿐 아니라 그 가치를 평가해 현재의 입장에서 과거를 이해할 수 있도록 도와주고 미래에 대한 비전을 제시해 준다. 무릇 문학이 주로 인간의 문제를 이야기하고 역사는 정치, 경제, 사회제도나 문화적 현상을 다루지만, 그러나 역사가 추구하는 궁극적인 목적은 마찬가지로 인간의 삶에 귀착되는 것이다. 그래서 문학과 역사가 갖는 공통점은 두 분야가 다 인간의 행위를 서술하며, 그것을 통해 인간의 본질을 규명해 준다는 것이다.

문학과 역사가 보완관계일 때 또한 중요한 것은 작가의 삶이다. 작가의 삶을 배제하면 작가의 역사인식, 사상체계에 정확히 접근할 수 없으므로 작가의 삶을 통해 문학세계를 이해하는 것은 당연한 일이다. 역사와 현실에 자신의 문학이 건강한 삶과 함께 올바로 녹아들 때 작품은 가치를 평가받는 것이다.

그래서 이 책은 주로 19세기 프랑스 역사를 정면으로 마주하며 살았던 두 거인의 삶과 작품을 통해 문학과 역사와의 만남을 살펴보려 한다. 빅토르 위고의 탄생 200주년을 맞아 "우리는 위고에게서 프랑스 공화국의 기본가치를 발견하게 된다"고 프랑스 문화부 장관 카트린 타스카는 말했다. 조르즈 상드가 묘지에 입관될 때 "그녀는 프랑스 혁명이 일어나고 이제 인간적인 혁명을 실행해야 하는 이 시대의 진정한 현대인이었다. 상드는 성의 평등을 인간의 평등으로 주장한 위대한 여인이었다"라고 폴 뫼리스는 밝혔다. 이렇듯 19세기 불문학에서 독보적인 위치를 차지한 빅토르 위고와 조르즈 상드는 작품뿐 아니라 삶 자체도 한 편의 드라마였다.

먼저 19세기 프랑스 문단사와 함께 한 빅토르 위고를 통해 역사의 흐름을 조망하고, 이어 빅토르 위고가 프랑스 문학에서 중요한 자리를 차지하게 된 동기인 문예지『르 글로브(Le Globe)』와의 만남을 알아보겠다. 또한 빅토르 위고의『레 미제라블(Les Misérables)』과 조르즈 상드의『오라스(Horace)』를 가지고 1830년대 한 혁명을 보는 두 작가의 관점을 살펴보겠다.

이어서 유럽통합론과 여성운동 이론을 조르즈 상드의 작품을 통해 규명해 보겠다. 유럽을 사랑한 조르즈 상드는 유럽정신의 완벽한 완성을 위해, 그의 작품『꽁슈엘로(Consuelo)』에서 유럽인의 사랑, 모험, 역사, 음악 등을 그려 나갔다. 역시 조르즈 상드는 남성과 여성의 사회적 관습 차이를 대비시키면서 여성을 억누르는 인습으로부터 벗어나 역동적 삶을 추구하는 여인들의 모습을 그의 작품에서 훌륭히 보여주었다.

그리고 역사로 보는 파리꼼뮌과 꼼뮌의장의 중책으로 국외자가 아닌 역사의 현장에서 직접 맞닥뜨리고 호흡한 발레스의 꼼뮌 이야기를 통해 이 사건의 내면적 모습을 조명해 보겠다. 빅토르 위고의『93년(Quatre-vingt-treize)』과 조르즈 상드의『나농(Nanon)』이 파리꼼뮌 이후의 실상을 보여주는 대표적인 소설로 평가받는 것도 또한 이 연구와 함께 시사하는 바가 크다.

마지막으로 한때 조르즈 상드가 매료되었던 사회주의가 19세기 전반 미국사상의 거대한 흐름인 초월주의에 어떤 영향을 끼쳤는지를 밝혔다. 개인화에 바탕을 두고 고도의 자본주의를 꽃피운 미국에서 사회주의의 실천방법인 공동체운동을 벌인 것은 의미 심장한 일이다.

프랑스 유학 중 우리 소설에 대한 목마름으로 박경리의 『토지』나 조정래의 『태백산맥』 등이 출간될 때마다 바로 곁에 두고 밤을 새며 읽었다. 우리만이 갖는 정서를 우리의 언어로 읽을 수 있다는 기쁨에 독자의 입장에서 함께 나누고 싶은 글들을 적어 이 책에서 2부로 꾸몄다. 역사가 간과하기 쉬운 문제들을 직관력과 창의력을 갖고 작가들이 소설에서 제기했을 때 가끔은 진실 이상으로 우리에게 다가온다. 소설 속에 내재된 문학적 분석보다는 역사와 관계된 외형적 부분을 주로 하여 글을 적었다.

끝으로 항상 느끼는 논리의 비약, 어색한 어휘 등은 역량이 부족한 본인의 몫이다. 원고가 끝나기를 오랫동안 기다리며 출판을 결정해 준 청동거울 가족과 워드 작업을 도와준 허금미 님께 고마움을 전한다.

2002년 8월
박홍순

차례

제1부 프랑스 역사가 준 문학

제2부 우리 소설이 본 역사

프랑스 역사가 준 문학

제 1 부

빅토르 위고와 19세기

1. 2002년

2002년 2월 26일은 프랑스의 대문호 빅토르 위고의 탄생 2백주년을 맞이하는 날이었다. 1월 7일 개학한 프랑스의 모든 학교는 첫 수업을 빅토르 위고의 시를 외는 학생들의 목소리로 시작했다고 한다.

프랑스인들의 위고에 대한 사랑은 학교 수업으로만 그치지 않고 올 한 해 그의 탄생을 축하하는 각종 행사가 프랑스 전역에서 거행된다. 이미 프랑스 상원은 2월 20일 상원의원을 지낸 정치인 위고를 기리기 위해 특별담화를 발표했고, 또한 2월 28일 아카데미 프랑세즈도 위대한 예술가 위고를 찬양하기 위해 특별담화를 발표했다. 이외에도 위고와 관련된 전시회, 공연, 학술 세미나 등 다양한 문화행사가 펼쳐진다.[1]

프랑스가 '영웅'이라 부르고 있는 빅토르 위고는 프랑스를 넘어 이미 세계적인 작가로 알려져 있다. 대표작 『레 미제라블(Les

Misérables)』의 '장발장'은 억울한 옥살이를 한 인물들의 보통명사이며, 또한 이 작품은 여러 나라에서 영화화되어 인기를 끌었을 뿐 아니라 1987년 뮤지컬로 제작되어 런던과 뉴욕 브로드웨이에서 15년째 연속 공연 중이다.『레 미제라블』과 더불어 오늘날까지 대단한 대중성을 지닌 작품인『파리의 노트르담(Notre-Dame de Paris)』은 1905년『라 에스메랄다』로 개명되어 처음 상연된 이래 1956년 앤서니 퀸 주연으로 제작된『파리의 노트르담』으로 유명해졌고, 특히 1996년 여름 디즈니사에서 애니메이션으로 탈바꿈시켜 이제 전세계 어린이들까지도 위고의 이름을 기억하게 되었다.

　1802년 프랑스 브장송에서 태어나 1885년까지 83년의 긴 세월을 살아온 빅토르 위고의 삶은 격랑의 19세기 프랑스 역사와 같이했다. 권력지향적인 위고는 생애에 있어 정치적으로 많은 변신을 했다. 이런 위고의 다중성도 그의 문학이 민중에게 쏟은 미덕으로 인해 상쇄되었고, 비참한 상태에 놓인 파리 하층민들에 대한 그의 애정은 프랑스인들의 마음속에 큰 자리를 차지하고 있다. 그리고 그가 제2제정 기간 중 망명지에서 보여준 공화주의자로서의 철저한 신념, 말년에 파리꼼뮌 가담 시민들에 대한 끊임없는 사면 요구는 그의 정치행위의 백미였다. 이 글에서는 그의 긴 삶을 따라 19세기 프랑스 역사를 조감해 보고, 그의 사상과 문학의 변천 과정을 통해 프랑스 문단사·정신사의 흐름을 살펴보겠다.

2. 제1제정, 왕정복고

　빅토르 위고가 태어난 1802년 보나파르트 나폴레옹이 제1집정관이 되어 황제 즉위를 준비하던 때였다. 1799년 11월 9일의 쿠테타로

권력을 잡은 나폴레옹은 제1집정관을 거쳐 1804년 12월 2일 파리의 노트르담 대성당에서 교황 피우스 7세에 의해 대관을 받고 프랑스 황제에 등극했다. 1815년까지 유지된 제1제정의 사회적 성과는 19세기 초 경제적 번영으로 인해 지배계급으로서 부르주아지의 지위가 확고히 자리잡았다는 것이다. 이 시기에 어린 시절을 보낸 빅토르 위고는 아버지 레오폴이 나폴레옹 군대의 장군이었기에 자연스럽게 가장 전형적인 부르주아지 성정을 갖게 되었다. 아버지의 임지를 따라 이태리와 스페인에서 유아기를 보낸 빅토르 위고는 1811년 스페인 마드리드에서 귀족학교에 입학하였다. 평생을 두고 위고가 끊임없이 추구한 자신이 제일이라는 자존심과 자부심은 어려서부터 갖게 된 선택받은 환경의 영향이었다.

아버지는 빅토르 위고가 군인이 되기를 희망하였으나 10세 때 프랑스로 돌아온 후로 그는 문학에 흥미를 갖고 샤토브리앙과 같은 작가가 되기를 꿈꾸며 독서와 시작에 몰두하였다. 이와 더불어 그의 청년기 정치적인 성향을 결정짓는 사건이 일어났다. 1814년 제정의 붕괴가 눈앞에 왔을 때 그는 루이 18세로부터 '백합의 기사(Chevaliers du Lys)'라는 칭호를 받고 부르봉왕조 지지자로 변신했다.

왕정복고(1815~1830)시기, 위고는 "나는 샤토브리앙처럼 되고 싶다. 아니면 아무것도 아니다!"라고 말하며 전기 낭만주의의 맹주였던 샤토브리앙을 동경했다. 자존심이 충만하고 독선적 성격의 샤토브리앙에게 위고가 경도된 것은 위고의 체질상 당연한 것이었다. 위고는 희곡작가로서 명성을 떨치고 싶은 야심이 있었다. 그래서 버질의 시작품을 비극으로 옮기는 등 많은 극작품을 썼지만, 대중의 호평을 받지 못하자 희곡을 포기했다. 1817년 '연구의 행복'에 관한 시가 아카데미 프랑세즈에서 좋은 평점을 얻었고, 1819년 툴루즈 백일장에서 「베르덩 동정녀들과 앙리 4세 동상」의 입상을 계기로 백일장의

명인 소년으로 불리워졌다.[2]

　같은 해 1819년 형의 도움을 받아 빅토르 위고는 열일곱 살의 나이에 『문학 수호자(Le Conservateur littéraire)』를 창간했다. 당시 위고는 아버지의 보조금 지급 거부로 경제적으로 어려운 상황에 처해 있었으나 샤토브리앙, 라마르틴 등 당시의 명사들과 교류를 하며 지적인 희열을 느끼던 시기였다. 1822년 『오드와 잡영집(Odes et poésies diverses)』의 성공으로 위고의 모든 여건이 바뀌었다. 왕이 은급을 내리고, 그는 출세가도를 달릴 발판을 마련했다. 빅토르 위고 초기 시집의 특징은 고전주의 형식을 여전히 지닌 시편들 속에 기독교 사상과 왕당주의적 입장에 있는 그의 정치적 면모를 볼 수 있으나, 시의 형식에 있어 서서히 고전주의를 탈피하고 있었다. 위고는 당시의 풍조였던 이국 정취에 맞추어 소재를 그리스에서 구해 의상, 풍경, 그리고 근동과 지중해의 맑디 맑은 하늘에 관해 현란하고 다양한 묘사로 예술지상주의적인 시풍을 갖고 있었다.

　제1제정을 거쳐 왕정복고시대의 문학사의 특징은 분석적인 이성에 토대를 둔 고전주의를 비판하고 감성과 영감을 중요시하는 문학을 주창하는 것이었다. 19세기 새로운 사회에 있어서의 새로운 문학은 이성에 대신한 감정과 상상력에 중심을 두자는 것이었다. 당시 논쟁을 벌이던 문학파는 왕당파 고전주의, 왕당파 낭만주의, 자유주의파 고전주의와 자유주의파 낭만주의 등으로 구별되어 그때의 문학논쟁의 혼란함을 말해 주고 있다. 1824년 빅토르 위고도 '아르스날 야회(Soirées de l'Arsenal)' 라는 문학 모임을 결성했다. 당시 여러 문학 모임들이 각기 치열한 저마다의 주장을 내세우며 결성되었는데, 즉흥적인 것들이었기 때문에 일치된 통일성을 볼 수 없었다. 그러나 이들 모임을 대체로 구분하자면 보수적인 낭만주의자와 자유적인 낭만주의자로 나눌 수가 있다.[3]

보수적 낭만주의란 국왕과 교회를 찬미하는 왕당파이면서 문학에 있어 새로운 경지를 찾는 경향을 가진 낭만주의를 말하는 것인데, 그 대표적인 인물이 샤토브리앙과 젊었을 때의 빅토르 위고를 들 수 있겠다. 프랑스에서 낭만주의의 태동이 지지부진했던 것은 신고전주의 전통의 끈질김과 1789년 대혁명 후의 일시적인 정치적 혼돈 때문이었다. 혁명 후 겪게 되는 공포정치, 그리고 이어지는 나폴레옹의 황제 취임은 낭만주의 운동을 더욱 부진하게 만들었다. 군대 체제인 제정은 질서 정연함을 미덕으로 갖고 있었기에 옛 이념의 부활이 은연 중 나타났다. 황제의 은덕을 입은 아버지가 있었고, 왕정 지지파인 빅토르 위고로서 젊은 시절의 성향이 왕당파 낭만주의인 것은 자연스러운 것이었다.

반면에 왕정복고시대에 그 정치질서에 반대하여 낭만주의 사조에 충실한 자유주의적 경향의 잡지로서 『르 글로브(Le Globe)』 (1824~1832)의 창간은 주목을 끌기에 충분했다. 기존 매체에 대한 당국의 통제가 엄격하고 새로운 정기간행물의 창간이 자유롭지 않은 상황에서 『르 글로브』는 왕정복고라는 정치 체제에 대한 문화적 대응으로 전개되었고, 이 잡지는 부정기 간행물의 형식을 통해 당국에 의해 주어진 몇몇 지면에 만족하지 않고 정치, 철학, 역사에 관한 기사를 많이 수록해 지적 표현의 새로운 출구를 찾았다. 1822년 3월 10일 당국의 법령에 의해 정치적인 색채를 띤 잡지는 엄격히 통제되었을 때 『르 글로브』는 문예지라는 부제를 갖고 부정기 형식을 취해 당국의 통제로부터 벗어났다.

19세기 초엽 프랑스 문학사에서 『르 글로브』의 위치는 확고했다. 보수파 낭만주의의 태도에 회의를 느낀 젊은 자유주의파 낭만주의자들이, 일관성 없는 당시의 문학 흐름에 일침을 가하기 위하여 '새로운 사회에는 새로운 문학(à société nouvelle, littérature nouvelle)'이라는 거부할 수 없는 기치를 뚜렷이 밝혔다. 당시 『르 글로브』의 문학이론은 오랫동안 프랑스 문단을 지배했던 고전주의의 법칙과 통일성에 대한 반대이며, 예술의 일대 대혁명을 요구했던 것이다.[4]

　　『르 글로브』지의 문학이론은 고전주의 제규칙과 통일을 공격하고 예술에 있어서 7월 14일인 완전한 자유를 예술에 부여할 것을 요구한다. 또 한편으로는 진실을 묘사할 것, 즉 현재를 묘사할 때도 역사가 우리에게 전해 준 과거를 묘사할 때도, 국내나 외국의 사물을 묘사할 때도 자연 그 자체를 묘사하는 것이 필요하다는 것이다.[5]

　　또한 『르 글로브』의 낭만주의 사조는 문체의 형식뿐 아니라 작품의 내용상으로도 많은 자유와 새로움을 갖도록 길을 열어 주었고, 또 다른 축인 사회주의 사상은 산업사회로의 변화과정에서 필연적으로 출현하기 시작한 비참하고 비인간적인 견디기 힘든 세상의 희생자들, 즉 무산계급을 어루만져 줄 수 있는 철학의 근간을 마련했다.

　　왕당파와 자유주의파로 갈렸던 낭만주의자들은 여러 해 동안 서로 입장을 달리하다 왕정복고기의 반동정치가 극에 달하자 두 유파들은 서로간의 시각차를 좁히면서 생각을 같이하게 되었다. 1825년 왕정복고시대의 두 번째 왕인 샤를르 10세(루이 18세의 동생)의 대관식에 참석하여 레지웅 도뇌르(Légion d'honneur) 5등 훈장을 받았던 빅토르 위고가 왕당파적인 입장에서 탈피해 자유주의자들의 모임인 『르 글로브』에 접근해 문학에 있어 자유를 외친 것은 그의 출세지향적인 성격을 보여주고 있다. 낭만주의의 맹주가 되기를 꿈꾸던 그는 지면을 할애해 준 『르 글로브』 편집자 피에르 르루의 덕택으로 낭만주의의 거장이 되는 계기를 마련했다. 이 잡지에서 빅토르 위고의 활약으로 그가 주축이 된 낭만파 그룹 '르 세나클(le Cénacle)'이 결성되었고 낭만주의가 완성 단계에 들어갔다.

1823년 이미 발표된 스땅달의 『라신과 셰익스피어(Racine et Shakespeare)』에서 낭만주의와 고전주의를 비교한 글 이후,

　　낭만주의란 사람들에게 그들 관습과 그들 신념의 현상태 속에서 그들에게 가능한 한 최대의 즐거움을 줄 수 있는 문학작품을 제공하는 예술이다.

　　반대로, 고전주의는 그들 선조들에게 최대의 즐거움을 주었던 문학을 사람들에게 제공한다.[6]

1827년 빅토르 위고의 『크롬웰 서문(Préface de Cromwell)』은 낭만주의의 결정적인 선언서로 인정받았다. 항상 선두에 서야만 하는 성격의 소유자였기 때문에 빅토르 위고는 다른 낭만주의 작가들의 실체를 인정하지 않고 이 희곡의 서문을 낭만주의의 전면에 내세웠다. 1830년 드디어 그의 희곡 『에르나니(Hemani)』가 무대에 등장하며 위고는 낭만주의의 거장으로 추앙받았다. 그의 희곡 『크롬웰』은 1827년 초에 완성되었고, 유명한 서문과 함께 그 해 12월 출판되었다. 『크롬웰』 서문의 내용은 고전주의 이론가 브왈로가 주창했던 고전주의 희곡이론과 규칙을 무시하고, 상상력과 영감, 자유에서 문학의 재원을 찾음으로써 문학이론을 새롭게 바꾸자는 것이었다.

프랑스 고전주의의 입법자로 통했던 브왈로는 도비냑등의 이론을 정리해 희곡의 형식면에서 시간의 단일, 장소의 단일, 줄거리의 단순성을 요구했고, 내용면에서 연극은 모든 장면에 고귀한 감정을 담아 자기 규제를 확립하고 '숭고성(le sublime)'을 가져야 한다고 주장했다. 그러나 빅토르 위고는 『크롬웰 서문』에서 인간은 영혼과 육체의 이중적 존재이기 때문에 연극 역시 비극적인 요소와 희극적인 요소,

'숭고함'과 '기괴함(le grotesque)'을 다 같이 표현해야 한다고 주장했다. 고전주의 미학이 인간의 추한 부분을 제거하고 이상화하여 진실을 왜곡했기 때문에 그것을 뒷받침하는 삼일치 법칙을 거부하고 예술에 있어 자유를 강조했다. 서정시가 발생한 원시시대, 서사시가 발전한 고대, 기독교와 함께 시작되어 드라마의 형태로 표현되는 근대, 이 세 시기로 인류의 역사를 분류한 빅토르 위고는 드라마에서 비극 희극의 구별을 폐지하고, 주제 선택의 자유, 3통일 법칙의 폐기, 지방문화, 역사의 존중, 모방의 배격 등을 언급했다.

시는 마치 그가 자연인 양, 빛과 그림자, 숭고한 것과 기괴한 것, 말을 바꾸면 육체와 영혼, 야수성과 심령 등을 조금도 혼동하지 않으면서, 우주의 삼라만상에 섞어 놓기 시작했다. 이렇게 된 이유는 종교의 출발점이 곧 시의 출발점이었으며, 모든 것이 서로 연관성을 갖고 있었기 때문이었다.

바로 이러한 점이 고대사회에서 보지 못했던 낯설은 원칙이었으며, 시에 도입된 새로운 유형이었다. 게다가, 존재 영역의 조건이 존재 전체에 수정을 가함에 따라 예술에서는 새로운 형식이 개발되기에 이르렀다. 그 유형이 곧 기괴함이었으며 그 형식은 바로 희극이었다.

그러나 여기서 지적해 두고 넘어가야 할 것이 있다. 방금 우리는 고대 예술과 현대 예술, 즉 이미 사라진 형식과 현재의 형식을 구별하는 근본적 특성과 그 상이점을 우리 나름대로 지적했다. 그러나 좀 모호하기는 하지만, 보다 널리 사용되고 있는 말로서 그것들을 표현한다면, '낭만주의' 문학과 '고전주의' 문학이라고 말할 수 있다는 점이다.[7]

1830년 2월 25일 『크롬웰』 서문에서 밝힌 이론에 따라 빅토르 위고는 낭만주의 연극 『에르나니』를 무대에 올려 고전주의파에 도전했

다. 친위대 성격인 낭만주의파 젊은 지지자들의 열렬한 호응으로 빅
토르 위고는 승리를 안았다. 그러나 이것은 이론적인 차원에서의 승
리로, 작품의 승리라고 보기에는 미흡했다. 그럼에도 '에르나니 사
건' 이후 그는 낭만주의자들의 지도자로 성장했다.

3. 7월 왕정

반동과 자유와의 어지러운 연속이었던 왕정복고 이후 15년 동안의
프랑스 정치는 1830년 7월 부르주아지 계급이 주축이 된 혁명을 맞
이했다. 1824년 루이 18세의 뒤를 이어 왕정복고기 두 번째 왕에 오
른 루이 16세의 동생 샤를르 10세는 입헌정치를 인정하지 않고 '구
제도(ancien régime)'로의 복귀를 원해 극단적인 반동정책을 실시하였
다. 카톨릭을 전면에 세워 카톨릭을 모독하는 자들을 처벌하고 망명
귀족 배상법을 만들었다. 특히 1829년 성립된 폴리냑내각은 국민의
여론을 무시하고 언론을 탄압하여 시민의 불만을 봉쇄했다. 이에 부
르주아지 세력을 중심으로 국민의 반대는 높아졌고, 계속되는 경제
위기로 국민의 불만은 더욱 증대되었다. 1830년 5월 알제리 식민지
를 얻은 샤를르 10세는 자신에 차 의회를 해산하고 선거를 실시했으
나 왕당파보다 자유주의파가 더 많은 지지를 얻게 되었다. 이에 국왕
은 7월 25일 의회를 소집하지 않고 긴급권을 남용하여 4개조의 소위
7월 칙령을 발표하였다.

"출판의 자유를 정지한다. 새 의회를 해산한다. 선거법을 개정하여
의원수를 230명으로 감원한다. 9월 초순에 다시 선거를 실시한다"라
는 내용을 국민들은 정치적인 쿠데타로 생각했다. 즉각 7월 26일 자
유주의 저널리즘은 이에 반대선언을 발표하고 민중의 궐기를 호소하

였다. 다음날 중소 상공업자, 소시민, 지식인, 학생들이 저항운동을 조직하고 노동자들의 호응을 얻어 파리에 바리케이드를 치기 시작했다. 곧 군대와 충돌이 시작되고 혁명의 불길이 올랐다.

'영광의 3일(les Trois Glorieuses)'이라 불리는 27일에서 29일까지 바리케이드의 수가 늘어나고 게양이 금지되었던 3색기가 나부꼈으며, 시가전은 격화되었다. 파리의 왕궁은 민중의 힘으로 점령되고 29일 시가전은 정부측의 패배로 끝났다. 그러나 혁명 후의 정부는 입헌 왕정파의 자유주의 부르주아지 세력이 오를레앙가의 루이 필립을 왕으로 추대했기 때문에 공화정이 아니라 부르주아지 왕정이 들어서게 되었다.

7월 시민왕정이 들어서자 정치적 행보가 빨랐던 빅토르 위고는 왕당파에서 공화파 쪽에 마음이 쏠려 부르주아지 성향의 자유주의로 전향하게 되었다. 부르주아지가 정치적 실권을 장악한 7월 왕정은 민중이 원하던 이상적인 사회는 아니었다. 사회의 더러운 실상과 내면이 엿보이는 부가 우선인 황금 만능의 시대였고, 야심과 권모술수를 일삼는 속물들이 판을 치는 사회였다. 이런 사회적 부조리가 여러 가지 사회문제를 야기시켰다. 배금사상에 젖어 축적에 힘쓴 부르주아지 계급은 권력행사 계급이면서 자연스럽게 노동착취 계급이 되었다. 경제력의 유무에 따라 계급의 양분화 현상이 일어났다. 귀족계급의 몰락과 함께 자금을 이용해 수입을 얻는 금융가, 기업가들이 신흥귀족층이 되었다.

7월 왕정 때 재무장관을 역임한 라피트가 말했던 "지금부터 은행가들이 지배하게 될 것이다!(A partir de maintenant, les banquiers feront la loi)"로 요약되는 이 시기는 은행금융가나 실업가들이 그 재력을 바탕으로 정치, 경제, 사회적으로 기득권을 차지하며 그들의 위치를 강화했다. 이는 필연적으로 무산계급의 출현을 불렀고, 당시 심각했던 농산물 생산의 감소, 식료품 가격의 폭등, 사상 최대의 흉작, 그리고 콜레라의 창궐 등이 겹쳐 역설적으로 무산계급의 형성을 가속화시켰다.

정당한 대우를 받지 못하고 노동력만 착취당하던 노동자 계급이 부의 편재에 대항하여 생존권의 보장을 요구하며 세력층을 형성하게 되었다. 이런 현상의 사회적인 표출로써 자유사상과 함께 평등사상이 굳게 자리잡고, 사회주의 사상이 탄생하게 되었다.

문학 또한 이에 무관할 수 없게 되었다. 예절과 교양도 없이 사회적인 위치가 갑자기 상승한 계급의 배금사상, 속물근성에 대해 대부분의 작가들은 혐오감을 느꼈고, 따라서 문학은 착취당하고 억압받는 힘없는 자들의 현실을 외면하지 않고 그것을 비판하고 개혁하는 선도자의 역할을 담당할 의무를 갖게 되었다. 그러나 사회계층의 양분화처럼 작가들도 민중의 입장에서 사회주의적 효용성을 옹호하는 그룹과 부르주아지 편에서 그들의 도덕, 양식을 지지하는 그룹으로 나뉘게 되었다.

7월 왕정하의 빅토르 위고의 입장은 정계의 거물을 꿈꾸는 시기였다. 이런 이유로 1837년 오를레앙 공작의 친구가 되어 빅토르 자작의 작위를 얻고 레지옹 도뇌르 4등 훈장을 받았다. 또한 아카데미 프랑세즈 회원이 되기를 원한 빅토르 위고는 여러 번의 실패 끝에 1841년 1월 드디어 아카데미 프랑세즈 회원에 선출되었고, 루이 필립의 측근이 된 그는 드디어 1845년 왕에 의해 종신직 상원의원에 임명되었다. 이 세속적 영예는 각지의 공격 목표가 되어 위고는 공화주의자들로부터 변절자라는 비난을 받았다.

그러나 가정적으로는 우울한 나날을 보냈다. 1828년 아버지 레오폴이 죽고, 오랜 문우 생트 뵈브와 위고의 아내는 사랑에 빠졌다. 이에 불안한 위고 또한 1833년 이래 아내가 아닌 여인 쥘리에트와 사랑에 빠져 번민하고 있었다. 게다가 1843년 맏딸 레오폴딘느의 익사 사고로 인한 비극적인 죽음은 그를 비탄에 빠지게 했다. 마침내 1845년 7월 유부녀와 불륜의 관계를 맺다 간통 현행범으로 경찰관에 발각되어, 상원의원의 불체포 특권에 따라 체포는 모면했지만 이 사건으로 인해 비웃음의 표적이 되었다. 정계의 거물로 성장하려던 위고의 꿈은 후퇴하고, 그의 공직 생활은 중단되었다. 이 스캔들에 대한 사람들의 관심이 식을 때까지 위고는 자중해야 했다.

『에르나니』 사건 이후 젊은 낭만주의 작가들의 구심점 역할을 했던 빅토르 위고의 문학적 명성도 1843년 『성주들(Burgraves)』 공연의 대실패로 위기를 맞았다. 『에르나니』 공연을 계기로 낭만파가 승리한 이후에도 고전주의의 저항은 끈덕지게 계속되었다. 이에 사람들은 그리스, 라틴 고대에 대한 공감어린 호기심을 드러냈고 소위 '신고전주의(néo-classicisme)'가 세력을 넓혔다. 1843년 3월 7일 파리 테아트르 프랑세 극장에서 빅토르 위고의 『성주들』은 3부작으로 공연되었다. 그러나 이미 당시 여론은 낭만극에 대해 더 이상 우호적이 아니었다. 사람들의 마음을 떠나 권태감을 안겨 주었던 이 연극은 공연을 조기에 중단할 수밖에 없었다. 이와는 대조적으로 고전주의파 젊은 시인 퐁사르의 로마 비극 『뤼크레스(Lucrèce)』는 같은 해에 대성공을 거두었다. 공연 실패에 가정의 비극이 겹쳐 수 년간 빅토르 위고는 문학활동을 중단했다. 1845년 정치생활에 투신한 이래로는 더욱 문학생활과 멀어지고 말았다.

4. 제2공화정

1848년은 유럽의 여러 다른 국가들처럼 프랑스도 혁명의 해였다.

18년간 존속되었던 왕정이 무너지고 공화국이 선포되었으며 새로운 헌법이 국민대표들에 의해 제정되었다. 7월 왕정은 왕정의 주축이었던 부르주아지에 의해 외면당했다. 왕정 체제의 굳건한 지주였던 은행가, 공장주, 상인, 자영업자 등 파리의 부르주아지들은 혁명에 동참했다. 왕정 말기 기근과 식량 폭동, 그리고 공장들의 파산과 이어지는 대규모 실업을 초래한 금융 및 산업상의 공황, 이로 인한 경제 위기는 부르주아지가 정부에 대한 지지를 철회하는 계기가 되었다.

프랑스 산업혁명의 진전으로 등장한 산업 부르주아지는 정치적으로 금융 부르주아지 정권에 반대했고, 산업혁명이 진전된 결과 노동계급이 중심이 되는 사회주의 세력이 등장하게 되었다. 이들은 2월 22, 23, 24일 왕정을 날려 보내는 주요 세력이 되었고, 제2공화국 임시정부의 짧은 역사(1848년 2월~6월)는 사회주의 그리고 부르주아지의 다양한 얼굴을 갖게 되었다. 프랑스에서의 혁명은, 다른 어느 나라보다 바리케이트와 노동자계급의 영향이 깊었다는 특징을 보여주었고, 이 혁명은 정치지도자뿐 아니라 대립적인 사회계급들이 전부 주인공으로 등장했던 사회 드라마의 형태를 취하고 있었다.

1848년 6월 22일에서 24일까지 노동자들의 봉기가 국민방위대에 의해 분쇄되자 2월 혁명은 온건 공화파에 의해 탈취되었다. 이후 혁명은 1851년 12월의 쿠테타로 황제가 되는 노련한 루이 나폴레옹 보나파르트의 승리로 귀결되었다.

정치적 감각이 뛰어났던 빅토르 위고는 1848년 일어난 2월 혁명을 계기로 공화파 정치인으로 변신했다. 그는 그해 4월 파리 세느강 구역 제헌의원으로 선출되었다. 프랑스인들이 빅토르 위고에 열광하고, 위인으로 추앙하는 것은 이때부터 그의 정치적 行步 때문이었다. 하층민들의 비참한 생활에 대한 빅토르 위고의 동정심, 완강한 '반교권주의자(anticlérical)'로서 공화주의자 빅토르 위고의 활동, 이런 기억들이 프랑스인들의 마음속에 지속적으로 남아 있었다.

공공생활에 교회의 권리가 개입되는 것을 반대하는 반교권주의는 티에르가 지지하고 팔루가 입안한 공교육을 성직자의 통제하에 두는 교육법에 반기를 들었다. 빅토르 위고를 위시하여 입법의회의 모든 자유주의자들이 반교권주의 입장에서 '교육의 모든 영역에서 카톨릭의 영향력을 키우는' 이 법에 반대했으나 팔루법은 대다수의 찬성으로 채택되었다. '성직자들에게 모든 초등교육을 맡기고' 또한 교육은 '부유한 생활'의 시작이고, 이 부유한 생활은 모두가 누릴 수 있는 것이 아닌 특권층에만 한정되었다고 주장하는 티에르의 논리에 빅토르 위고는 단호히 반대 의사를 표명했다.

의무적인 초등교육은 아동들의 권리입니다. 분명 이러한 권리는 부권보다 더 신성한 것입니다. 국가에 의해서 주어지고 규제되는 거대한 공교육은 마을 소학교로부터 시작해서 여러 단계를 거쳐 콜레즈 드 프랑스에까지 이르며 더 올라가서는 프랑스 학사원에 까지 도달하는 것입니다. 학문의 문은 모든 지성의 사람들에게 활짝 개방되어 있어야 합니다. 정신이 있는 곳, 밭이 있는 곳에서는 어디든지 책이 있어야 합니다! 학교 없는 마을이 있어서는 안 됩니다! 중학교가 없는 도시가 있어서는 안 됩니다! 본인은 귀하의 법을 거부합니다. 그것은 초등교육을 탈취하기 때문에, 그것은 중등교육을 타락시키기 때문에, 그것은 학문의 수준을 낮추기 때문에, 그것은 우리의 국력을 저하시키기 때문에 본인은 그것을 거부합니다.[8]

1851년 12월, 황제가 되기 위해 루이 나폴레옹이 쿠데타를 일으켰을 때 빅토르 위고는 노동자들이 어렵게 생활하는 릴의 빈민가를 방문해 그들의 참담한 삶에 오열했고, 쿠데타에 반대하며 경찰을 피해 민중저항운동을 조직했다. 그리고 12월 4일 벨기에를 향해 비밀리에 파리를 떠났다.

5. 제2제정

부르봉왕조 지지자로 7월 왕정에서도 왕정파였던 빅토르 위고는
1848년 2월혁명 이후 공화파 정치인으로 변신했다. 이후부터 그의
공화정치에 대한 신념은 변함없이, 1851년 후에 나폴레옹 3세가 된
루이 나폴레옹이 제정 수립을 위해 친위 쿠데타를 일으키자 감연히
항거했다. 위고는 자신에 대한 체포령이 내려지자 벨기에의 브뤼셀
로 피신한 뒤 도버해협의 저지와 게르네시섬 등에서 19년 동안의 망
명생활을 보내다. 1870년 보·불전쟁의 패배로 제2제정이 무너지고
공화제가 부활됨과 동시에 파리 시민의 환호 속에 귀국을 했다.

망명 기간 동안 빅토르 위고는 프랑스인들이 두고두고 사랑할 많
은 문학작품들을 남겼다. 성격상 자존심이 강했던 빅토르 위고는 인
류의 교화자요, 예언자로서의 사명을 갖기를 원했다. 자신이 국민의
지도자, 우주의 음성, 신의 소리를 전달하는 메신저임을 자임했다.
한편 자부심 강한 거인들이 갖는 품성인 너그러운 마음씨가 그의 말
년에 생겨나, 가족에 대한 사랑, 피압박자, 하층계급, 힘없는 사람들
에 대한 연민의 정이 그의 작품에 나타나 있다. 이 '새로운 위고
(Nouvel Hugo)'의 탄생은 피에르 르루와의 관계에서 영향을 찾을 수
있다. 위고가 젊었을 때 그에게 『르 글로브』의 지면을 할애해 준 피
에르 르루는 망명 중 저지섬에서 빅토르 위고와 이웃으로 지냈다. 그
들의 대화를 엮은 피에르 르루의 『라 그레브 드 사마레즈(La Grève de
Samarez)』를 보면, 위고가 말년에 끊임없이 이야기하는 '인정'과 '평
등'의 많은 부분이 피에르 르루의 사상으로부터 영향을 받았다는 것

을 알 수 있다.

이 시기의 주요 작품을 보면, 1852년 8월 풍자문인 소책자 『꼬마 나폴레옹(Napoléon-le-Petit)』을 시작으로, 1853년 풍자시 『징벌시집(Les Châtiments)』을 출간했다. 국외 망명을 하게 된 자신의 울분을 노래한 이 시집은 왕위 찬탈자인 나폴레옹 3세와 그의 측근들에 대한 고발, 민중의 고통, 공화제를 지지하는 굳은 신념 등을 이야기했다. 그리고 1855년에 완성한 『정관시집(Les Contemplations)』을 1856년에 발간했다. 신혼여행 도중 익사한 딸 레오폴딘느를 추모하는 시편들을 모은 이 시집은 위고 서정시의 절정을 보여주고 있다. 1859년 정부의 사면을 거부한 빅토르 위고는 시집 『여러 세기의 전설(La Légende des siècles)』을 출간했다. 이 시집은 인류에 관한 철학적·역사적 서사시로, 빅토르 위고는 여기서 '세기를 거듭함에 따라 암흑에서 이상을 향해 올라가는 인간'을 말했고, 또한 '인류의 어머니인 이브에서 민중의 어머니인 대혁명에 이르기까지, 시대를 뒤밟으며 인간의 옆모습의 계속적인 특징'을 노래하고 있다. 지성의 결핍, 역사 서술의 결함 등 몇 가지 단점에도 불구하고 대작들인 위의 시편들은 시민으로서 빅토르 위고의 명성을 드높여 주는 것들이었다. 보통 인간들이 가지는 지극히 건강한 감정을 대변한 빅토르 위고는 인간의 감정을 울리는 감수성은 빈약하지만 풍부한 상상력과 그 큰 상상력을 장엄하고 분방하게 표현해 주는 언어구사 능력을 갖고 있었다. 그래서 위고시의 압권은 서사시에 있었다. 이에 앙드레 지드는 프랑스의 가장 위대한 시인을 '섭섭하지만 위고'라고 했다.

빅토르 위고를 세계적인 작가로 만든 소설 『레 미제라블(Les Misérables)』은 1862년에 출판되었다. 19세기 문학의 대중적인 성공의 대표적 사례인 이 소설은 낭만주의 사회소설의 대표적 걸작으로 남아있다. 1831년 『파리의 노틀담(Notre-Dame de Paris)』에서 루이 11세

치하의 15세기 파리를 다채롭게 묘사함으로써 이미 유명작가 반열에 올랐던 빅토르 위고는 『레 미제라블』의 성공으로 소설가로서의 진가를 다시 한번 발휘했다.

6. 제3공화정

1870년 9월 4일, 보·불전쟁에서 프랑스의 스당전투 패배는 제2제정의 몰락을 가져왔다. 9월 5일 파리시민의 대대적인 환영과 군중들에게 "시민 여러분, 나는 떠날 때 돌아오겠다고 말했습니다. 이제 내가 돌아왔습니다"라고 위고는 말했다. 정치가로 복귀한 빅토르 위고는 1871년 2월 8일 국회의원으로 선출되었다. 파리꼼뮌(1871년 3월 18일~5월 28일) 기간 중 벨기에의 브뤼셀에 머물던 위고는 꼼뮌파를 지지했다는 이유로 추방당하여 룩셈부르크 등지로 떠돌아다녔다. 1872년 파리로 돌아와 꼼뮌파의 옹호에 참여해 꼼뮌 투사들에 대한 완전한 사면을 요구하며 계속 투쟁했다. 1873년 방데지방의 반란의 일화를 역사적이고 상징적으로 묘사한 『93년(Quatre-vingt-treize)』을 집필했고, 다음해 『93년』과 『내 아들들(Mes Fils)』을 출간했다. 빅토르 위고는 1875년 정치론 『행동과 말(Actes et Paroles)』을 발간하며 그의 정치적 참여를 강화했다. 1876년 좌파로서 상원의원에 선출된 빅토르 위고는 인간의 보편적인 감정에 따라 파리가 무참히 함락되면서 패배자가 된 꼼뮌 가담 시민들을 옹호하여 그들의 관대한 처리를 요구하며 사면운동의 선봉장 역할을 했다.

이 시기에 출간된 작품으로는 『여러 세기의 전설』 두 번째 이야기(1877), 『할아버지 노릇하는 법(L′Art d′être grand-père)』(1877), 『지상의 연민(La pitié suprême)』(1878) 등이 있다. 특히 어린 손주들로부터 얻은 영감을 작품으로 담은 『할아버지 노릇하는 법』이 1877년 5월 14일 출간되었을 때 비평가들은 위고의 재능에 다시 한번 경의를 표하였다. 황혼에 접어든 노인이 보여주는 순수한 모습은 충분히 감동적이었다.

> 나는 웃으며 모여 있는 아이들의 무리를 좋아한다.
> 그들은 거의 금발인 것이 내 눈에 띄었다,
> 떠오르는 온화한 태양이 그들의 머리칼을 금빛으로 물들이는 듯하다.
> 〔…중략…〕
> 애들아, 마음에 드는 찢어진 물건은 어떤 것이니?
> 피 흐르는 소의 살이요, 쟝 드 포가 대답했다.
> ─책이요, 레몽이 말하고─롤랑이 말한다: ─깃발이에요.[9]

1878년 뇌출혈로 쓰러져 그는 왕성한 창작 활동을 접었다. 그러나 1885년 5월 22일 숨을 거둘 때까지 정치 활동과 사회 활동을 계속 유지해 나갔다. 1880년에는 위고가 활발히 주장하던 사면에 대한 법안이 가결되었고, 1881년에 파리시 자체의 행사로 빅토르 위고의 생일을 경축했다. 또한 파리시는 엘로 거리를 '빅토르 위고 거리(Avenue Victor Hugo)'로 명명했다. 1882년 학교의 탈종교, 자유에 대한 공화주의 대법안이 선포되는 해 빅토르 위고는 상원의원에 재선출되었다. 이처럼 여러 번 빅토르 위고가 상원의원을 지내며 정치인으로 두각을 나타냈기 때문에 프랑스 상원은 '위고 같은 걸출한 인물이 우리와 같은 상원의원이었다는 것을 영광으로 생각'하며 빅토르 위고 탄생 200주년 기념일(26일)에 앞서 2월 20일 특별담화를 발표한 것이다. 1885년 5월 22일 거인은 가고, 200만 프랑스 국민의 애도 속에 6월 1일 국장으로 치른 장례식에서 위고의 유해는 그가 끝없이 연민의 정을 쏟았던 가난한 파리시민들이 끄는 영구차에 실려 팡테옹(Panthéon)에 안장되었다.

80여 년의 거인의 삶은 한편의 드라마였다. 문학 소년으로 자라나 20대에 벌써 유럽을 휩쓴 한 문예운동의 거두로 등장했고, 30대에 귀족의 반열에 40대에 종신적 상원위원에 임명되었으나, 가족의 불행이 그가 그렇게 추구했던 권력과 명예가 헛된 것임을 깨닫게 해주었다. 50대 이후 30년간의 삶은 새로운 거인의 발자취였다. 이때 자유와 약자 보호를 위해 싸웠던 위고의 열정이 프랑스 공화국 이념과 맞닿았다. '영웅'을 필요로 했던 프랑스는 빅토르 위고를 모델로 택했다. 다시 132년이 지난 오늘 위고는 그의 탄생 200주년을 맞아 화려하게 재등장하고 있다.

1) 빅토르 위고 탄생 200주년 주요 행사를 살펴보면,

▷담화

· 상원 특별담화(2. 20.)

· 아카데미 프랑세즈 담화(2. 28.)

▷전시회

· '위고, 세기의 증인' (파리 뤽상부르 공원)

· '위고의 밤' (프랑스 국립도서관—위고가 남긴 데생 380점과 육필 원고 등)

· '벨기에에서의 1000일' (벨기에 워털루)

· 파리의 위고하우스, 고향인 브장송, 빌키에 지방 등에서도 위고 관련 전시회 쇄도

▷공연

· 탄생일 전야 공연(2월 25일 브장송-위고의 젊은 시절을 노래·시· 영화 등을 섞어 공연)

· 위고의 희곡『뤼 블라』(코메디 프랑세즈 국립극장)

▷학술 세미나

· '위고와 사형제도' 등 다수

▷기타

· 새해 첫 초·중·고 수업 위고 작품으로 시작.

· 3월부터 프랑스 전국의 거리와 지하철 기차역 등에 위고 작품 중 유명한 인용문을 담은 포스터 부착.

· 브장송 중·고생 6만여 명에게 위고의 문학과 정치적 견해를 담은 책자『위고, 어제 오늘 내일』배포.

—『빅토르 위고』, 동아일보, 2000년 2월 20일, C8면 참조.

2) 이규식,『빅토르 위고』, 건국대학교 출판부, 1996, p.15 참조.

'시대의 우렁찬 메아리'를 부제로 한 이 책은 빅토르 위고의 대부분 시 작품들이 번역 출간되지 않은 현실에서 위고의 시 세계를 알아볼 수 있는 좋은 자료이다.

3) 원윤수, "낭만주의 문학", 『불문학 개론』, 정음사, 1974, pp.131~132 참조.

4) 19세기 초, 프랑스 문학 사상사에서 『르 글로브』의 역할에 관해서는 졸고, "『Le Globe』연구-Pierre Leroux를 중심으로-", 『프랑스 어문교육』 제6집, 1998, pp.353~365에서 자세히 살펴보았다.

5) "La doctrine littéraire du Globe······ On y attaque les règles, les unités: on y réclame une liberté absolue pour l'art, un ≪14 juillet de l'art≫. Par contre, il faut faire vrai, copier la nature dans le présent comme dans le passé que nous transmet l'histoire, dans notre pays comme à l'étranger." P.Van Tieghem, 『Le romantisme français』, Paris, 1951, p.22.

6) "Le Romanticisme est l'art de présenter aux peuples les œuvres littéraires qui, dans l'état actuel de leurs habitudes et de leurs croyances, sont susceptibles de leur donner le plus de plaisir possible.

Le classicisme, au contraire, leur présente la littérature qui donnait le plus grand plaisir possible leurs arrière-grands-pères." Stendhal, "Racine et Shakespeare", 김기봉 편주, 『프랑스 문학이론과 선언문』, 신아사, 1980. p.177.

7) "Elle (la poésie) se mettra à faire comme la nature, à mêler dans ses créations, sans pourtant les confondre, l'ombre à la lumière, le grotesque au sublime, en d'autres termes le corps à l'âme, la bête à l'esprit; car le point de départ de la poésie. Tout se tient."

Aussi, voilà un principe étranger à l'antiquité, un type nouveau introduit dans la poésie; et comme une condition de plus dans l'être modifie l'être tout entier, voilà une forme nouvelle qui se développe dans l'art. Ce type, c'est le grotesque. Cette forme, c′est la comédie.

Et ici, qu′il nous soit permis d′insiter; car nous venons d′indiquer le trait caractéristique, la différence fondamentale qui sépare, à notre avis, l′art moderne de l′art antique, la forme actuelle de la forme morte, ou, pour nous servir de mots plus vagues, mais plus accrédités, la littérature 'romantique' de la littérature 'classique'." Victor Hugo, préface de 『Cromwel』, 김기봉 편주, 위의 책, p.190.

8) 'L′Enseignement primaire obligatoire, c′est le droit de l′enfant, qui, ne vous y trompez pas, est plus sacré encore que le droit du père······ Un immense Enseignement public donné et réglé par l′Etat, partant de l′école du village, et montant de degré en degré jusqu′au Collège de France, plus haut encore, jusqu′à l′Institut de France; les portes de la Science toutes grandes ouvertes à toutes les intelligences. Partout où il y a un esprit, partout où il y a un champ, qu′il y ait un livre! Pas de commune sans une école! Pas une ville sans un collège!······ Je repousse votre loi. Je la repousse parce qu′elle confisque l′Enseignement primaire, parce qu′elle dégrade l′Enseignement secondaire, parce qu′elle abaisse le niveau de la science, parce qu′elle diminue mon pays······" Mandrou, 『histoire de la civilisation française』, A. Colin, 1984, p.221.

9) 이규식, 같은 책, p.89.

『르 글로브(Le Globe)』와 빅토르 위고

1. 『르 글로브』 창간

『르 글로브』는 1824년 9월 15일 '문예지(journal littéraire)'란 부제를 갖고 첫 호를 발간했다. 자유주의 사상 때문에 1821년 대학의 문학부 교수직에서 파면된 뒤브와(P. F. Dubois, 1793~1874)와 식자공인 피에르 르루(P. Leroux, 1797~1871) 그리고 인쇄업자 라슈바르디에르 (Lachevardière)에 의해 창간된 이 잡지는 정치적인 면에서 왕정에 반대하는 자유주의 성격을 갖고 있었으며, 문학적인 측면에서는 고전주의의 옹호자를 공격하는 낭만주의 사조를 지니고 있었다.

당시 정치상황을 보면, 1815년 나폴레옹의 패배로 제정은 무너지고 부르봉왕조는 복위되었다. 1789년 프랑스 대혁명으로 중단되었던 봉건왕정은 다시 계속될 수 있었다. 그러나 복원된 봉건주의는 이미 지나간 역사였다. 귀족들은 혁명의 와중 속에서 자신의 땅을 잃었고 복위된 부르봉왕조 또한 농민들을 이전의 종속 상태로 감히 되돌

릴 수는 없었다. 예전의 경제력이 없는 귀족은 이제 영향력을 발휘할 수 없는 집단이 되었고, 이에 봉건적인 당파는 예전 카톨릭 교회에 대한 추종자들인 얼마 안 되는 소수일 뿐이었다. 더욱이 부르봉왕조의 지위가 흔들린 것은 군대를 실질적으로 장악할 수 없었던 그들의 무능함 때문이었다. 군대는 황제에 대한 연민으로 왕실에 충성할 수 없었고, 부르봉왕가의 온갖 노력에도 프랑스 군대는 부르봉왕조의 통치를 부끄러움으로 여겼다. 보나파르트주의자들인 군대의 유일한 버팀목은 황제에 대한 추억이었고, 단지 프랑스가 전쟁에서 졌기 때문에 부르봉왕조의 통치를 참아야만 했던 것이었다.

부르봉왕조가 과거의 영화에 집착하지 않고 시대상황의 변화에 맞춰 시민계급과 손을 잡았더라면 왕위를 더욱 오래 유지할 수도 있었을 것이다. 왕정복고기의 첫 번째 왕이었던 루이 18세는 어느 정도 시민계급을 인정하며 온건한 자유주의적 헌법을 채택하고 의회와도 협력을 맺었다. 그러나 이러한 화해는 오래 갈 수가 없었다. 부르봉왕조는 그들의 태생적 한계인 봉건적 전통을 버릴 수 없었고, 특히 루이 18세가 죽고 두 번째로 집권한 샤를르 10세는 1830년 7월 혁명으로 연결되는 절대주의의 길로 치달았다.[1]

샤를르 10세가 즉위한 1824년에 『르 글로브』는 왕정 부활이라는 정치체제에 대한 문화적 대응으로 전개되었다. 1822년 3월 10일 당국의 법령에 의해 정치적인 색채를 띤 잡지는 엄격히 통제되고 새로운 정기 간행물의 창간이 어려워졌다. 이에 이 잡지는 부정기 간행물의 형식을 통해 당국의 검열을 피해 나갔고, '문예지'라는 부제도 언론통제에 대한 적당한 대응이었다. 당시 '문예지'라는 어원학적 의미는 문학 한 곳에만 치우치는 것이 아니라 철학, 정치, 경제, 역사, 지리 등 넓은 의미의 모든 '문학행위'를 포함하기 때문에 '문예지'라는 부제로 언론통제를 비껴 나가며 문학 외적 분야의 많은 기사를 수록할 수 있었다. 1824년 '문예지'로 처음 시작한 부제는 1826년 철학을 더해 '철학, 문예집(Recueil philosophique et littéraire)'으로, 다시 1828년 정치를 포함하는 '정치, 철학, 문예집(Recueil politique, philosophique et littéraire)'으로 점진적인 변화를 보여주었다.

『르 글로브』주위에 모인 집필자들의 면면을 살펴보면 철학자로서 빅토르 꾸쟁(V. Cousin, 1792~1867)[2]과 떼오도르 주프로와(T. Jouffroy, 1796~1842),[3] 정치가인 띠에르(L. Thiers, 1797~1877)[4]와 레뮈자(C. Rémusat, 1797~1875),[5] 문학인으로 생트 뵈브(Sainte-Beuve, 1804~1869),[6] 스탕달(Stendhal, 1783~1842),[7] 빅토르 위고, 앙페르(J.J. Ampère, 1800~1864)[8] 등이 있다.

2. 철학·사상지로서의 『르 글로브』

왕정, 공화정, 제정 다시 왕정복고로 이어지는 체제 변화 속의 19세기 초엽, 다른 주요 유럽 국가와 마찬가지로 프랑스 사회도 자본주의는 거부할 수 없는 대세였다. 왕정복고라는 정치적인 후퇴에도 불구하고 경제적으로는 시민계급의 지배권이 강화되었다. 당시 프랑스의 정치적 후퇴는 외교적인 측면이 강했다. 부르봉왕조의 재건은 유럽 열강의 외교적 협상 결과였다. 나폴레옹 패전 이후 빈 회의(1814)와 제1차 세계대전 발발(1914) 사이의 1세기 동안 유럽에서의 국제관계는 주로 5대 강국(영국, 프랑스, 오스트리아, 프로이센, 러시아)들에 의해 좌우되었기 때문에 정치체제와는 다르게 사회사상의 흐름이 흘러갔다.

시민계급이 경제적으로 주도권을 잡게 되자 그들의 철학이나 세계관에도 커다란 변화가 일어났다. 1815년 이후 부르봉왕조 아래에서는 정치적으로 조심스런 시민 자유주의적 반대만이 가능했다. 민주주의와 공화주의 이념은 집단화될 수 없었고 단지 개인적인 인물들과 소그룹에 의해서만 대변되었다. 민주주의자와 공화주의자가 새로운 희망을 갖기 위해서는 1830년까지 기다려야만 했었다.

그러나 철학적인 면에서는 왕정복고 이후 당시의 정치질서 편에 서느냐 아니면 반대하느냐에 따라 시민계급들은 그들의 이해를 달리했다. 왕정복고를 옹호하는 대부분의 철학자들은 새로운 시대 변화에 적응하지 못하고 18세기 계몽주의 철학에 대한 반동으로 구축한 전통주의 철학을 갖고 귀족사회로의 회귀를 주장했다. 이런 반혁명 철학에 앞장섰던 대표적 인물로는 메스트르(J. Maistre, 1753~1821)[9]와 보날(L. Bonald, 1754~1840)[10] 등이 있었다. 또한 활동이 그리 오래 가지는 못했지만 유심론을 바탕으로 하는 관념주의 철학자들로 트라시(A. Tracy, 1754~1836),[11] 멘느 드 비랑(Maine de Biran, 1766~1824)[12] 등이 있었다.

초기 『르 글로브』의 철학적 경향은 주로 빅토르 꾸쟁과 그의 제자인 주프로와에 의해 주도되었다. '세속적 유심론(spiritualisme laïque)'으로 규정할 수 있는 꾸쟁의 철학개념은 감각에만 지나치게 의존하는 감각주의와 사유의 영역에서만 실재를 발견하려는 관념론, 인간의 내적 세계에만 관심을 갖는 신비주의 등 당시 유행을 주도하는 각각의 철학에서 주요 요소만을 결합시켜 당위정으로 둘러싼 혼합된 철학의 '절충주의(Eclectisme)' 성격을 지니고 있었다.[13]

이런 초기 『르 글로브』의 철학적 경향을 포함해 당시의 철학 풍토에 반기를 든 대표적인 이는 인쇄 노동자로서 『르 글로브』 편집의 기술적인 측면을 담당했으며, 생-시몽(Saint-Simon)주의자로 출발한 사회주의 철학자 피에르 르루였다.[14]

피에르 르루는 왕정복고라는 정치질서의 반대편에 서서 이미 나타나기 시작한 자본주의의 폐해를 비판하며 사회주의 사상을 제기하기 시작했다. 빠르게 변화하는 사회 흐름에 대한 영민한 직관력과 통찰력으로 곧 자본주의의 건널 수 없는 강이 될 노동자 빈민층의 열악한 상태에 대하여 인지했고, 산업사회로의 변화 과정에서 필연적으로 출현하기 시작한 비참하고 비인간적인 견디기 힘든 세상의 희생자들, 즉 무산계급을 어루만져 줄 수 있는 철학의 근간을 마련했다.[15] 이런 시기 꾸쟁의 '절충주의' 철학은 새로운 사회에 적응할 수 있는 비전을 갖지 못한 절름발이, 과거의 철학이었다. 피에르 르루로서는 당시 철학의 부재와 부정적인 면이 '절충주의' 철학이라는 이름으로 행해진다고 보고 이 철학에 대해 호된 비판을 가했다.[16] 또한 정치적인 면에서 19세기는 왕정, 귀족정, 공화정의 요소가 혼합된 절충주의 정체가 필요하다고 설파한 꾸쟁의 이론에 피에르 르루는 절대 동의할 수가 없었다.

1830년 7월 왕정이 도래하자 자연스럽게 권력지향적이었던 뒤브와와 꾸쟁, 티에르 등은 『르 글로브』를 떠나고, 피에르 르루만이 생트 뵈브의 도움을 받으며 잡지의 유일한 편집인으로 1831년까지 『르 글로브』를 지켰다.[17]

『르 글로브』의 사상의 흐름에서 또한 주목할 만한 것은 이 잡지가 '세계주의(cosmopolitisme)'에 충실했었다는 것이다. 피에르 르루의 주장으로 '지구(globe)'를 잡지명으로 택한 것을 보듯, 르루를 중심으로 여러 집필진이 외국에 관한 풍부한 글들을 『르 글로브』에 발표했다.[18] 당시 유럽 중심적 사고관에서 외국적인 것에 대한 단순한 동경이 아니라 다른 세계의 문화적 뿌리를 직접 조사, 저술하기 시작한 『르 글로브』의 공과는 그 연구의 깊이뿐 아니라 다른 잡지에 비해 선지자적인 의미가 있었다.

3. 문학지로서의『르 글로브』

  문예사조사를 살펴보면, 독일에서는 '예나 낭만파'와 '하이델베르크 낭만파'라 불리는 낭만파 작가군이 이미 18세기 말엽에 슐레겔 형제를 중심으로 형성되어 19세기로 넘어갔다. 영국에서는 독일, 프랑스 등 대륙국가에서 보여준 집단적 낭만파 운동은 없었지만 1789년 워어즈 워어드와 코올리지의『서정적 담시집(Ballades liryques)』은 영국 낭만주의의 선언서로 간주되었다. 그러나 프랑스에서는 낭만주의의 선행운동인 루소(J. J. Rousseau, 1712~1778)[19]의 선지적인 감정과 예술적 표현으로 이를 뒷받침한 샤또브리앙(Chateaubriand, 1768~1848)[20]과 스탈(Staël, 1766~1871)[21] 부인 같은 전기 낭만주의의 선도자들이 있었음에도 1820년에 출간된 라마르틴느(Lamartine, 1790~1869)[22]의『시적 명상(Les Méditations poétiques)』이 새로운 문체와 생각으로 쓰여진 최초의 낭만주의 작품으로 인정받았다. 이렇듯 낭만주의는 연대순으로 보아 프랑스에서 가장 뒤늦게 나타났다.
  프랑스에서 낭만주의가 늦어진 이유는 오래 지속된 고전주의의 전통에다 이어지는 신고전주의의 끈질긴 저항과, 사회적으로 보면 1789년 혁명 후의 정치적 대변혁 때문이었다. 일련의 공포정치와 그리고 나폴레옹의 황제 등극은 낭만주의 운동을 더욱 후퇴시켰다. 제1제정 시대의 군대적 미덕은 질서정연함이라는 옛 이념과 부합되기 때문에 문학은 침묵하게 되고, 더 나아가 문학에서만큼은 구제도로 회귀하려는 경향이 있었다. 물론 낭만주의를 주창하는 이들이 있었지만 당시 낭만주의란 왕당파이면서 국왕과 교회의 중세시대를 예찬하면서 오직 문학의 경우에만 고전주의가 지향하는 틀인 규칙이나 통일에 대한 반대일 뿐이었다. 마찬가지로 제정 이후 왕정복고기에 창간된 여러 낭만주의 경향의 잡지들이 주장하는 내용은 대단히 다

양하고 치열했으나, 서로 통일된 주장이라기보다는 즉흥적인 것들이
었기 때문에 일치된 이념이 형성될 수 없었고, 하나의 유파로 발전할
수가 없었다.

이런 시기 『르 글로브』의 창간은 시사하는 바가 컸다. 당시 문학
논쟁에 직·간접적으로 참여하던 왕당파 고전주의, 왕당파 낭만주
의, 자유주의파 고전주의들의 반동적 태도에 회의를 느끼며, 당시 일
관성 없는 문학의 흐름에 일침을 가하고, 문학 논쟁의 주도권을 잡기
위해 젊은 자유주의파 낭만주의자들이 『르 글로브』를 중심으로 뭉쳤
다. '새로운 사회에는 새로운 문학(à société nouvelle, littérature nouvelle)'
을 강령으로 글로브주의자들은 오랫동안 문학의 주류로 위세를 떨치
던 고전주의에 반대하며 예술의 대혁명을 주장했다. 그들은 고전주
의의 '삼일치 법칙(règles des trois unités)'을 공격하고 예술에 있어서 바
스티유 함락이라 할 수 있는 완전한 자유를 예술에 부여할 것을 요구
하였다. 당시 글로브주의자들은 문학의 형태와 내용에 있어서 기존
규범을 벗어나려 했을 뿐 아니라 이념에 있어서도 정치, 사회, 도덕
의 혁신을 시도했다.

4. 빅토르 위고와 『르 글로브』의 만남

1824년 『르 글로브』가 창간되기 전, 약관의 나이였던 빅토르 위고
는 이미 1823년에 '프랑스 시신(La Muse française)'과 1824년 노디에
(C. Nodier, 1780~1844)[23]가 주축이 된 '아르스날 야회(Soirées de l'
Arsenal)'에 주요 멤버로 참여했다.[24] 이 문학 그루우프는 국왕과 중세
의 교회를 찬미하는 범위에서 문학을 통해 새로운 경지를 찾는 정치
적 왕당파인 보수 낭만주의 집단이었다.

왕당파 입장에 섰던 빅토르 위고는 샤를르 10세가 복고적인 반동 정치를 강화하자 자유주의 낭만주의자들의 모임인 『르 글로브』에 접근하였다. 당시 젊은 빅토르 위고에게 지면을 할애해 준 이는 출판과 편집, 인쇄를 담당하고 있던 피에르 르루였다. 사상가(피에르 르루)와 젊은 시인(빅토르 위고)의 만남은 이후 프랑스 낭만주의의 흐름에 중요한 결과를 남긴다. 1819년 열입곱의 나이로 형제들과 함께 『문학 수호자(Le Conservateur littéraire)』를 창간했던 빅토르 위고는 『르 글로브』가 창간되기 전 『문학 예술 연보(Les Annales de la littérature et des Arts)』나 『프랑스 시신』 등에 글을 기고할 당시만 해도 고전주의자들의 비위를 맞추고 고전주의와 낭만주의 사이를 기웃거렸다. 이런 그가 거세게 피어오르는 도도한 낭만주의의 힘을 느끼게 된 것은 자유주의 정신으로 무장한 『르 글로브』의 집필진들과의 교류를 통해서였다.

보수적인 낭만주의로 출발했던 빅토르 위고의 변신은 자유주의 낭만파와 보수주의 낭만파가 단합하는 데 일조를 하였고, 권력욕이 강한 빅토르 위고는 자신을 우두머리로 하여 1827년에 '르 세나클(Le Cénacle)'이라는 낭만파 그루우프를 결성하였다. 이는 낭만주의가 이론적인 완성 단계에 들어섰다는 것을 의미하는 것이었다. 같은 해 빅토르 위고는 희곡 『크롬웰(Cromwell)』을 출간하며 낭만주의의 선언문이라 일컬어지는 장문의 서문을 발표했다. 그는 이 글에서 예술에는 "규칙도 모델도 존재하지 않는다(Il n'y a ni règles ni modèles)"는 전제로 예술의 자유를 낭만주의의 신념으로 확정했다. 여기서 예술의 자유는 '예술 형식의 자유(liberté de l'art)'와 '예술 내용의 자유 (liberté dans l'art)', 그리고 '예술에 의한 자유(liberté par l'art)'까지를 포괄하는 것이었다. 즉 예술에 있어 형식, 내용의 자유성뿐만 아니라, 예술을 통해 정치, 사회제도와 윤리적 가치을 개혁해야 된다는 사상적 이념을 포함하는 것이었다.

『르 글로브』와의 관계 이후 빅토르 위고는 예술에 있어 자유를 더욱 외치게 되고, 정치적으로도 왕당파 보수주의에서 공화파 쪽으로 마음이 쏠려 자유주의에로 전향을 하게 되었다. 1830년 2월에는 문학이론뿐만 아니라 고전주의 옹호자들의 방해를 막아내고 공연을 끝낸 빅토르 위고의 희곡 『에르나니(Hemani)』의 성공 이후 문학작품으로서도 문단에 낭만주의를 군림케 했다. 이제 낭만주의의 수령이 된 빅토르 위고는 1830년 7월 정치변혁을 맞이하며 문학계뿐만 아니라 정계의 거물로 등장하게 되었다.

7월 왕정하에서 신흥 시민계급이 주인공으로 등장함에 따라 노동자 문제가 일어나고 그들의 생활상이 사회 정의 차원에서 중요한 논쟁대상으로 떠오르게 되었다. 이 시기 빅토르 위고와 사회주의 철학자 피에르 르루와의 관계를 살펴보는 것이 향후 빅토르 위고의 정치관, 사회관, 문학관을 조명하는 데 도움이 될 것이다.

5. 빅토르 위고와 피에르 르루

빅토르 위고와 피에르 르루의 만남은 이미 서술한 대로 1824년 『르 글로브』 창간 때부터 시작되었다. 장차 문학계의 거목을 꿈꾸던 젊은 위고는 당시에 개인적인 어려움에 처해 있었다. 부모의 별거와 아버지의 보조금 지급 거부, 아델 푸셰와 사랑에 빠졌지만 생계의 불안정으로 아델 집안의 결혼 반대는 위고의 마음을 아프게 했다. 문학에 있어서도 젊은 천재로 명성을 떨치고 었었지만 보수파 왕당주의자라는 한계를 지니고 있었다.

이런 그가 사상과 문학에 있어 자유주의자라는 기치를 뚜렷이 세운 『르 글로브』에 접근한 것은 당연한 일이었다. 피에르 르루의 도움으로 『르 글로브』의 지면에 집필을 시작하고 자유주의자 편에 서서 18세기에 이미 쇠약해진 고전주의의 옹호자들에 대해 공격을 가했다. 자유주의파와의 교류 기간 동안 빅토르 위고는 『새로운 오드(Nouvelles Odes)』(1824), 『오드와 발라드(Odes et Ballades)』(1826), 『뷔그 자르갈(Bug-Jargal)』 2판(1826)을 연이어 발간했다.

또한 사상가로서 문학 외적인 면에 많은 논문을 게재했던[25] 피에르 르루는 문학에서도 프랑스 낭만주의의 전개과정에서 시 비평의 중요한 자리를 차지하는 글 「상징적 문체(Style symbolique)」를 1829년 『르 글로브』에 발표했다. 빅토르 위고가 왕성한 시 창작활동을 벌이는 동안 피에르 르루는 『르 글로브』에서 시 비평을 담당한 생트 뵈브와 함께 젊은 시인에게 애정어린 관심을 보냈다.

1827년 빅토르 위고 부부는 생트 뵈브의 친구가 되고, 앞서 이야기한 대로 위고는 같은 해 희곡 『크롬웰(Cromwell)』을 서문과 함께 발표하며 낭만주의 운동의 선두에 서게 되었다. 낭만주의운동의 이론가로서 또한 작품 활동에 있어 단연 다른 작가들의 추월을 허용치 않았던 빅토르 위고는 1830년 2월 25일 『에르나니(Hemani)』를 성공적으로 무대에 올리며 문학에 있어 낭만주의자의 수령임을 자임했다.

당시 정치, 사상면에서 노동자의 권익에 많은 관심을 쏟고 있던 피에르 르루도 문학에 있어서 만큼은 빅토르 위고의 시에 높은 점수를 주며 위고의 『동방시집(Les Orientales)』의 출간을 다음과 같이 평가했다.

상징적 비유가 빅토르 위고의 시에서처럼 프랑스 시에 대담하게 표현된 적은 없었다. 상징적 비유로부터 빅토르 위고의 문체는 라마르틴느의 문체와 확연히 구별되는 것이다.[26]

그러나 1830년 7월 왕정이 시작되고 정치적 견해와 문학관의 차이 때문에 위고와 르루는 멀어지게 되었다. 권력지향적인 위고는 생애에 있어 정치적으로 많은 변신을 하고, 이런 위고의 다중성은 오랫동안 피에르 르루가 그를 비판하는 이유가 되었다. 당시 위고는 7월 왕정의 열렬한 옹호자가 되고 문학관에 있어서는 '예술을 위한 예술(l' art pour l' art)'을 변호하는 입장에 섰다.

반면 피에르 르루는 1831년 4월부터 6월까지 리옹봉기에 참가한 노동자들을 격려하기 위해 리옹에 머물며 견직물 공장 노동자들의 권리선언에 영향을 주었다. 프랑스의 두 번째 도시 리옹에서의 이 소요는 이어 발생하는 프랑스 전역의 노동자 권리선언에 지대한 영향을 미쳤다. 당시 피에르 르루에게 있어 문학은 씨 뿌리고 곡식을 거둬들이는 인간의 땀이 자연에 녹아나는 진실과 같은 것이었다. 이런 이유로 피에르 르루는 자기 중심주의에 빠져 있던 낭만주의파 서정시인들을 자기 희생, 겸손 등의 미덕으로 민중계급을 어루만질 수 있는 사회적 이상을 가진 사람들로 변화시키기를 원했다. 이에 피에르 르루는 1831년 그의 시론 「라마르틴느와 빅토르 위고(Lamartine et V. Hugo)」에서 이 두 대표적 낭만파 서정시인을 신랄하게 비판했다. 개인적 감상주의에 빠져 항상 '예술을 위한 예술'을 주창하는 라마르틴느나, 자신의 시에 철학적, 정치적 주장을 내세우지만 민중을 어루만지는 '인성(Humanité)'이 결핍된 위고는 르루의 예술관에서 보면 문학을 넓은 의미로 인식하지 않고 좁은 의미로 축소한 이들이었다.[27]

7월 왕정에 반대해 공화정을 주장하는 피에르 르루와 7월 왕정 지지파 빅토르 위고의 관계는 1848년 2월 혁명으로 새로운 전기를 맞았다. 2월 혁명 후 제2공화국하에서 두 명 모두는 입법의회 의원으로 당선되고, 대통령에 당선된 루이 나폴레옹이 1851년 12월 2일 쿠데타를 일으키자 피에르 르루와 빅토르 위고는 망명길에 올랐다.

6. 새로운 위고

영국령 제르제(Jersey)섬 주민들은 1853년 1년 여 동안 종교, 철학, 정치, 사회, 문학에 관해 토론하며 사마레즈(Samarez)해안을 산책하는 피에르 르루와 빅토르 위고를 목격했다. 둘 사이의 토론에서 피에르 르루의 진보적 사상은 부르주아적 공화주의자가 된 빅토르 위고가 어떻게 민중에 다가갈 것인가를 알려 주었다.

또한 이 만남은 많은 식솔을 데리고 제르제섬에서 망명객의 황제로 군림하고 있던 빅토르 위고가 작품으로 새롭게 탄생하는 동기가 되었고, 생활면에서도 이후 가족들을 모두 떠나 보내고 혼자 외롭게 지내며 그의 끓어오르는 권력욕을 삭히는 계기가 되었다.

망명생활 중 '새로운 위고(Nouvel Hugo)'를 엿볼 수 있는 『징벌시집(Les Châtiments)』(1853), 『정관시집(Les Contemplations)』(1853), 『레 미제라블(Les Misérables)』(1862) 등을 연이어 출간했다. 빅토르 위고가 후기 작품과 말년에 그리 자주 언급했던 '인성(Humanité)'과 '평등(Egalité)'이 피에르 르루로부터 많은 영향을 받았다는 사실이 현재 프랑스 문학계에서는 소수의견에 머물러 있지만, 빅토르 위고의 딸 아델 위고의 글들과 여러 학자들의 연구로 차츰 그 내용이 밝혀지고 있다.

19세기의 한 중심에 살며 천부적인 창작욕으로 수많은 주목할 만한 작품을 양산해 프랑스 최고의 문인으로 여겨지고, 단지 작가의 자리를 넘어 '국가영웅'으로 추앙받던 빅토르 위고는 2002년 그의 탄생 200주년을 맞아 다시 한번 프랑스에서 주목을 받게 되었다. 2002

년 프랑스는 빅토르 위고의 열기로 가득 차 곳곳에서 그를 기리는 기념 행사가 열린다.

프랑스가 감히 그를 '영웅'이라 일컫는 것은 젊은 시절 낭만주의 운동의 선도자로서, 장년에 들어서는 제2제정에 반대하는 공화주의자, 말년에는 파리꼼뮌에서 희생된 민중들을 아우르는 그의 고결한 정신 때문이다. 이런 중요한 그의 인생의 전환점에서 『르 글로브』와의 만남, 『르 글로브』를 발간한 피에르 르루와의 교류가 있었다는 것은 빅토르 위고의 연구에서 시사하는 바가 크다. 프랑스 국민의 빅토르 위고 영웅 만들기의 다른 한편에 학자들의 빅토르 위고 다시 보기는 계속될 것이다.

1) 루이 15세의 손자이며 루이 16세의 동생인 샤를르 10세는 절대주의의 길을 처음에는 은밀히 그리고 나중에는 공공연하게 걸었다. 아르투어 로젠베르크, 『유럽정치사』, 박호성 옮김, 역사비평사, 1990, pp.37~38 참조.

2) 19세기 절충주의 철학자.

3) 빅토르 꾸쟁의 제자, 그의 철학은 회의주의를 특징으로 한다.

4) 기조와 함께 19세기 대표적인 부르주아지 정치가.

5) 7월 왕정 티에르 내각에서 내무장관을 역임.

6) 1830년 그가 빅토르 위고의 아내와 사랑에 빠지자 위고는 『르 글로브』로부터 멀어진다.

7) 그는 『르 글로브』 자유주의파 낭만주의자의 대표적 논객이었다.

8) 작가 겸 문학사가.

9) 대표적 왕정주의, 교황권 지상주의 철학자.

10) 계몽주의에 반대하는 전통주의 철학자.

11) 보나파르트파 철학자, 관념학파.

12) 트라시의 제자, 관념학파.

13) 빅토르 꾸쟁은 체계적인 절충주의 철학을 탄생시키기 위해 독일의 관념론 등을 받아들여 유심론적 절충주의를 만들어 보려 노력했다.

14) 이로 인해 『르 글로브』는 '생-시몽 기관지'라는 부제를 갖게 되었다.

15) 사회주의라는 용어는 1834년 피에르 르루의 글로부터 유래되었다.

16) P.Leroux, 『Réfutation de l'Eclectisme』, par Lacassagne, 1978.

17) 종교적 분파로 변모한 생-시몽주의에 회의를 느낀 피에르 르루는 1831년 생-시몽주의자와 결별하고 그도 『르 글로브』를 떠난다.

18) Tome I, n° 100, 28-Ⅳ-1825 : "Asie. Religion de Bouddha"

   Tome Ⅳ, n° 5, 24-Ⅷ-1826 : "Le Coran, traduit de l'arabe, ······"

Tome Ⅲ, n° 20, 7-Ⅱ-1826 : "Asie, L'île de Singapore."

Tome Ⅳ, n° 76, 6-Ⅱ-1827 : "De l'esclavage et de la situation de nos colonies"

19) 1788년 루소가 쓴 "고독한 산책자의 몽상"은 우리를 낭만주의의 문턱으로 인도했다.

20) 『아딸라(Atala)』(1801)와 『르네(René)』(1805).

21) 『독일론(De l'Allemagne)』(1814)을 통해 독일 낭만주의를 소개.

22) 천성의 서정시인, 정치가, 외교관.

23) 많은 젊은 시인들이 그의 곁에 몰려들었다.

24) 이때 위고는 아직 지도자의 모습을 나타내지는 않았다.

25) 피에르 르루는 초기 『르 글로브』에서 자신의 글에 직접 자신의 이름을 서명하지는 않았지만 L-X로 서명되어진 것은 모두 그의 글이었다.

26) P.Leroux, 『Oeuvres』, "Du style symbolique", S.R.G, 1978, p.336.

27) 위의 책, "Lamartine et V. Hugo", p.83 참조.

빅토르 위고의 『레 미제라블(Les Misérables)』과 조르즈 상드의 『오라스(Horace)』

1.

1830년 7월, 샤를르 10세의 반동입법인 4개조의 7월 칙령에 반대하여 자유주의는 혁명으로써 응답을 했다. 자유파는 라파이예트를 중심으로 파리 위원회를 조직하고 오를레앙공 루이 필립에게 사태의 수습을 맡기게 되었다. 이리하여 루이 필립과 라파이예트 간의 타협으로 시민적 의회주의 왕정이 성립되었다.

이후 1848년까지 계속된 7월 왕정은 크고 작은 봉기와 무장폭동으로 얼룩진 혁명의 시기였다. 1830년 7월 파리의 혁명에서 무수히 여러 곳에 쌓인 바리케이트[1]는 민중반란의 상징이 되었고, 1831년부터 시작된 리용 직물공들의 무장폭동[2]으로 대변되는 노동자들의 투쟁도 혁명의 한 축을 이루게 되었다.

이 글에서는 빅토르 위고와 조르즈 상드가 각자의 소설에서 다룬 동일한 사건을 통해 그들의 역사의식, 사회현상을 보는 눈 등을 비교·분석해 보겠다. 콜레라가 휩쓸고 간 파리에서 1832년 6월 5일 한 자유주의적인 장군 라마르크의 장례식이 공화주의자들 반란의 단서가 되었다. 이 반란은 생-메리 수도원과 트랑스노낭가의 학살로써 끝을 맺었다.

1841년 조르즈 상드는 그의 소설 『오라스(Horace)』에서 이 1832년의 사건을 다루었고, 이로부터 20여 년이 지나 1862년에 출간된 『레 미제라블(Les Misérables)』에서도 빅토르 위고는 같은 역사적 사건을 자세히 그렸다. 조르즈 상드의 수많은 소설 중 파리를 배경으로 한 유일한 소설[3]인 『오라스』는 1831년에서 1833년 사이의 파리 모습과 파리인의 당시 일상생활, 정치상 등을 묘사하고 있다. 특히 소설의 27장과 28장이 1832년의 6월 사건을 다루고 있다. 또 너무도 유명한 빅토르 위고의 대표작 『레 미제라블』은 워털루전쟁과 왕정복고기의 소요를 그린 역사소설이고, 혁명가 마리우스에 기탁한 빅토르 위고 자신의 자전적 소설이며, 저속하고 비열한 당시의 풍속을 폭로한 사회소설이었다. 이 소설 중 3부와 4부가 생-메리 수도원과 트랑스노낭가의 진압을 다루고 있다.

2. 『오라스』 출간

먼저 이 소설들이 출간될 때의 상황과 당시 작가들의 정치 성향을 알아보는 것이 두 작가의 역사관과 사회의식을 밝히는 데 중요한 요인이 된다. 조르즈 상드의 『오라스』는 출판에 어려움을 겪으면서 우여곡절 끝에 출간될 수 있었다. 그러나 『레 미제라블』은 많은 이들의 주목을 받으며 성공적으로 출판을 마쳤다.

우선 『오라스』의 경우부터 살펴보자. 1841년 5월 6일 조르즈 상드는 편지를 통해 집필 중인 『오라스』의 출판을 『라 르뷔 데 드몽드(La Revue des deux mondes)』의 편집인인 뷜로즈에게 요청했다.[4] 1841년 6월 9일 작가와 출판사 사이의 계약에 의해 책의 출간은 곧 이루어질 것 같았다.

마담 뒤드방(조르즈 상드)은 『학생』이란 타이틀의 소설 판권을 뷜로즈에게 인계한다(이 제목은 후에 『오라스』로 바뀌었다.)[5]

그러나 갑자기 『라 르뷔 데 드몽드』의 뷜로즈는 이 소설의 수정을 요구하며 출판을 미루었다. 당시의 유력지로, 우파의 대표지이며 친정부지인 뷜로즈의 이 잡지는 봉기, 바리케이트, 비밀결사 등에 신경질적으로 대응했다. 이에 조르즈 상드는 소설의 수정을 거부하며 1841년 10월 8일 뷜로즈와의 출판 계약을 파기한다.

동시에 조르즈 상드는 피에르 르루, 루이 비아르도와 함께 새로운 잡지 『라 르뷔 엥데팡당트(La Revue Indépendante)』를 창간했다. 뷜로즈의 잡지에 대항하기 위해 1841년 11월 창간한 이 잡지는 당시의 시대 흐름을 정확히 조명했고, 당시 현존하던 모든 사회문제를 철저히 규명해 미래의 좌표가 될 이념을 만들었다. 또한 『라 르뷔 엥데팡당트』를 통해 조르즈 상드는 『오라스』를 연재하고, 1842년 5월 28일 작품의 집필을 완전히 마쳤다.

1830년 7월 혁명 일어나기 전날 그녀의 고향 노앙에 있었던 조르즈 상드는 자유주의자들이 일으킨 혁명에 감격했다. 그러나 당시 정치상황은 공화주의자인 상드의 생각과는 다르게 전개되어 자유주의자들은 분열되고 오를레앙공 루이 필립이 권좌를 차지해 7월 왕정이 시작되었다. 더욱이 1835년 6월 17일 사회주의 철학자 피에르 르루와의 첫 만남 이후 그녀는 르루의 영향을 받아 사회주의 성향을 갖게 되었다.

이런 그녀의 정치성향은 혼란한 1830년대의 프랑스 상황을 『오라스』를 통해 자기의 관점에서 재단했다. 이에 루이 필립의 동조자였던 빌로즈는 상드의 소설에 거부감을 느낀 것이다. 그러나 『오라스』에서 상드는 공화주의자이며 진보를 원하는 젊은이들, 학생, 노동자들에게 무한한 애정을 표시했지만 시위 중 발생하는 폭력에 대해서는 단호히 거부의사를 밝혔다. 그녀는 무모한 폭력시위는 왕정이 연장될 수 있도록 도와주는 행위로 보았고, 폭력을 근본적으로 싫어하는 그녀의 성격은 "격노해 광란하는 프롤레타리아트와 악랄하고 반동적인 부르주아지 사이에는 더 이상 가능한 화합은 없다"라고 단언하게 된다.[6]

이렇듯 상드는 『오라스』에서 폭력이나 비밀결사체, 폭동에 대해 비판적인 입장이었음에도 빌로즈는 상드를 이해하지 못하고,[7] 『오라스』가 폭력을 옹호한다며 소설의 수정을 요구했다.

3. 『레 미제라블』 출간

이에 반해 벨기에에서 1862년 간행된 『레 미제라블』은 출판에 아무 어려움 없이 유럽 전역에서 큰 성공을 거두었다. 나폴레옹 3세에 반대하여 망명 중이었던 빅토르 위고는 1853년 발간한 『징벌시집』의 대성공으로 이미 유럽 전역에서 가장 인기 있는 작가로 군림했고 경제적으로도 많은 돈을 모았다. 그래서 『레 미제라블』이 완성되었을 때 여러 출판사들이 이 작품에 많은 관심을 가졌다. 우선 1856년 빅토르 위고의 『정관시집』 출간으로 큰 재미를 본 에첼이 이 대작을 출판하려 노력했는데, 위고는 이 출판업자의 열렬한 의뢰를 거부했다.

그러면서 위고가 『레 미제라블』의 출판을 허가한 것은 그때까지 출판업에 문외한이었던 벨기에 청년 알베르 라크로와였던 것이다. 당시 28세의 이 사나이는 브뤼셀에서 위고의 아들 샤를르에게 위고의 재능을 찬양하며 당시 최대 시인의 걸작 소설을 출판하고 싶다고 간청한 것이다.

샤를르는 라크로와의 열의와 현금 결제라는 조건에 호감을 갖고 그를 아버지에게 소개했다. 위고는 이 젊은이의 솔직성과 경제적 조건에 호감을 갖게 되었다. 에첼의 간청에는 귀기울이지 않았던 위고가 『레 미제라블』을 완성한 지 4개월 뒤 라크로와와 출판 계약을 맺었다. 브뤼셀에서 출판되는 라크로와의 『레 미제라블』과 동시에 친구의 간절한 요청으로 위고는 파리의 파니에르 서점에서도 『레 미제라블』을 출판할 수 있도록 허락했다. 책은 발매와 동시에 경이적인 판매 실적을 보이며 파리와 브뤼셀에서 매진 행렬을 계속했다.

4. 1832년 6월 5일

두 소설이 동시에 다루고 있는 1832년 6월 5일의 사건에서 주된 세력은 학생, 혁명가, 민중들이었다. 작가 역시 이들 집단을 중심으로 사건을 그려 나갔다. 그러나 폭동을 바라보는 두 작가의 관점은 상당한 차이를 나타낸다. 작가가 그린 인물들을 통해 조르즈 상드와 빅토르 위고의 혁명관을 알아보겠다.

조르즈 상드의 『오라스』에서는 오직 폴 아르센느와 쟝 라라비니에르만이 이 참혹한 전투에 참가했고, 반면에 빅토르 위고의 『레 미제라블』에서는 많은 학생들이 생-메리 수도원의 바리케이트에 진을 쳤다. 조르즈 상드는 6월 5일 사건을 의과대학생인 테오필을 통해 설명했다. 그는 귀족의 집안에서 태어났지만 가슴으로 민주자유주의를 신봉하는 인물이었다. 『오라스』의 27장에서 테오필은 1832년 6월 5일과 6일의 파리를 '내 친구들이 배우였던 예기치 못한 비극의 무대'라고 묘사하며, 폭력과 죽음이 난무한 이 피의 날들을 '이루지 못한 혁명'으로 규정지었다. 조르즈 상드에게 피를 부르는 폭동은 혁명의 이름으로 미화될 수 없는 비극일 뿐이었다.[8]

반면 『레 미제라블』에서는 빅토르 위고 스스로가 화자가 되어 조르즈 상드가 어처구니없는 비극으로 치부해 단 몇 줄에 그린 그날의 사건을 200여 페이지에 걸쳐 설명했다.

이 1832년의 동란은 그 급속한 반발과 슬픈 종말에도 불구하고 대단히 위대한 요소들을 지니고 있기 때문에 그것을 단순한 폭동으로 보는 사람들조차 그것에 대해 얘기할 때는 반드시 경의를 표한다. 그들에게 있어 그것은 1830년 7월 혁명의 여파와 같은 것이다.[9]

빅토르 위고는 이 사건을 서술할 때 죽음의 비참함, 폭력의 미개성은 차치하고 바리케이트에 참가한 젊은이들, 혁명가들의 열정에만 찬사를 보냈다.

설사 쓰러지더라도, 아니 쓰러지기 때문에 세계 도처에서 프랑스에 눈길을 떼지 않고 굴하지 않는 이상적인 이론을 갖고 위대한 사업을 위해 투쟁하는 그들은 더욱 숭고하다. 그들은 진보를 위한 순수한 선물로서 자신의 생명을 바친다. 그들은 신의 의지를 실현하고 하나의 종교적 행위를 수행한다. 일정한 시기가 오면 대사를 주고받는 배우처럼 사심 없는 태도로 신이 꾸며 놓은 시나리오대로 그들은 무덤 속으로 들어간다. 그들은

회망 없는 투쟁과 금욕을 통한 일신의 소멸을 받아들인다.[10]

황제 나폴레옹 보나파르트를 그리워했고 보수파 왕정주의자였으며, 사건의 배경이 되는 1832년 당시 루이 필립의 오를레앙가와 친교를 다지며 7월 왕정의 지지자였던 빅토르 위고로서는 30년의 세월이 흐르긴 했지만 엄청나게 변한 혁명관을 『레 미제라블』에서 보여주고 있다.

6월 5일 바리케이트의 현장에서 주요 역할을 한 4명의 인물(『레 미제라블』의 마리우스, 앙졸라와 『오라스』의 아르센느, 라라비니에르)을 살펴보면 그들의 성장과정, 성격, 행동, 혁명관이 두 작가의 문학관, 역사관과 일치됨을 볼 수 있다.

마리우스

빅토르 위고 자신의 분신인, 정통 왕정 지지파의 손자이고 나폴레옹주의자 대령의 아들인 마리우스는 뚜렷한 혁명관에 의해 1832년 왕정에 항거하는 공화파의 대폭동에 참여한 것이 아니라 사랑과 우애라는 단순한 이유에서 바리케이트를 찾아갔다. 부르주아지 계급의 학생이었던 마리우스는 친구 꾸르페락을 따라 비밀결사체 'ABC의 친구들'의 모임 장소인 카페 뮈쟁에 처음 가면서 사회 현실에 눈을 뜨게 되었다. 꾸르페락은 "혁명 속으로 뛰어들 계기를 자네에게 만들어 줘야겠어"라고 마리우스에게 말하면서 그를 'ABC의 친구들'의 다른 동료들에게 소개해 주었다. 여기서 마리우스는 그가 자각하지 못했던 철학, 문학, 미술, 역사, 종교의 문제를 들으면서 지금까지 그가 갖고 있던 가치관이 흔들리기 시작했다.

그는 정치에 관해서 할아버지의 의견(정통 왕정 지지파)을 버리고 아버지의 뜻(보나파르트파)을 따랐을 때, 이제 자신의 입장은 정해졌다고 믿었다. 그런데 지금 아직도 자신의 입장이 분명하지 않았었나 싶은 의혹이 머리를 들어 마음이 가라앉지 않았으나 그렇다고 인정할 용기도 나지 않았다. 여태까지 거기 서서 온갖 것을 본 자기의 각도가 다시 흔들리기 시작했던 것이다. 어디서부터인지 동요가 일어나 그의 머리 전체를 흔들었다. 마음속은 이상야릇한 대혼란에 빠져들었다. 견딜 수 없을 정도의 혼란이었다.[11]

그들과의 만남에서 '정체를 알 수 없는 놀라움을 느낀' 마리우스는 할아버지의 집을 떠나 'ABC의 친구들' 동료들과 자주 어울렸다. 이 우정이 마리우스를 바리케이트로 내몰았다.

마찬가지로 할아버지가 꼬제트와의 결혼을 반대하자 꼬제트는 장 발장과 함께 영국으로 떠날 것을 결정했다. 이에 이미 꼬제트가 영국으로 말없이 떠난 것으로 오해한 마리우스는 사랑의 헤어짐을 견디지 못해 충동적으로 바리케이트에 참가했다.

그것은 가슴 아픈 일이었다. 그러나 어떻게 하면 좋단 말인가? 꼬제트 없이 산다는 것은 불가능한 일이다. 그녀가 떠나 버린 이상 그는 죽어야 하는 것이다. 그렇게 되면 자신은 반드시 죽을 것이라고 그녀에게 맹세하지 않았던가?[12]

자발적 참여가 아닌 친구들과의 우정, 깨어진 사랑의 슬픔, 아버지의 망령 '자아 전진하라, 이 비겁한 놈!' 등이 마리우스를 바리케이트 현장에 있게 한 것이다.

아르센느

조르즈 상드에 의해 『오라스』에서 특유의 예술가적 특징을 가진 인물로 그려진 아르센느는 '화가가 되기를 꿈꾸다 혁명가가 되었다. 그의 아버지는 지방의 구두 수선공이었고, 다섯 명의 형제 중 아르센느는 셋째 아이였다. 가난에 찌든 집을 떠나 그림 공부를 위해 파리로 그는 거처를 옮겼다. 파리에서 1830년 7월 혁명을 맞은 그는 "굶주림보다 총탄에 맞아 죽는 것이 더 좋겠다"며[13] 혁명에 참가했다가 비참하게 죽은 형 장의 모습을 목격한다. 그러나 혁명 후 왕권은 회복되고 이에 아르센느는 깊은 실의에 빠졌다. "나는 더 이상 다리도, 팔도, 위도, 기억도, 의지도, 부모도, 친구도 없다."[14]

7월 혁명 후 들라크루와의 화실에 들어간 아르센느는 여기서 공화주의자 학생들과 교류를 갖고, 또한 그의 혁명가적 기질은 더욱 거세졌다. 공화파의 입장에서 '민중의 해방, 무료 공교육 실시, 모든 시민의 자유투표, 소유권의 점진적 개혁'을 마음에 품은 아르센느는 1832년 6월 생-메리 폭동에 참가했다 반란의 현장에서 죽은 라라비니에르의 요구로 참혹한 전장을 빠져 나갔다. 권력이 저지르는 폭력과 그에 저항하는 또 다른 폭력을 모두 반대하는 조르즈 상드는 아르센느의 탈출을 폭력이 배제된 이상적인 공화국으로 향하는 경로로 보았다.

앙졸라

부유한 집안의 외아들인 앙졸라는 'ABC의 친구들'의 지도자였다. 또 생-메리 수도원 바리케이트의 주요 인물이었던 그를 빅토르 위고는 온갖 찬사와 함께 혁명의 화신으로 묘사했다.

앙졸라는 매력 있는 젊은이로 굉장한 일을 할 만한 청년이었다. 그는

천사처럼 아름다웠다. 〔…중략…〕 그의 눈에서 명상적인 반짝임이 튀어
나오는 것을 보면, 이미 이런 생활에서 혁명의 묵시록을 거쳐 온 것 같고,
마치 그것을 목격한 사람처럼 혁명의 전설을 자세히 알고 있다. 청년으로
서는 색다른 일이지만 사제적인 모습과 군인의 성질을 아울러 지니고 있
었다. 사제인 동시에 투사였다.[15]

빅토르 위고가 『레 미제라블』에서 혁명의 논리를 대표하는 인물로
설정한 앙졸라는 로베스피에르의 분신이었고 위대한 프랑스만을 외
치는 쇼비니스트였다. "프랑스가 위대해지는 데는 코르시카 섬 따위
는 필요치 않다. 프랑스는 프랑스이기 때문에 위대하다."[16]
빅토르 위고가 탁월한 활동가로 그린 앙졸라는 1832년 6월 사건에
서 작가의 애정어린 묘사로 아름다운 죽음을 맞이했다. 그러나 빅토
르 위고는 앙졸라를 통해 바리케이트를 정당화했고 부질없는 죽음뿐
인 폭력을 미화했다.

맨손으로 꼼짝도 하지 않고 서 있는 앙졸라의 처절한 위풍은 소요를 무
겁게 내리누르고 침착한 눈길의 위엄 하나로, 혼자만이 상처 입지 않고
숭고한 모습으로 피투성이가 된 아름다운 불사신처럼 냉정한 그 청년은
에워싼 험상궂은 무리들에게 존경하는 마음으로 그를 죽일 것을 강조하
는 듯했다. 그의 아름다움은 이때의 그의 긍지로 한층 뛰어나고, 빛나고
있었다. 그리고 부상당하지 않은 것과 마찬가지로 그의 얼굴은 혈색 좋은
장밋빛이었다.[17]

라라비니에르
1830년 7월 혁명 후 급진 민주주의파 청년조직인 '부젱고'[18]의 의
장인 라라비니에르는 강철 같은 의지의 소유자였다. 실제로 역사에

존재한 조직 '부젱고'와 허구의 인물 라라비니에르를 소설에 등장시킨 조르즈 상드는 그가 만들어낸 가공의 인물을 통해 그녀의 이상주의적 혁명관을 『오라스』에서 보여주었다.

라라비니에르는 1830년 7월 혁명에서 국왕인 샤를르 10세에 대항하여 용감히 싸운 전사로 혁명 후 '부젱고'를 이끄는 실질적인 리더였다. 역사는 이 그룹을 급진적인 사상을 갖고 있었다고 평가하지만 조르즈 상드는 소설에서 '진짜 부젱고 멤버들은 전혀 폭동을 원하지 않는' [19] 민중의 벗으로 보고 있다. 이들은 정부 전복을 위해 무기를 드는 블랑키주의자들과는 구별되는 것이었다.

1832년 6월 자유주의자 장군 라마르크의 장례 행렬에 있던 라라비니에르는 진압군의 총을 맞고 쓰러졌다. 그를 찾아 생-메리 수도원에 온 아르센느를 보고 라라비니에르는 죽음을 맞으면서 이 폭동에서는 공화국의 앞날을 위해 바랄 것이 없다며 이곳을 탈출해 새로운 공화국을 기다리라고 아르센느에게 명령했다.

5.

빅토르 위고는 물론 소설에서 애정을 갖고 민중을 이야기하지만 그는 성격의 도도함으로 민중 위에 군림하려는 생각을 그 어느 순간도 잊지를 않았다. 예언자, 절대자, 지도자의 입장에서 타인들의 눈을 의식하며 『레 미제라블』에서 살아 있는 추상, 구상, 이상적 인물을 만들어냈고, 그 한 사람 한 사람에게 소설 전개에 필요한 성격을 부여함으로써 소설을 서사시적 수준으로까지 승화시켰다. 생트-뵈브는 "『레 미제라블』이라는 그의 소설은 선, 악, 부조리, 그리고 어떻든 사람이 바라는 모든 것이다. 아무튼 11년간이라는 부재와 망명의 위고는 그 부재와 망명에서 존재와 힘과 젊음을 증명해 보인 것이다. 이 한 가지만으로도 위대한 성공이다. 그는 현실화라는 최고의 재능을 가지고 있다. 속임수와 부조리에서 만들어낸 것조차도 그 사나이는 누가 보아도 존재하고 생생하게 살아 있는 것처럼 느끼도록 그리고 있는 것이다"라고 말하면서 『레 미제라블』을 당시까지의 위고의 소설을 종합한 것으로 보았다. 하여튼 위고의 이 대작에 대해 오늘날 프랑스 소설 중 최대 걸작 중 하나라는 데 의문을 제기하는 사람은 하나도 없다.

그러나 조르즈 상드가 『오라스』에서 동시에 그린 1832년 6월 사건을 보는 빅토르 위고의 관점은 상드의 그것과 큰 차이가 있다. 조르즈 상드는 자신의 이상을 실현하기 위해 소설에서 현실 세계에서 있음직한 등장인물과 상황을 현실 세계와는 다른 이상주의 관점에 맞춰 이야기를 전개해나갔다. 상드의 소설에서는 문제의 제시보다는 해결을, 상황을 전개시키기보다는 신념을 받아들이게 하는 것이 중요했다. 그녀가 갖는 신념은 선함과 아름다움, 서로 다른 정치체제에 대한 관용 등이었다.

빅토르 위고는 생-메리 사건을 통해 젊은이들의 헛된 죽음을 간과하며 폭력을 미화하고 현장을 탈출하는 젊은이들을 비겁자라고 몰아 부쳤다. 이런 이유로 빅토르 위고는 주인공 마리우스를 살리기 위해 현장에서 싸우다 쓰러진 그를 장발장으로 하여금 하수구를 통해 구출케 하는 소설적 장치를 마련했다. 그러나 조르즈 상드는 진보된 공화주의자들인 학생, 노동자들에 경의를 표했지만 폭력적인 방법에는 분명히 반대의사를 표명했고, 1832년 폭동은 젊은 공화파들의 실수로 보았다. 그래서 조르즈 상드는 지붕을 통해 폭동의 현장을 스스로 탈출하는 아르센느를 소설에서 그렸다. 지붕이 의미하는 것은 하늘이고, 미래지향적인 공화국의 이상을 표현하는 것이다. 꼬제트와의 사랑만을 위해 마리우스를 구출해 지하로 향하는 장발장의 현실 안주 내지는 과거 회귀와는 대단한 차이가 있다. 공화정에 대한 두 작가의 태도를 극명하게 보여주는 대목인 것이다.

1845년 7월 왕정 중 루이 필립에 의해 상원위원으로 임명된 빅토르 위고는 1848년 2월 혁명으로 루이 필립이 퇴위하자 발빠르게 공화주의자로 변신해 제2공화국 헌법 제정 의회 의원으로 선출되었다. 반면 조르즈 상드는 『공화국 공보』라는 잡지의 홍보위원으로 1848년 2월 이후 제2공화국 임시정부가 행한 수많은 조치에 암묵적인 영향을 끼쳤다. 그녀는 1848년 4월 23일 실시된 선거에서 공화주의자들이 승리하도록 지원을 했고, 1851년 12월 쿠데타 이후 조르즈 상드는 형을 선고받거나 추방당한 공화주의자들의 구명운동을 벌이는 온갖 노력을 기울였다. 제2제정 기간(1851~1870) 동안 빅토르 위고는 루이 나폴레옹에 반대하여 기나긴 망명생활을 했다.

1870년 제2제정이 무너진 후 1871년 두 작가는 파리꼼뮌을 다시 소설에서 다루었다. 상드는 1872년 출간된 『나농』에서, 위고는 1874년 출간된 『93년』에서 파리꼼뮌을 그리며 『오라스』와 『레 미제라블』에서 보여주었던 그들의 정치관은 다시 한번 맞부딪히게 되었다.

빅토르 위고와 조르즈 상드는 관점은 다르지만 역사소설, 사회소설, 철학소설, 대중소설 등을 그들의 소설 형식 속에 등장시켰다. 그들은 소설의 틀 속에 효과적인 줄거리를 위해 여러 방대한 장식적 요소들을 도입하고, 한편 정치적 논의, 사회현상 등을 소설에서 다루었다. 위고와 상드는 당시 사회의 욕구와 희망, 혼란을 대단히 정확하게 인식한 작가들이었다.

■ 작가 및 작품 연보

* 이규식, 『빅토르 위고』(건국대학교 출판부), 마르틴 리드, 베르트랑 틸리에, 『조르즈 상드』(창해), 박홍순, 『프랑스 근대 사상과 소설』(청동거울), 『불문학사』(일조각), 『불문학 개론』(정음사) 등을 기초로 해 빅토르 위고와 조르즈 상드의 작가 및 작품 연보를 작성한다.

1802~1815년 집정관 체제, 통령 정부, 제1제정.

1802년 2월 26일, 빅토르 위고 브장송에서 태어남.

1803년 빅토르 위고의 어린 시절 친구이자 약혼녀, 아내가 될 아델 푸셰 태어남.

1804년 7월 1일, 아망틴 오로르 뤼실 뒤펭(후의 조르즈 상드) 파리에서 태어남.

1807년 빅토르 위고, 부모와 함께 이탈리아 나폴리에서 체류.

1808년 조르즈 상드, 아버지 모리스 뒤펭 낙마 사고로 사망.

1811년 빅토르 위고, 스페인 마드리드의 귀족학교 입학.

1814년 위고 가문의 아들들, 루이 18세로부터 '백합의 기사'란 칭호를 받음.

1815년 빅토르 위고, 코르디에 기숙학교에 들어감.

1815~1830년 왕정 복고.

1816년 빅토르 위고, 첫 작품 『아르타멘느』(비극)

1817년 빅토르 위고, 아카데미 프랑세즈의 문학 경시대회에서 수상.

1818~1820년 조르즈 상드, 파리에 있는 영국 마리아 수도원에서 기숙사 생활을 하며 2년간 공부.

1819년 빅토르 위고, 아델과 비밀리에 약혼식을 치룸.

빅토르 위고, 툴루즈 문학 경시대회에서 금백합상 수상.

빅토르 위고, 형제들과 함께『문학 수호자』창간.

1820년 빅토르 위고 라마르틴느, 샤토브리앙 등과 교류, 빅토르 위고, 중편소설『뷔그 자르갈』출간.

1821년 조르즈 상드, 성장기에 큰 영향을 준 할머니 뒤펭 드 프랑꿰이 사망.

빅토르 위고, 어머니 소피 사망.

1822년 빅토르 위고, 왕실로부터 은급을 받음.

10월 2일, 아델과 빅토르 위고 결혼

빅토르 위고,『오드와 잡영집』출간.

23편의 오드와 3편의 잡영시를 수록한『오드와 잡영집』은 특히 정치적인 주제와 종교적이거나 매우 일반적인 문학 주제를 다루고 있다. 몇몇 시편들을 서정적이라기보다는 비가적인데, 빅토르 위고가 아델 푸셰에게 맹세한 사랑의 감동적인 메아리를 담고 있다.

조르즈 상드, 까지미르 뒤드방과 결혼.

1823년 빅토르 위고, 첫아이 레오폴 태어나서 얼마 후 죽음.

빅토르 위고, 소설『아이슬란드의 한』출간.『라 뮈즈 프랑세즈』에 참여.

조르즈 상드, 모리스 출산.

1824년 빅토르 위고, 맏딸 레오폴딘느 태어남.

빅토르 위고, '아르스날 야회' 주도.

빅토르 위고, 시집『새 오드』출간.

1825년 빅토르 위고, 레지옹 도뇌르 5등 훈장을 받음.

조르즈 상드, 오렐리엥 드 세즈와 정신적 연애.

1826년 빅토르 위고, 아들 샤를르 태어남.

빅토르 위고, 시집 『오드와 발라드』, 소설 『뷔그 자르갈』(2판) 출간.

1827년 빅토르 위고, 『크롬웰』과 이 작품의 서문 출간.

낭만주의의 선언서로서 가장 유명한 것은 위고의 『크롬웰』 서문이며, 위고는 이 글에서 예술의 자유를 요구하고, 고전주의의 '삼일치법칙'을 배격함으로써 19세기의 르네상스를 이룩해 놓았다.

조르즈 상드, 스테판 드 그랑사뉴와 사귐.

1828년 빅토르 위고, 아버지 레오폴 사망.

빅토르 위고, 아들 빅토르 태어남.

조르즈 상드, 딸 솔랑즈 태어남. 솔랑즈의 아버지는 그랑사뉴임.

1829년 빅토르 위고의 『마리옹 드 로름므』 검열에 의해 금지.

빅토르 위고, 시집 『동방시집』, 희곡 『마리옹 드 로름므』, 소설 『사형수의 마지막 날』 출간.

『동방시집』이 출간되었을 때 위고의 시적 창조력의 능란함이 확인되었음을 모두 인정하였다. 풍부한 이미지 구사, 리듬의 다양성과 화려한 문체로 『동방시집』은 테오필 고티에의 '예술을 위한 예술'의 이론에 영향을 주었고, 후에 고답파 시인 테오도르 드 방빌에게까지 하나의 모범이 되었다.

1830년 빅토르 위고, 딸 아델 태어남.

생트 뵈브, 위고의 아내 아델과 사랑에 빠짐.

『에르나니』 초연.

조르즈 상드, 나중에 연인이 될 상도 만남.

『에르나니』는 문학사상 유명한 투쟁을 일으켜, 45일간의 공연 기간 중 전 파리시를 소란의 도가니로 만든 작품이다. 이 작품의 성공은 낭만극의 결정적 승리를 가져와 낭만주의 연극의 고전주의에 대한 승리의 계기를 마련했다.

1830~1848년 7월 왕정.

1831년 빅토르 위고, 소설 『파리의 노트르담』, 시집 『가을 나뭇잎』 출간. 『마리옹 드 로름므』 초연.

조르즈 상드, 쥘 상도와 『로즈 에 블랑쉬』 공동 집필.

『파리의 노트르담』의 흥미는 줄거리 자체뿐 아니라 루이 11세 치하의 15세기 파리의 폭넓고 다채로운 묘사에 있다.

1832년 콜레라 창궐.

6월, 라마르크 장군의 장례식 후 파리에서 폭동.

이 사건은 빅토르 위고의 『레 미제라블』과 조르즈 상드의 『오라스』의 중요한 소재가 된다.

검열에 의하여 금지된 빅토르 위고의 『왕 즐겁게 놀다』가 처음이자 마지막으로 상연.

조르즈 상드, 첫 작품 『엥디아나』 발표. 이때부터 '조르즈 상드'라는 필명 사용. 『발랑틴느』 출간.

『엥디아나』는 상드가 단번에 당대의 대 소설가 반열에 오를 수 있도록 해준 작품이었다. 당시 『피가로』지는 이 소설에 대해 "이 작품은 현대의 열정에 관한 이야기이고, 진실로 여성의 마음을 읽을 수 있는 이야기"라 평했고, 『주르날 데 데바』는 '현대파의 모든 특징'들을 이 소설에서 찾으려 했다. 『엥디아나』는 '사회 규범에 대항하는 사랑의 투쟁, 인습에 대항하는 정열의 투쟁' 뿐 아니라 여성들을 '가정에서 식사를 준비하고 차를 대접하는 데 알맞게 길들여진 동물'로 만드는 결혼에 대해 반대하고 여성 내면의 정열을 생생하게 묘사했다.

1833년 빅토르 위고, 쥘리에트 드루에와 사랑에 빠짐.

빅토르 위고의 『뤼크레스 보르지아』와 『마리 튀도르』 초연.

조르즈 상드, 상도와 헤어지고 뮈세와 연인이 됨.

조르즈 상드, 『렐리아』 출간.

상드는 『렐리아』의 "마그뉘스는 내 어린 시절의 모습이고, 스테니오는 내 젊은 시절의 모습, 그리고 렐리아는 내 성숙한 시절의 모습이다. 아마도 트랑모르는 내 노년의 모습이 될 것이다"라고 밝혔다.

1834년 리용과 파리에서 폭동 발생.

빅토르 위고, 소설 『미라보에 대한 연구』와 『클로드 괴』 출간.

조르즈 상드, 의사 파젤로의 연인이 됨. 들라크루와 상드의 초상화를 그리기 시작함. 『작크』 출간.

1835년 위고, 생트 뵈브와 결별.

빅토르 위고, 『앙젤로, 파두아의 폭군』 초연. 시집 『황혼의 노래』 출간.

생트 뵈브 피에르 르루를 상드에 소개. 상드, 뮈세와 헤어짐. 상드, 카지미르 뒤드방 남작과의 육체적·물질적 결별을 요구. 조르즈 상드, 『레오 레오니』와 『앙드레』 출간.

『황혼의 노래』를 출간할 당시 빅토르 위고는 정신적으로 매우 불안한 상태였다. 1833년 이래 아내가 아닌 여인과의 사랑에 번민했고, 정신은 의심으로 인해 무력한 형편이었다. 사랑의 시편은 열렬하기도 했지만 우수가 깔려 있었다. 그럼에도 그의 예술은 열정과 깊이의 성숙함을 보여주고 있다.

1836년 빅토르 위고, 아카데미 프랑세즈에 실패.

조르즈 상드, 리스트, 소팽, 마리 다구를 만남. 본격적인 피에르 르루와 조르즈 상드의 사상적 교류 시작.

조르즈 상드, 『시몽』 발표.

공주와도 같은 외모를 가진 마리 다구에게 아낌없는 우정을 보낸 상드는 그녀에게 『시몽』을 헌정했다.

1837년 빅토르 위고 자작의 작위와 레지옹 도뇌르 4등 훈장을 받음.

위고 오를레앙 공작의 친구가 됨. 시집 『내면의 목소리』 출간.

조르즈 상드, 어머니 사망. 『어느 여행자의 편지』, 『마르시에게 보내는 편지』와 『모프라』 출간.

빅토르 위고는 정관자의 면모를 『내면의 목소리』에서 처음 모습을 드러낸 '올랭피오'라는 인물로 상징화한다. 그러나 당시 비평가들은 위고의 작품을 이해할 수 없다고 비판했다.

『모프라』는 상드가 당시 시대상황, 특히 18세기 후반을 배경으로 사법제도에 대해 많은 자료를 수집해 쓴 역사소설이며, 교육자로서의 여성을 다룬 교육소설이다. 이 소설은 1926년 장 엡슈텐의 무성영화로 제작되었다.

1838년 빅토르 위고, 자신의 극장 '라 르네쌍스'를 소유. 『뤼 블라스』 초연.

조르즈 상드, 쇼팽의 연인이 됨. 『마지막 알디니』 발표.

1839년 파리에서 봉기가 일어남.

빅토르 위고, 아카데미 프랑세즈 입회에 다시 실패.

조르즈 상드, 『스피리디옹』 출간.

1840년 빅토르 위고, 아카데미 프랑세즈에 네 번째 실패.

빅토르 위고, 시집 『빛과 그림자』와 시 『황제의 귀환』 출간.

조르즈 상드, 『가브리엘』과 『프랑스 일주의 직인』 출간.

폭넓은 리듬과 사상의 활력에 충만한 『빛과 그림자』는 앞으로 나올 『정관시집』의 바탕을 위고 시 창작의 지평선 위에 세워 놓는다.

『프랑스 일주의 직인』은 상드가 동업조합과 노동조합에 대한 지
식을 바탕으로 쓴 작품이다. 대중 예술, 입헌제 정부, 교육과 자
율에 대한 인간의 권리, 동업조합의 결성과 그 유용성 등을 주제
로 다루었다.

1841년 빅토르 위고 아카데미 프랑세즈 회원에 선출.

조르즈 상드, 피에르 르루와 함께 『라 르뷔 엥데팡당트』 창간.

이 잡지에 조르즈 상드 『오라스』 게재 시작.

『라 르뷔 엥데팡당트』의 자유롭고 솔직한 논조는 당시 유럽지식
인들을 매료시켜 프랑스인뿐 아니라 많은 유럽인들이 이 잡지를
정기 구독했다.

상드의 소설 중 파리를 배경으로 한 유일한 소설이 『오라스』인
데, 1831년에서 1833년 사이의 파리 모습과 당시 생활, 정치상
등이 묘사되어 있다.

1842년 빅토르 위고, 『라인 강』 출간.

조르즈 상드, 『꽁슈엘로』를 『라 르뷔 엥데팡당트』에 연재.

『마조르크의 겨울』 출간.

산문체의 오페라 형식으로 서술된 『꽁슈엘로』는 때때로 볼프강
아마데우스 모차르트의 『마술피리』와 비교되는 걸작으로 손꼽
힌다.

1843년 빅토르 위고의 딸 레오폴딘느 빌키에서 익사. 위고의 『성주
들』 공연 실패.

1844년 빅토르 위고, 루이-필립의 측근이 됨.

조르즈 상드, 르루가 창간한 신문인 『엥드르의 척후병』 발기인
으로 참여. 『잔』 출간.

1845년 빅토르 위고, 왕에 의해 프랑스 상원의원에 임명. 간통 현행범으

로 경찰관에게 발각. 위고, 미래의 『레 미제라블』을 집필하기 시작.

조르즈 상드, 『앙지보의 방앗간』 출간.

7월 16일 유부녀와 불륜의 관계로 일어난 스캔들로 빅토르 위고는 파리 시내의 비웃음의 표적이 되었다. 이 스캔들에 대한 세인의 관심이 식을 때까지 위고는 세상을 피해 사는 신세가 되었다. 이리하여 그의 본령인 창작에 바칠 시간은 오히려 충분히 주어져 이때부터 『레 미제라블』의 전신인 『레 미제르』의 구상이 다듬어지고 집필이 개시된 것이다.

1846년 조르즈 상드, 『마의 늪』, 『이지도라』 출간.

『마의 늪』은 민속학적 관점에서 서술되어 있고, 베리 지방의 결혼을 둘러싼 풍습을 묘사하고 있다. 결혼식 장면에 나오는 모피와 양배추는 신부의 다산을 기원하는 것이다.

1847년 조르즈 상드, 쇼팽과 결별. 『사생아 프랑수아』 연재 시작.

『내 삶의 이야기』 집필 시작. 그녀의 고향 노앙에서 인형극 시작. 『앙투안느 씨의 죄』 출간.

산책 중인 두 예술가의 대화로 시작하는 『사생아 프랑수아』는 자연과 전원 사회의 아름다움을 되찾게 해주는 예술의 힘에 대해 이야기한다.

1848년 2월 혁명.

1848년 2월~1851년 12월 제2공화국.

1848년 빅토르 위고, (우파)의원으로 선출.

조르즈 상드, 노앙으로 귀환.

1849년 빅토르 위고, 헌법 제정 의회 의원에 선출. '빈곤에 대한 논설'

발표.

조르즈 상드, 『사랑의 요정』 발간. 쇼팽 사망.

『사랑의 요정』 서문에서 상드는 당시 정치적 상황에 환멸을 느
낀 심정을 토로하고, 자신에게 있어 문학은 하나의 위안이며, 예
술은 인간으로부터 받은 상처에 바르는 효험 있는 식물의 수액
이라고 서술했다.

1850년 빅토르 위고, '교육의 자유에 대한 논설' 발표.

알렉상드르 망소. 상드의 비서이자 연인이 됨.

조르즈 상드, 『사생아 프랑수와』 출간.

1851년 12월 2일, 루이 나폴레옹 보나파르트 쿠데타를 일으킴.

12월 4일, 빅토르 위고, 비밀리에 파리를 떠남.

1852~1870년 제2제정.

1852년 빅토르 위고, 브뤼셀에 거주. 『꼬마 나폴레옹』(예언적 논고의 형
식으로 이루어진 풍자문) 발표.

조르즈 상드, 형을 선고받거나 추방당한 공화주의자들의 구명운
동을 위해 노력.

1853년 빅토르 위고, 전 가족이 저어지섬에 거주.

빅토르 위고, 강신술에 입문. 시집 『징벌시집』 출간.

조르즈 상드, 『대녀』와 『연주하는 사람들』 출간.

『징벌시집』은 1851년 12월의 쿠테타로 국외 망명을 하게 된 위
고가 자신의 울분을 노래한 시편들로 엮어져 있다.

1854년 조르즈 상드, 『아드리아니』 발표.

1855년 빅토르 위고, 『정관시집』 완성.

빅토르 위고, 저어지에서 추방당해 게르네제섬으로 이주.

조르즈 상드, 『내 삶의 이야기』 출간.

『정관시집』은 전편 2권으로 되어 있으며, 제1권 '옛날'은 희망편이고 제2권 '오늘'은 애도편으로, 신혼여행 도중에 익사한 딸 레오폴딘느를 슬퍼하는 시편들이다.

1856년 빅토르 위고, 오트빌 하우스 구입.

빅토르 위고, 『정관시집』 출간. 『신』, 『사탄의 최후』(시) 발표.

1857년 조르즈 상드, 『다니엘라』(반 교권적 이탈리아 소설) 출간.

1858년 빅토르 위고, 병세 악화.

조르즈 상드, 『부아도레의 멋진 신사들』, 『눈사람』, 『농촌의 전설』 출간.

"농부에 관한 사실이 밝혀질수록 이런 자료들은 자취를 감추어 간다. 빠른 속도로 진행되는 망각으로부터 이 놀랍고도 위대한 시의 몇 가지 해석판들을 건져낼 수 있어 반가울 따름이다. 그러한 시들을 통해 인간성은 함양되어 왔고, 농촌 사람들은 자신도 모르는 사이 음유시인이 되었을 것이다." -조르즈 상드, 『농촌의 전설』 부분.

1859년 정치범 사면에 관한 법 선포.

빅토르 위고, 사면을 거부. 시집 『여러 세기의 전설』 출간.

조르즈 상드, 『그녀와 그』 출간.

『여러 세기의 전설』은 역사적 시로서는 결함이 많다. 중요한 몇몇 시대들이 완전히 생략되어 있다. 로마, 17세기 및 18세기 등, 그리고 미개시대의 잔인성이 유난히 강조되어 있는가 하면, 기독교도들의 광신에 또한 너무 역점을 두고 있다. 그러나 문장의 웅건함과 강렬한 상상력은 위고의 작품 중에서 으뜸된다.

『그녀와 그』는 상드가 알프레드 드 뮈세와의 관계를 그린 자전적 소설. 이 소설에 대해 뮈세의 형인 폴 드 뮈세가 『그와 그녀』

를 출간.

1860년 빅토르 위고, 『레 미제라블』 집필 재개.

조르즈 상드, 장티푸스에 걸림. 『쟝 드 로쉬』 출간.

1861년 빅토르 위고, 워털루에 체류. 『레 미제라블』 완성.

조르즈 상드, 건강의 회복을 위해 타마리스에서 체류. 『검은 도
시』, 『빌메르의 후작』과 『게르망드르 가족』 출간.

1981년 자크 트레푸엘은 상드의 『검은 도시』를 원작으로 영화
를 만들었다.

1862년 프러시아 : 비스마르크 수상이 됨.

빅토르 위고, 『레 미제라블』 출간.

조르즈 상드, 『탁자 주변』, 『타마리스』 출간.

1863년 『생애의 한 증인이 말하는 빅토르 위고』를 아델이 출간.

조르즈 상드, 플로베르와 첫 번째 서신 교환.

반 교권적인 소설 『마드무아젤 드 라 켕티니』 출간.

조르즈 상드, 손자 출생.

1864년 런던에서 국제 노동자 연합 창설.

빅토르 위고 에세이, 『윌리엄 셰익스피어』 출간.

조르즈 상드, 『빌메르 후작』을 무대에 올려 성공.

조르즈 상드, 손자 사망.

1865년 빅토르 위고, 시집 『거리와 숲의 노래』 출간.

조르즈 상드, 『수정 속으로의 여행(로라)』, 『젊은 처녀의 고백』
출간.

1866년 빅토르 위고, 소설 『바다의 노동자들』 출간. 『보상금 1,000프
랑』, 『조정』(희극) 저술.

조르즈 상드, 『실베스트르』 출간.

1867년 파리에서 『에르나니』 재상연.

빅토르 위고, 시 『게르느제의 목소리』 출간.

조르즈 상드, 플로베르에게 헌정한 『마지막 사람』 출간.

1868년 프랑스에 조합 위원회가 처음으로 허용.

빅토르 위고, 소설 『웃는 남자』 완성.

조르즈 상드, 『메르켕 양』 출간.

『메르켕 양』은 조르즈 상드가 이야기에 철학적인 깊이를 주기 위해 사력을 다한 이상주의적 소설들 중 하나이다.

1869년 빅토르 위고, 『웃는 남자』 출간.

플로베르, 노앙으로 상드 방문.

1870년 나폴레옹 3세, 독일에 선전포고.

9월 4일, 프랑스 스당에서 독일에 패배.

9월 5일, 빅토르 위고 대대적인 환영을 받으며 파리로 돌아옴.

빅토르 위고의 『뤼크레스 보르지아』 재상연.

조르즈 상드, 『아름다운 로랑스』, 『누가 뭐라 해도』 출간.

1870~1940년 제3공화국.

1871년 3월 19일~5월 28일: 파리꼼뮌.

피의 일주일로 파리꼼뮌이 끝남.

위고, 국회의원에 선출.

3월~5월 : 위고, 꼼뮌파를 지지했다는 이유로 룩셈부르크 등지로 가다.

『징벌시집』의 두 번째판 출간.

조르즈 상드는 파리꼼뮌을 비난(플로베르, 에밀 졸라, 알퐁소 도데와 마찬가지로 파리꼼뮌의 역사적 의의를 이해 못 함).

조르즈 상드, 『세자린 디트리슈』, 『전쟁 중에 쓴 어느 여행자의 일기』출간.

1872년 빅토르 위고, 파리로 돌아와 꼼뮌과 옹호.

빅토르 위고, 시『무시무시한 해』출간.

조르즈 상드, 『나농』 출간.

『무시무시한 해』는 1870년 8월부터 1871년 7월까지 일어났던 정치적, 군사적 사건들에 대한 서사체의 연대기라고 할 수 있다. 조르즈 상드는 위고의 시집『무시무시한 해』에 서평을 하면서 그의 솔직성과 천재성에 경의를 표했다. 『나농』은 파리꼼뮌 당시 공포를 체험한 상드의 공화주의적인 이상향을 내세우면서 폭력을 단죄하고 있다. 역사를 이상화하면서 공포정치를 수반하지 않는 혁명을 꿈꾸고 있다. 이 작품은 위고의 『93년』과 견줄 만큼 파리꼼뮌 이후 프랑스 사회의 실상을 잘 그리고 있다.

1873년 빅토르 위고, 소설『93년』을 씀.

조르즈 상드, 동화소설『어느 할머니의 이야기』출간. 뚜르게네프 노앙에 체류.

『93년』은 방데지방의 반란의 일화에 관련된 역사적이고 상징적인 소설.

1874년 빅토르 위고, 『93년』, 『내 아들들』출간.

조르즈 상드, 『내 언니 쟌느』출간.

1875년 빅토르 위고, 정치론『행동과 말』출간.

조르즈 상드, 『플라마랑드』, 『두 형제들』출간.

1876년 빅토르 위고, 상원의원(좌파)에 선출.

6월 8일, 조르즈 상드, 노앙에서 사망.

"나는 죽음을 애도한다. 그리고 영원 불멸에 경의를 표한다.〔…중략…〕 숭고한 변모, 인간의 격식은 빛을 가린다. 그 격식은 사상이라는 신성하고 진실된 인간의 얼굴을 가리고 있다. 조르즈 상드는 하나의 사상을 갖고 있다. 그 사상은 육체 너머에 있고, 바로 그래서 자유롭다. 그녀는 죽었다. 바로 그래서 살아 있는 것이다." -빅토르 위고가 조르즈 상드에게 바친 추도사-

1877년 빅토르 위고, 『여러 세기의 전설』(제2권) 출간.

시 『할아버지 노릇 하는 법』, 풍자물 『어떤 범죄 이야기』 출간.

1878년 『레 미제라블』 극으로 각색되어 초연.

빅토르 위고, 시 『교황』, 『지상의 연민』 출간.

1880년 빅토르 위고, 시 『종교들과 종교』 출간. 시 『당나귀』 출간.

1881년 파리, 빅토르 위고의 생일을 경축.

엘로 거리는 빅토르 위고 거리가 되다.

빅토르 위고, 시 『정신의 네 바람』 출간.

1882년 빅토르 위고, 상원의원에 재선출.

빅토르 위고, 극 『토르크마다』 출간.

『왕, 즐겁게 놀다』 재상연.

1885년 5월 22일, 빅토르 위고 사망.

6월 1일, 국장으로 장례식 거행. 200만 국민의 애도 속에 영구차에 실려 팡테옹에 안치.

1) 1830년은 바리케이트를 민중반란의 상징으로 삼았다. 바리케이트의 혁명역사는 1588년까지 거슬러 올라가지만 대혁명기에는 중요한 역할을 하지 않다가 1830년 이후로 바리케이트는 혁명의 상징이 되었다.

2) "일하면서 자유로이 살거나 아니면 싸우면서 죽자"라는 구호와 함께 시작된 1831년 11월 22~23일 리용 소요는 굶주린 자들의 소요였을 뿐 아니라 형용할 수 없는 빈곤 속에서 스스로에 대한 자각을 가진 새로운 계급이 일으킨 최초의 대규모 시위, 생존권에 대한 최초의 격렬한 요구였다. R. Mandrou, *histoire de la civilisation française*, Armand Colin, 1984, p.195.

3) 상드는 파리를 무대로 한 소설을 거의 쓰지 않았다. 『엥디아나』(1832), 『폴린』(1841), 『이지도라』(1846), 『프랑시아』(1872) 등에서 파리는 잠깐 언급된다. 유일하게 『오라스』만이 파리를 무대로 하고 있다.

4) 조르즈 상드, 『서간집』(제5권), p.297.

5) 위의 책, p.317.

6) 1851년 12월 루이 나폴레옹이 쿠데타를 일으켜 다음해 황제(나폴레옹 3세)가 되자 상드는 강한 분노를 느끼며 그와 같이 말했다.

7) 뷜로즈는 조르즈 상드의 사생활에만 관심을 가졌기 때문에 그는 『오라스』를 정독하지 않고 그녀의 정치철학을 무시했다. 이는 남성 우월주의의 결과였다. 마찬가지로 이후 많은 제도권 문학사가(남성들)들이 같은 오류를 범했다. "나는 『엥디아나』, 『렐리아』, 『모프라』의 독자가 얼마나 있는지를 알지 못한다. 그러나 조르즈 상드의 삶은 항상 존재할 것이다. 독자들은 소설보다 그녀의 개인적인 삶에 더욱 흥미를 느낀다. 그녀에게 있어 가장 뛰어난 작품은 그녀의 사생활이다." E. Henriot, "Une nouvelle vie de George Sand", Albin Michel, 1953. p.189.

이 주제에 관해서는 다음 장 "여성운동과 조르즈 상드"에서 자세히 살핀다.

8) 조르즈 상드, 『오라스』, Editions de l'Aurore, 1982, p.251.

9) 빅토르 위고, 『레 미제라블』, Robert Laffont, 1985, p.833.

10) 위의 책, p.977.

11) 위의 책, p.525.

12) 위의 책, p.886.

13) 조르즈 상드, 『오라스』, 같은 책, p.54.

14) 위의 책, p.55.

15) 빅토르 위고, 『레 미제라블』, 같은 책, p.514.

16) 위의 책, p.532.

17) 위의 책, p.986.

18) 1830년 7월 혁명 후 마라의 조끼, 로베스피에르의 머리와 가죽으로 된 모자를 쓴 급진파 민주주의 청년조직.

19) 조르즈 상드, 『오라스』, 같은 책, p.71.

유럽통합사와 조르즈 상드의 소설
『꽁슈엘로(Consuelo)』[1]

1. 유로화 탄생

21세기를 맞아 유럽사회에서의 화두는 단일통화 출범 등 단연 유럽통합이다. 1999년 1월 1일부터 프랑스와 유럽의 다른 10여 개 나라에서 자국의 화폐와 함께 공식 화폐가 된 유로화는 3년간의 준비기간을 거치고, 2002년 1월 1일 동이 트면서 유로랜드 12개국은 유로 현금을 전면 통용하기 시작했다. 유럽에서 가장 빨리 새해를 맞은 인도양의 프랑스령 레위니옹섬에서 1kg의 과일이 팔린 것을 시작으로, 독일, 이탈리아, 네덜란드, 그리스 등 '유로권' 12개국과 신유고연방의 몬테니그로 및 코스보에서 일제히 시작된 유로화의 통용은 위조지폐, 물가상승, 유로화 현금 부족 등 당초의 우려에도 불구하고 비교적 순조롭게 진행됐다. 또한 유로화 통용을 축하하기 위해 발표한 메시지에서 코피 아난 유엔 사무총장은 '유로화 도입은 분열 대신 통합을, 갈등 대신 협력을, 분리된 과거 대신 통합된 미래를 대담하고 환상적으로 선택한 것'이라 평가하며 유로화 통용에 큰 의미를 부여했다.

앞으로 유럽인들은 자신의 국적을 자연스럽게 '유러피언'이라고 내세우는 이들이 늘 것이고, 유럽인들에게 더 이상 국경과 국적은 의미 없는 '거추장스런 옷'에 불과할 것이다. 한 세대 뒤에는 국경을 초월하는 유러피언만이 존재할지도 모르는 일이다.

20세기 전반 1·2차 세계대전을 치르면서 유럽은 통합의 길을 모색하게 된다. 전후 혼란에 빠진 정치, 피폐된 경제 등으로 세계의 중심에서 밀려난 유럽은 평화와 성장이라는 목표를 갖고 유럽통합을 추진한다. 양차 세계대전을 치르는 동안 전쟁의 중심에서 항상 호된 상처를 입은 프랑스는 유럽통합 출발의 주축이 되어 여러 기구의 탄생에 주도적 역할을 한다.

'유럽을 분리시키는 장벽을 제거함으로써 경제 및 사회적 진보'를 추구하도록 규정하고 '완전한 공동시장의 실현'을 목표로 명기한 1957년 로마조약은 유럽통합 작업의 수준을 한 단계 끌어올린 유럽통합의 선언적 기초가 된다. 유럽공동체의 확대는 1980년 이후 가속화되어, 1993년 11월 마스트리히트 조약이 발효되면서 유럽공동체가 유럽연합으로 이름이 바뀐다. 이런 유럽연합의 발전과정은 유럽경제공동체 성립기(1945~1957), 관세동맹 완성기(1958~1968), 유럽공동체 확대기(1969~1986), 단일시장 완성기(1987~1992), 정치 및 경제 통합(1993~2003)의 다섯 단계를 거치면서 구체화된다.[2]

그러면 오래 전부터 문헌에 나타나는 유럽통합의 역사적 배경은 무엇이며, 프랑스 대혁명과 나폴레옹 전쟁 이후 유럽의 구질서를 뒤흔들었던 19세기 전반 프랑스 문학에서 가장 유럽정신에 충실했던 작가, 상드는 그녀의 소설 『꽁슈엘로』에서 어떻게 유럽통합의 이념을 구체화시켰는지를 본 글에서 살펴보고자 한다.

2. 유럽통합의 흐름

유럽경제공동체 초대 집행위원장인 월터 홀스타인느는 "유럽통합은 창조했다기보다는 다시 찾은 것이다(Europe is no creation, it is rediscovery)"라고 유럽통합의 당위성을 설명하고 있다.

역사학자들은 무력이 근간을 이룬 시이저와 샤를마뉴 대제의 서유럽 정복에서 유럽 통합의 모태를[3] 찾지만 평화적 통합 논의도 14세기 초부터 시작되었다. 통합의 길은 이제 군사적인 정복에 의해서만 추구되는 것이 아니었다. 당시 사상가들과 지식인들은 전쟁의 방지와 평화의 보존을 통합의 가장 큰 가치로 삼기 시작한다.

1306년, 외교관이고 프랑스와 영국 왕정의 법률가인 피에르 뒤브와는 '기독교적 원리의 적용을 통해 평화 수호의 기능을 수행하는 제왕상설회의(Permanent assembly of princes)의 창설을 제안'하며 각국의 지도자로 구성된 유럽이사회를 설립하여 공동정책을 서로 결정하는 유럽연합(European Federation) 구성을 공론화시켰다.[4] 같은 해 단테도 그의 작품 『신곡』에서 각국을 통치하는 군주 위에 통합 황제를 두어야 한다고 주장했다.

같은 시기 술리공 막스밀리안은 오스만 터키의 위협으로부터 유럽의 방위에 초점을 둔 국가연합(Federation of states)을 제의했다. 당시 유럽통합 초기의 구체적 방안과 사상들은 기독교적 원리에 입각한 것이었다. 유럽 기독교 사회 전체를 포괄한 왕족의 권리 또는 황제나 교황이 갖는 궁극적 권위를 인정하면서 어떤 특정 국가나 왕조가 강력한 정치적 영향력을 행사하는 것이었다.

이후 1693년 퀘이커 교도이며 평화주의자인 영국인 윌리엄 펜(Penn)은 '모자이크처럼 난립해 있는 국가군의 종식' 및 '유럽의회(European Parliament)의 창설'에 관해 처음으로 논의하며 유럽의회

(European Diet)의 구성을 통한 유럽통합을 제안하였다.[5]

18세기 계몽주의, 자유사상가들은 체계적인 유럽통합에 관심이 미흡했으나 펜의 유럽의회에 관한 방안은 18세기 철학자들에 의해 지지를 받았다. 칸트(Immanuel Kant)가 제창한 연방법률이나 벤담(Jeremy Bentham)의 공동군(Common Army)창설, 루소(Jean-Jacques Rousseau)의 유럽연방 지지는 펜의 의견에 동의하는 것이다.

현대사회를 이끌어 나갈 여러 주요 사상들이 자리를 잡는 시기인, 19세기의 유럽통합 기조는 기독교적인 통합에서 지적인 통합으로의 이동, 왕과 왕국의 권리로부터 제도적 기구로의 이동으로 대변되면서 여전히 봉건적 체제로 남아 있던 영토국가들의 해체를 예견한다. 1814년 생시몽(Saint-Simon)[6]은 대규모 유럽의회의 창설을 주창하였고, 1848년 빅토르 위고는 파리에 있는 자신의 집 앞 광장에 '자유의 나무'를 심는 행사에서 "형제애와 자유 평등의 민주주의 사상을 세계 모든 나라에 전파, 통합 유럽국가를 넘어 세계 민주공화국을 이룩하자"며 보통선거에 의해 유럽대표를 선출하는 유럽연방공화국의 창설을 촉구하였다.

20세기 접어들며 정책결정자들이 유럽통합을 검토하기 시작하면서 유럽통합의 흐름은 경제적 통합에 큰 의미를 두고 오늘에 이른다.

3. 상드와 유럽통합

낭만적 시기(1932~1836), 인도적 사회주의 신봉 시기(1837~1848), 전원 소설을 쓴 시기(1848~1852), 그리고 만년기(1853~1876)로, 문학사가들에 의해 분류되는 상드의 소설에서 우리는 그녀의 유럽통합론과 유럽정신을 알아보기 위해 특히 인도적 사회주의 신봉 시기에 주목할 필요가 있다. 이 시기에 상드는 그녀의 정신적 지주인 피에르 르루(P. Leroux)[7] 사상의 영향 아래 종교적, 사회적 색채가 짙은 『모프라(Mauprat)』(1837), 『꽁슈엘로』(1842~1843), 『앙투안느 씨의 죄(Le Péché de M. Antoine)』(1847) 등 여러 편의 소설을 발표했다.

당시 상드는 자신의 철학과 사상에 깊이를 더하기 위해 르루와의 교류를 원하고, 그의 철저한 신봉자가 된다. 이 사상가와 소설가의 만남은 상드에게 유럽인은 하나라는 유럽통합 정신을 그의 소설에서 구체화시킬 수 있는 동기를 주었다. 피에르 르루는 이미 1827년 "유럽연합(L' Union Européenne)"이라는 기사를 『르 글로브(Le Globe)』에 발표하며 유럽통합의 이론적 방법론을 제시했고, 이 이론에 깊이 심취한 상드는 소설 속에서 피에르 르루의 철학을 대변하며, 그녀의 작가적 성공은 유럽 전역에 유럽통합 정신을 전파하는 계기가 되었다.

19세기 초 나폴레옹의 패배 후 1814~1815년 형성된 비인체제로 설명되는 유럽은 어느 한 국가에 의한 패권, 승자와 패자도 없는 상처뿐인 끊임없는 소모적 전쟁, 그리고 혁명의 바람을 명백하게 부정했다. 영국, 러시아, 프로이센 그리고 오스트리아 등 "동맹국들은 마지막 연합전선을 프랑스를 패배시키기 위한 군사동맹 이상의 것으로 간주하였다. 그들은 이 동맹을 정복자에 대항하는 국가들의 법질서 유지를 상징하는 것으로 믿었으며, 또한 국가간의 질서는 물론이고 국가내의 질서를 재정립하는 데도 기여할 것으로 믿었다. 또한 유럽의 약소국에 대한 보호권을 가지는 것으로 믿었다."[8]

프랑스에서도 1815년 패전 후, 부르봉왕조는 복위되어 개신된 봉건주의가 중심을 잃고 공중에 떠다니는 꼴이었고, 1830년 7월 파리 대중들이 증오하던 부르봉 왕조에 저항해 일으킨 혁명은 루이 필립을 왕으로 앉혔다. 그러나 루이 필립에게도 그의 왕조적 이해관계가 항상 우선이었다. 그는 자신과 가족을 위해 어떠한 대가를 치르더라도 새로이 획득한 왕위를 방어하고자 했다. 왕위에 대한 가장 확실한 보증을 평화에서 찾았고 그것을 원했다. 왜냐하면 전쟁은 그에게 패배와 혁명을 가져다 줄 수 있음이 두려웠기 때문이었다.[9]

이렇듯 비인조약에 의한 신성동맹으로 19세기 전반 유럽은 왕정복고 시대를 유지하고 있었고, 왕권과 교권 그리고 귀족계급의 권리로 대변되는 이 동맹은 강대국들이 여러 다른 이웃 나라를 점령하고 무시한 채[10] 유럽의 평형을 이끌어 나갔다.

유럽통합이 인종, 언어, 문화, 이념 및 경제 여건이 다른 국가끼리 전쟁이 아닌 평화적인 방법으로 국가 융합을 이룩하는 사례를 만들어 주자는 것이고, 그 임무가 인본을 중심으로 질서를 유지하고, 자유·평등·박애를 실현시키는 신제도를 보장하는 것이었다면, 당시 유럽사회는 신성동맹을 대신해 이러한 임무를 맡을 새로운 통합의 기운에 그 자리를 필연적으로 내놓아야만 했다.

이에 대한 대안으로 상드는 이 새로운 통합이 교회나 국가의 권력을 배제하고, 유럽인 각 개인의 인성에 바탕을 둔 통합을 주장한다. 통합에 있어 전쟁이나 정복 등은 이미 낡은 이론이기 때문에 이를 배제하기 위해 거대한 제국들은 분권화하여 각 지방, 각 도시마다 고유한 활동영역을 갖고 나라를 구별짓는 국경선을 없애자는 이론을 주창한다.

신성동맹 기간 동안 비록 유럽대륙은 모처럼 침묵하는 평화의 시대를 보내고 있었지만 식민지에 대한 영국의 폭정, 러시아에 의한 폴란드의 압정, 교황의 끊이지 않는 지배 등은 여전히 남아 있었고, 1830년대 루이 필립 왕정시대도 '전쟁 취미' 혹은 '폭력의 미학' 등의 이론이 유럽사회를 견고하게 지배하고 있었다. 이런 생각들은 프랑스에서는 나폴레옹 같은 전쟁 영웅을 그리게 되고, 독일에서는 게르만 우월주의가 대두하며 유럽 평화를 위협한다.

이에 따라 상드는 특히 강대국에 의해 짓밟히는 보헤미안의 슬픈 역사를 통하여 전유럽인들에게 평화적인 새로운 유럽통합의 필요성을 역설하고 소설『꽁슈엘로』를 통해 그녀의 유럽정신을 구체화시킨다. 이런 노력은 과거 슬픈 침략의 역사가 재현되는 조짐이 당시에 나타났고, 이것은 유럽통합을 위해서는 절대악이기 때문이다.

4.『꽁슈엘로』와 유럽정신

처음에 중편소설로 기획된 이 소설은 1842년 2월부터 1844년 2월까지『르뷔 엥데팡당트(Revue Indépendante)』에 연재되면서 루이 14세의 왕비 마리 테레즈(Marie-Thérèse)와 프레데릭 2세(Frédéric II),[11] 오스트리아 작곡가 프란츠 죠셉 하이든(Joseph Haydn)(1732~1809), 이탈리아의 음악가 니콜라 포르포라(Porpora)(1986~1768) 등의 유럽인들이 시대를 뛰어넘어 작중인물로 등장하는 역사소설이 되었다. 1854년 출판사 에첼(Hetzel)에서 3권의 단행본으로 출간할 때 조르즈 상드는 새롭게 서문을 다시 적었다. 이 서문에서 그녀는 소설의 전체적인 주조를 이루는 유럽통합의 열망을 힘주어 강조했다.

이 장편소설『꽁슈엘로』, 이어지는『루돌스타 백작부인(la Comtesse de Rudolstadt)』과『르뷔 엥데팡당트』 창간호에 발표한『쟝 지스카(Jean Ziska)』 등은 유럽인의 공통된 역사적 풍습, 도덕을 요약하는 중요한 작품이다.[12]

이 소설이 실린『르뷔 엥데팡당트』는 1841년 피에르 르루, 조르즈 상드, 루이 비아르도(L. Viardot)에 의해 창간된 잡지로, 이 잡지는 당시 유럽의 시대상황을 충실히 조명하고 있다. 『르뷔 엥데팡당트』의 공저자들은 각자 자기 분야의 특수성을 살려 현존하는 다양한 문화(문학, 정치, 철학, 예술, 종교, 경제정책 등)의 문제점을 파헤쳤다. 왕과 공안당국의 극우잡지였던 당시의 유력지 『르뷔 데 드 몽드(Revue des deux mondes)』에 철저히 반대해 자유롭고, 솔직하고, 풍요로운 사상을 가진 이 잡지는 프랑스뿐 아니라 유럽 전역에 걸쳐 읽혀졌다. 러시아의 에르젠(Herzen), 영국의 밀(Stuart Mill), 이탈리아의 마찌니(Mazzini), 독일의 하이네(H. Heine) 그리고 막스(K. Marx) 등은 이 잡지의 고정적인 독자였다. 1842년 2월부터 1843년 3월까지 『꽁슈엘로』는 이 잡지에 16회 연재되었고, 속편인 『루돌스타 백작부인』이 1843년 6월부터 1844년 2월까지 연재되었다.

상드의 관점에서는 소설의 무대가 되는 18세기를 그녀가 살고 있는 19세기와 유럽인의 정서를 동일하게 본다. 소설 속에 등장하는 인물들은 이미 전쟁과 정복이라는 낡은 질서에 대항하며 혁명을 준비하고 알리는 주체가 된다. 대혁명이 가져다 준 자유, 평등, 박애는 그녀가 꿈꾸는 유럽통합의 신성한 행동강령이고, 그녀가 그린 인물들이 갖고 있는 신념이다. 그녀는 소설 속에서 유럽화된 인물을 만들어내는 것이 아니라 찾아내는 것이다.

내가 발명한 세상이 아닌 이미 존재한 세계를 독자들은 보게 될 것이다.[13]

기독교를 계승하는 유럽은 국경으로 분리될 수 없는, 베니스로부터 저 멀리 프라하까지 펼쳐지는 공동문화를 가진 집합체인 것이다. 상드는 유럽문화 속에서 종교적 요인을 강조하는데, 기존의 기독교가 독단적인 교리에 빠졌었기 때문에 기존의 기독교에 철저히 비판을 가하며 모든 종교를 포용할 수 있는 새로운 기독교를 주창했다. 인성종교로 규정할 수 있는 이것은 이성의 측면만을 너무 강조한 계몽주의 철학에 인성 추구를 위한 또 다른 중요한 몫인 인간의 감성을 종교와 관련 맺어 결합을 시도했다.

유럽인

스페인의 가난한 고아 출신인 꽁슈엘로는 당시 대 작곡가이고 명지휘자인 포르포라의 수제자이고 천부의 매력적인 목소리를 가진 여류 성악가(cantatrice) 지망생이다. 이태리 베니스에서 첫 무대를 성공적으로 마친 그녀는 약혼자인 앙졸레토의 부정한 행위 때문에 베니스를 떠나 보헤미아 지방에 자리를 잡는다. 이곳에서 루돌스타가의 저택에 기거하며 노래와 음악을 가르친다. 여기서 정신적인 결함을 가진 알베르 백작과 운명적인 만남을 갖게 되고, 이 만남이 있은 후 꽁슈엘로는 비엔나 여행 중 죠셉 하이든과 스승인 포르포라와 조우하게 된다. 비엔나에 머무는 동안 마리 테레즈와 좋지 않은 관계 때문에 꽁슈엘로와 포르포라는 그들이 참여할 오페라를 위하여 베를린으로 떠나게 된다. 이때 프라하에서는 꽁슈엘로가 비밀리에 결혼을 했던 알베르 백작이 죽었다는 슬픈 소식을 전한다. 『꽁슈엘로』의 후편인 『루돌스타 백작부인』에서는 프레데릭 2세의 포로가 된 꽁슈엘로가 자신을 감시하던 리베라니에게서 풀려나 보이지 않는 세계의 성들로 인도된다. 리베라니는 목숨을 잃은 알베르의 분신에 지나지 않는다. 행복은 보장받지 못하고, 리베라니는 미쳐 버린다. 보이지 않는 서유럽의 정치적 음모는 계속된다.

이상 간추린 꽁슈엘로의 줄거리를 엿보면 많은 역사적 실제인물 (마리 테레즈, 포르포라, 죠셉 하이든, 프레데릭 2세, 카글리오스트로

(Cagliostro)[14]······)들과 가공적인 인물(꽁슈엘로, 알베르 백작, 앙졸레토, 완다)들을 만날 수 있다. 여기서 또한 꽁슈엘로는 상드의 절친한 친구, 성악가인 폴린느 비아르도(Pauline Viardot)[15]의 소설 속 인물이고 알베르는 피에르 르루의 사상을 소설 속에서 전파하는 대변인이다.

『꽁슈엘로』 안에서는 이렇듯 국적을 초월한 많은 인물들이 서로 섞여서 부드럽고 따뜻한 마음으로 모두 '유럽인'이라고 하는 동질의식을 갖는다.

> 그들(유럽인)은 떠오르는 태양 아래서 마지막 찬가를 노래했고, 새로운 세계를 위해 그들이 꿈꾸고 준비한 새로운 상징을 마련했다.[16]

물론 인성을 바탕으로 떠오르는 유럽통합에 걸림돌이 되는 낡은 생각을 가진 이들의 저항도 여전히 굳세게 존재하지만, 상드는 선·악의 이분법에만 얽매이지 않고 유럽인이 살고 있는 시대가 어디인가를 모두에게 이해시키려 노력하고 인성의 승리를 확신한다.

> 나는 이 시대의 인성과 관련을 맺은 인간이다. 나는 유럽을 보았고, 그리고 유럽 속에 내재해 있는 으르렁거리는 분노를 안다.······ 친구들아, 우리의 꿈은 환상이 아니다.[17]

국경이 없는 유럽

앞서 소설의 줄거리와 인용문에서 살펴보았듯이 꽁슈엘로의 생활 반경은 어느 한 도시에만 국한된 것이 아니라 스페인에서 출생해 이탈리아부터 저 동구유럽 끝까지 광범위하다. 그녀는 언어, 문화 차이, 이념을 뛰어넘어 유럽은 하나라는 동류의식의 화신이다.

성악가 폴린느 비아르도를 주제로 쓴 1부의 음악편 이후, 특히 소설의 2부와 3부에서는 보헤미아 지방이 프러시아에 의해 지배를 받고 있던 시기의 참혹한 역사를 기록한다. 보헤미아 지방의 지형을 상세히 설명하고 유럽의 다른 지방이나 도시를 이야기할 때, 우리는 그녀의 유럽정신과 유럽 전체를 하나로 아우르는 넉넉함을 느낄 수 있다.

유럽을 뛰어넘는 정신

당시 프랑스 소설 중 『꽁슈엘로』에서 그려진 영혼 불멸의 사상에 우리는 관심을 갖는다. 상드는 『꽁슈엘로』 집필 중 그녀에게 값진 체험이었던 영혼불멸사상에 대한 믿음을 확신하며, 역사적 인물들을 전생(transmigration des âmes)이라는 동양적인 윤회설을 바탕으로 새로운 인물로 소설 속에 다시 등장시킨다.

리베라니가 알베르의 분신으로 다시 태어나고, 꽁슈엘로가 폴린느 비아르도라는 실제 인물로 환생하고, 알레브는 퍼에르 르루의 또 다른 얼굴인 것이다.

시대정신

『꽁슈엘로』에서 조르즈 상드가 관심을 가지는 것은 개인의 일상사를 넘는 시대정신의 표현이다. 시대정신은 유럽의 문화사를 이해해야만 파악되기 때문에 상드는 『꽁슈엘로』에서 유럽정신의 가입과 관련된 긴 탐험을 시작한다. 앞서 보았듯이 종교로부터 유럽정신의 답을 얻으려 한 상드는 진정한 평등을 위한 종교적 사건을 찾기 위해, 그 시기를 루터와 칼뱅의 종교개혁에 두지 않고 15세기 장 후스(Jean Huss)의 종교개혁에 초점을 둔다.

상드는 당시 만연해 있던 맹목적 사회주의자, 신을 믿지 않는 자유주의자들에 반대하여 종교를 통해 유럽정신의 통합을 이루려 한다.

그러나 이전 기독교가 시대를 개선하고 유럽정신의 통합에 기여하기에는 너무나 독선과 경직으로 얼룩져 있었다. 유럽정신이 국가를 대신해 민주적이고 인도적인 기대를 북돋워 주고, 유럽인의 주권과 평등을 찾기 위해서는 새로운 종교가 필요하다. 이 새로운 종교 혹은 정신이 담당할 역할은 지역간의 분쟁을 지양하고 평화를 보장해 주는 것이다. 그래서 상드가 『꽁슈엘로』에서 주는 답은 인성의 종교인 것이다. 내적인 고통과 인간적 불행을 치유해 줄 해결책인 종교는 상드에 있어 그리스도의 형제이며, 약한 자와 가난한 자의 신인 사탄, 예수회, 후스파, 스코틀랜드의 프리메이슨 전부를 아우르는 종교 통합주의다.

『꽁슈엘로』의 화두는 유럽인이다. 유럽을 사랑한 상드는 유럽정신의 완벽한 완성을 위해 작품에서 유럽인의 사랑, 모험, 역사, 음악 등을 거침없이 그려 나간다. 그녀의 소설적 작업을 시대를 초월한 모든 삶의 영역을 포괄하고자 하는 의욕을 담고 있다.

철학자 에밀 샤르티에 알랭(1868~1951)이 "나는 5권의 『꽁슈엘로』를 도서관 서가에서 언제까지나 볼 수 있기를 기대한다. 이 작품에 날카로운 비판들이 쏟아지고, 그것이 정당하다 해도 이 기대는 흔들림이 없을 것이다"라고 이야기한 『꽁슈엘로』를 조르즈 상드가 쓴지 한 세기 반이 지난 오늘 유럽에서는 통합의 꿈이 현실화되고 있다. 지금 우리가 유럽의 문학을 이해하기 위해 꼭 다루어야 할 주제 중의 하나가 유럽통합이다.

유럽통합은 유럽인의 정치적, 사회적, 경제적, 문화적 삶을 뒤바꿀 것이다. 150년전 상드가 주장한 유럽정신은 앞으로 통합유럽과 더불어 유럽문학에서 어떻게 평가받을 것인가?

1) 새 천년을 한해 앞둔 1999년 유로화의 출범으로 유럽이 희망에 차 있을 때, 그 시기에 맞춰 같은 주제를 갖고 논문을 발표했다. 3년이 지난 오늘 유로화는 유럽 12개국에서 현금 전면 통화를 시작했다. 이에 예전의 논문을 가감하여 다시 여기에 싣는다.

2) 이희범, 『유럽통합론』, 법문사, 1997, pp.392~401 참조.

3) "역사적 기록은 정복을 통한 통합의 시도를 명백하게 보여준다. 샤를마뉴로부터(……) 대륙에 대한 제국적 지배를 통하여 통합의 꿈을 이루고자 하였다. 그러나 이러한 모든 야망들은 결국 헛된 것으로 드러났다. 그 실패 요인은, 첫째, 대륙이 마치 모자이크처럼 분열되어 있었다는 사실과, 둘째, 지방민의 요구를 무시한 채 거대한 영토를 무력으로 통제하려는 전략이 부적합했다는 데서 찾아 볼 수 있다." D. W. Urwin, 『유럽통합사』, 노명환 역, 대한교과서(주), 1994, pp.2~3.

4) 위의 책, p.3.

5) 위의 책, p.4.

6) "1814년 그는 저술활동을 통해서 유럽 각국의 군주와 정부, 그리고 이를 포함하는 제도적인 통합을 위한 적극적이고 세부적인 구상을 진척시켰다. 이러한 노력은 '유럽 합중국을 통한 평화'라는 표어로 나타났다. 생시몽과 그의 추종자의 핵심 주제이기도 한 이 표어는 과거와 후대 유럽 통합사상가들을 결합시킬 수 있었다. 또, 그것은 19세기 지식인들의 이해를 반영했으며, 유럽통합의 맥을 잇는 중요한 평화운동의 주제이기도 하였다.", 위의 책, p.4.

7) Pierre Leroux(1797~1871): 작가, 정치·경제 평론가, 조합운동의 선구자였던 프랑스 초기 사회주의 철학자 중 대표적 인물. 그는 Sand 사회소설의 대부로, 독일의 관념철학과 프랑스 사회주의 철학을 접목시킨 사상가.

8) 로이 브리지, 로저 불렌, 『새 유럽외교사 I』, 이상철 역, 까치, 1995,

p.35.

9) 아르투어 로젠베르크, 『유럽정치사』, 박호성 역, 역사비평사, 1990, pp.37~40 참조.

10) "강대국들은 대개 서로의 지위를 존중하였다. 말하자면, 이미 강대국 체제에 익숙해져 버린 그들은 어떻게 해서라도 이를 유지하려고 하였던 것이다. (……) 유럽의 열강들은 그들 스스로의 특별한 권리와 책임이 있다고 주장하였으며, 이러한 특별한 권리가 다른 국가들에게는 부여되는 것을 꺼렸다. 강대국들은 통상적으로 주요 문제에 관하여 상호협의를 하였다. 물론 약소국가들간에는 이러한 협의체제가 없었다. 강대국들은 자신들을 유럽평화의 수호자들로 간주하였으며, (……) 이러한 강대국들의 "배타적인 클럽"에 대하여 가장 분개하는 것은 소위 이류 국가들 중에서도 비교적 강력한 국가들이었다.", 『새 유럽외교사 I』, 같은 책, p.9.

11) Frédéric Ⅱ le Grand(1712~1786), 프러시아의 왕. 속편격인 『루돌스타 백작부인』에 자주 등장하며 구질서의 대표적 인물로 인성이 바탕이 된 유럽통합을 단연코 거부 하는 인물로 묘사된다.

12) 조르즈 상드, 『꽁슈엘로』(T. I), Les Editions de l'Aurore, 1983, p.37.

13) 위의 책, p.39.

14) Cagliostro(1743~1795), 이탈리아 모험가.

15) Viardot(1821~1910), 프랑스 성악가. 루이 비아르도의 부인. 루이 비아르도는 피에르 르루, 조르즈 상드와 함께 『꽁슈엘로』가 연재된 『르뷔 엥데팡당트』를 1841년 11월 창간했다.

16) 조르즈 상드, 『꽁슈엘로』(T.Ⅲ), p.416.

17) 위의 책, p.464.

여성운동과 조르즈 상드

1. 여성운동의 전개

루소(J. J. Rousseau, 1712~1778)가 『에밀(Emile)』에서 "여성의 교육은 항상 남성들의 교육과 상호적인 관계를 가져야만 한다"라고 한 유명한 전제 이후 남녀의 평등한 권리에 관한 본격적인 토의는 1789년 프랑스 대혁명과 더불어 전개되었다. 대혁명의 도도한 흐름에서 우뚝 솟은 이는 우선 올랭쁘 드 구즈(Olympe de Gouges, 1748~1793)를 들 수 있다. 그녀의 목표는 여성들로 하여금 불의에 항거하는 투쟁에 나서도록 만드는 것이었다. 혁명에 의해 뚜렷이 모순을 드러낸 양성 간의 불평등이 가장 큰 문제였다. 온갖 형태의 불평등이 파생되는 근원은 여성에 대한 남성의 압제였다. 구즈는 시민적, 정치적 공동체가 남녀 양성으로 구성되어 있다는 점을 역설함으로써 당연히 여성도 법치국가의 혜택을 누릴 수 있다는 사실을 환기시키려 했다. "여성이 사형대에 올라가는 권리가 있는 만큼 법정에도 설 수 있는 권리를 가져야만 한다(Une femme a le droit de monter l'échafaud, elle doit avoir également celui de monter à la tribune)"라고 주장하며 "여성과 시민의 권리 선언(Déclaration des droits de la femme et de la citoyenne)"을 함으로써 올랭쁘 드 구즈는 단두대의 이슬로 사라졌다.

이외에도 대혁명기에 인권이 진정으로 여성의 권리를 인식하는 사회를 이룩하기 위해 노력하다 외롭게 희생된 여성들을 보면, '아마존의 여전사'란 별명과 함께 혁명 당시 그네들의 권리를 위해 여러 시위에 참여한 여러 여성들을 지휘하고 인도하다 급진파에 의해 태형을 받고 광인이 된 테르아뉴 드 메리쿠르(Théroigne de Méricourt, 1762~1817), 급진파 지도자 마라(Marat, 1743~1793)를 살해하고 독재로부터 프랑스를 구원했다고 믿었던 샤를로뜨 꼬르데(Charlotte Corday, 1786~1793), 가난한 사람들의 혁명을 위해 나섰다 정쟁의 회오리 속에서 시련을 겪다가 다시 가난한 사람들 속으로 사라졌으나 그녀의 혁명에 대한 열정과 활동으로 여성운동의 소중한 역사로 길이 기억되는 가난한 여배우, '붉은 장미'로 불린 클레르 라콩브(Claire Laconbe, 1765~?) 등이 있다.

또, 문학활동을 통해 여성의 능력과 영향력을 부각시킨 마담 드 스탈(Madame de Staël, 1766~1817)은 계몽주의 철학자들과 교류를 가지며 또 다른 여성의 힘인 글쓰기에 대한 자각을 했다. 스탈 부인은 그의 소설 『델핀느(Delphine)』(1802)에서 "여성이란 모든 사회제도들의 희생물이기 때문에 만일 여성들이 조금이라도 자기의 감정에 자신을 내맡기거나 자신을 통제하는 데 어떤 식으로든 실패할 때, 그들은 불행해질 수밖에 없다는 확신을 여전히 갖고 있다"라고 밝혔다. 그녀는 재능이 뛰어난 여성이 사회의 이해를 받지 못하고 오히려 박해를 받는 현실을 비판하며 사회 대 개인이라는 낭만주의 문학이 갖는 한 주제를 제시했다.

19세기를 맞아 18세기의 계몽주의 철학자들이 자본주의에 대해 무비판적 태도를 취했다고 비난하며 프랑스 사회주의 철학자 푸리에(Charles Fourier, 1772~1837)는 여성문제를 포함하여 사회생활에 관한 새로운 이론을 제기했다. 그는 '여성해방의 정도는 다른 일반의 해방 정도를 측정하는 자연스런 척도'라고 그의 책 『네 가지 운동과 일반적 운명에 관한 이론(Théorie des quatre mouvements et des destinées générales)』(1808)에서 주장했다. 이 책은 여권신장론에 크게 공헌하였고 영국과 미국의 공동체주의자들에게도 많은 영향을 주었다. 당시 상황에서 여성의 위치를 사회발전의 기준으로 본 것은 상당히 진보적인 발상이었다.

한 역사적 시대에 있어서의 발전의 정도는 자유를 향한 여성의 진보의 정도에 의해 측정될 수 있다. 왜냐하면 야만성을 극복한 인간 본성의 승리는 남성에 대한 여성의, 강자에 대한 약자의 관계 속에서 명백히 드러나기 때문이다.[1]

푸리에는 여성들이 억압받는 사회적 분위기 탈피에 초점을 맞춰 여성들이 보다 나은 삶을 누릴 수 있는 방법을 그가 구상한 협동적 공동체나 공동생활촌에서 찾았다. 이곳에서는 남녀의 평등이 이루어지고 경제적으로 여성들은 남자로부터 독립을 했고, 자녀 양육은 여자만의 문제가 아니라 남녀 모두 책임을 지는 협동체 공동의 일이었다. 교육문제 또한 단순히 여성의 가정생활을 위한 것이 아니라 정치적, 사회적, 경제적 참여를 위한 것이었다.

그러나 그가 구상한 이상적인 공동체 사회 '팔랑스테르(Phalanstère)'는 결국 실패했다. 푸리에의 이론은 자본주의 체제에 나타나는 부조리와 모순을 폭로하고 극복해 보려는 실험적 시도였다는 것에 의의가 있지만 너무 환상적이고 극단적이어서 현실과는 동떨어져 있었다.

이 시대에 현실과의 괴리를 극복하고 여성의 권리, 사회에서의 여성의 위치, 가정에서의 여성의 역할 등에 관한 분야에서 핵심적인 역할을 담당하고 소설가로 역시 큰 성공을 거둬 빅토르 위고, 발자크 등과 어깨를 나란히 한 이는 조르즈 상드였다. 여성의 해방과 노동자의 해방은 분리될 수 없다고 믿은 잔느 드루엥(Jeanne Deroin)[2]이나 『여성의 해방, 또는 천민의 증언(L' Emancipation de la Femme ou Testament de la Paria)』이란 유작과 함께 여성 해방운동에 큰 족적을 남긴 혁명의 여인 플로라 트리스땅(Folara Tristan, 1803~1844)[3]과 같은 동시대의 몇몇 여성들처럼 조르즈 상드는 급진적이지는 않았지만 성의 평등과 결혼의 신성함을 옹호하며 부당한 힘의 관계가 없는 사회를 제시했다. 이 글에서는 그녀가 소설 속에서 그려낸 가정 안에서의 여성, 사회 구성원으로서의 여성의 역할에 관해 알아보려 한다. 그녀는 어렸을 때부터 성 역할을 평등하게 고정시키는 적절한 교육 없이는 여성의 권리 신장이 가능하지 않다고 믿었기 때문에 교육자로서의 어머니 역할을 강조했고, 완전한 사회 구성원인 경제적 주체로서의 여성을 각인시켰다.

2. 조르즈 상드

조르즈 상드, 그녀에 대한 이야기는 남장차림의 자유분방한 생활을 즐긴 여성, 뭇예술가들과의 연애사건으로 유명한 여인으로 시작한다.[4] 19세기 가장 활발한 창작활동을 한 소설가이고, 사회소설 그리고 전원소설이라 불리는, 소설 속의 조그만 장르의 창시자로 알려진 그녀가 작가로서의 역량, 당시 시대상황으로서는 놀랄만큼 진보된 작가의식 등 그녀의 전체적인 작품세계는 부차적인 문제로 등한시되고 흥미로운 여걸로만 사람들의 입에 오르내리는 것은 무슨 이유일까?

작가로서의 올바른 평가 이전에 그녀의 사생활에만 관심을 갖고 상드의 이야기를 풀어 나갔던 것은 우리를 오랫동안 지배했던 남성중심 세계관의 결과이다. 여성작가나 혹은 소설에서 여성의 이미지를 연구하는 사람들이 갖는 주된 불평은 여성이 오로지 남성과의 관계 속에서만 고려되는 경향이 있다는 것이다.[5]

'유식한 체하는 여자, 가정부, 몽유병 환자, 뜨내기 배우, 흡혈귀, 뒷간, 맛이 간 아줌마, 소설의 매춘부' 등의 이 심한 말들은 남성의 입장에서 상드를 비난할 때 나온 말들이다. 또한 당대 최고의 위치를 차지하고 있던 남성작가들이 남성과 여성은 공존할 수 없다는 견해를 갖고 있었기에 조르즈 상드를 위대한 작가가 아닌 여성으로만 인식하려는 경향이 있었다.[6]

그러나 프랑스 19세기 소설사에서 조르즈 상드의 위치는 확고하다. 인간 사회의 너그러움, 없는 자와 있는 자의 융합을 평등과 박애를 통해 실현할 수 있으리라 믿었던 그녀, 추악한 것을 지적하고 그것을 그려내는 데 사로잡힌 당시 소설 경향에 대한 역습을 시도했던 그녀의 이상주의 문학관은 사랑과 믿음이 메마른 우리의 가슴속에 꿈과 희망과 높은 이상을 향한 다정스런 마음을 가져다 준다.

이런 상드의 문학관은 성장기에 그녀가 받았던 여성들(할머니, 어머니)로부터의 교육과 그녀의 작품세계를 이야기할 때 절대 분리할 수 없는 당시 사회주의 철학자, 피에르 르루(Pierre Leroux)와의 만남에서 시작된다. 이후 그녀는 여성으로서의 부드러움과 연민, 분노를 갖고 여성의 가정 안에서 역할과 사회에서의 여성 위치에 대해 소설에서 그려 나갔다.

3. 성장기, 사상의 성숙

조르즈 상드 소설에서의 여성은 이기적인 남성을 교화하거나 아이
들의 훌륭한 교육자로서의 역할을 담당한다. 이런 여성의 역할이 소
설 이곳저곳에서 나타나는 것은 그녀의 집안 내력과 어린 시절이 시
사하는 바가 크다. 상드의 아버지 쪽 혈통을 보면, 수많은 백작
(comte), 독일 귀족(landgrave), 공작(duc)의 칭호를 가진 이들과,
'Auguste II'라 불리워진 폴란드의 왕, 프레데릭-오귀스트(Frédéric-
Auguste)를 포함한 유럽의 귀족들을 우리는 찾을 수 있다.

반면에 어머니는 가난한 새장수의 딸로, 모계는 작은 카페 주인(un
teneur d'estaminet), 새장수(un maître oiseleur), 고철상인(ferrailleur), 짐수레
꾼(roulier) 등 서민층이 대부분이었다.

크게 상반된 두 축의 혈통을 간직한 그녀는 부계의 선조들에 대한
자부심과 모계의 내력을 전혀 숨기지 않는 당당함으로 민중과 귀족
이라는 계급에 어색함 없이 접근할 수 있었다.

특히 상드의 친할머니인 뒤펭(Madame Dupin)은 옛날 자기 남편의
친구였던 장 작크 루소(Jean-Jacques Rousseau)의 사상에 심취된 18세기
저명한 여성철학자였다. 할머니는 손녀인 상드에게 중풍에 걸린 손
으로 악기를 연주하면서 음악을 가르쳤고, 손녀는 시골 촌아이들과
자연스럽게 어울려 놀았다. 인자한 할머니는 어린 손녀가 사내아이
의 복장을 하고 말을 타며 벌판을 달리는 것을 허락하였다. 또한 손
녀가 불쌍하고 병든 농부들을 치료할 수 있도록 의술을 가르쳤다. 제
대로 교육을 받지 못한 하층계급의 어머니와 학식 있는 귀족 출신인

할머니에 의해 성장한 상드는 그녀가 사랑할 수 있는 모든 계층에 진지할 수 있었다.

14살 파리에 있는 오귀스틴느(Augustines) 수도원 기숙사에 학생으로 들어가, 17살에 이미 그녀의 할머니가 한없이 매료되었던 장 작크 루소의 열렬한 신봉자가 된다. 루소가 놀랄 만한 대담성을 가지고, 인간은 나면서부터 선하다고 하는 확신의 고백을 접하게 된 상드로서는 어려서 받은 할머니와 어머니의 교육과 함께 루소의 사상이 그녀의 어린 시절 성격을 결정짓는 중요한 요소가 된다. 또한 문단에 데뷔하기 전 1824년 몽테뉴의『수상록』을 읽은 상드는 남녀를 불평등하게 그린 몽테뉴의 문장에 격분했고, 여성과 남성의 겉모습이 다르다 하여 여성을 정신적으로 열등하다고 본 것에 대해 격렬히 항변했다.

조르즈 상드가 31살을 맞이한 1835년 뒤드방(Casimir Dudevant)과의 실망스런 결혼생활, 상도(Jules Sandeau)와의 보잘것 없는 인연, 뮈세(Musset)와 나눈 우여곡절 많은 사랑 등으로 인해, 그녀는 자신의 생에 대해 수많은 환멸을 느낀 시기였다. 삶에 있어 그의 고초와 실패에 대한 확인들은 남녀평등과 여성에 대한 사회의 인습에 반기를 든 초기의 그녀 작품들,『엥디아나(Indiana)』(1832),『발랑틴느(Valentine)』(1832), 특히『렐리아(Lélia)』(1833)에서 깊은 절망으로 두드러지게 나타난다. 그래서 비평가 카포 드 푀야드는 1833년 8월『유럽문학』에서 "당신이『렐리아』를 펴내게 되는 날 누구에게도 악영향을 주지 않으려고 집 안 캐비닛 속에 책을 감추게 될 것이다"라고 혹독한 비평을 했다.[7]

이런 절망의 시기에 한 철학자와의 숙명적인 만남은 그녀에게 미래에 대한 희망과 신념을 다시 얻게 하고 억눌린 자들에 대한 깊은 애정, 긍정적인 마음으로 감싸는 사회에 대한 따스함을 일깨워 준다.

상드는 자신의 철학과 사상의 성숙을 위해 프랑스 초기 사회주의 철학자 중 대표적 인물인 피에르 르루와의 교류를 원한다. 1835년 6월 상드는 자기 집으로 르루를 저녁식사에 초대한다. 그와의 만남이 있은 후 사회주의의 색채가 깃든 인본주의 경향에 몰입하며 조르즈 상드는 더 이상 절망과 고통에 대한 보상으로 암울한 문학을 택하지는 않는다.

그녀는 1846년 출간된 『마의 늪(La Mare au Diable)』의 착상을 그녀가 감명을 받았던 홀바인(Holbein)[8]의 판화, 즉 농부를 그린 『죽음의 환상』과 얼마 후 우연히 목격하게 된 실제로 농부가 일하는 모습과 비교해 보는 과정에서 찾았다. 그녀는 홀바인의 농부처럼 슬픔에 빠진 농부가 아니라 행복하게 일하는 농부의 이미지를 그리고 싶어했다.

그것은 바로 홀바인이 바라보고 있던 사회에 대한 고통스러운 풍자고, 참된 묘사다. 범죄와 불행, 이것이 홀바인에게 충격을 주었던 것이다. 그러나 그와는 다른 시대의 예술가인 우리들은 무엇을 그릴 것인가? 우리는 죽음에 대한 생각 속에서 현재 인류의 보답을 찾을 것인가? 우리는 불의에 대한 징벌과 고통에 대한 보상으로써 죽음을 기원할 것인가?

아니다. 우리는 죽음과는 해결할 문제가 없다. 오직 삶과 해결할 문제만이 있을 뿐이다. 우리는 이제 무덤의 허무도 믿지 않으며, 강제적인 극기로 얻은 구원도 믿지 않는다. 우리는 삶이 풍요롭기를 바라기에 그 삶이 즐겁기를 원한다.[9]

'죽음(mort)'이 암울한 문학이었다면, '삶(vie)'은 작가가 문학에 대한 깊은 열정으로 다시 시작하는 풍요로움이다. 발자크에 의해 '자기 시대를 뒤흔든 심오한 사상가'로 평가된 사회주의 철학자 피에르 르루와 발자크가 '그녀는 남자로 살았고 그러길 원했다. 상드는 여성의 역할을 뛰어넘은 인물'이라고 평했던 소설가의 만남은 조르즈 상드의 인생관, 작품세계 등을 완전히 개조시켰다. 한 철학자와의 만남 이후, 상드 소설의 여성들은 인성(Humanité)에 기본을 두고, 기존의 억압받고 고통받는 여성에서 새로운 세계를 준비시키는 어머니, 교육자로서의 숭고한 자리를 부여받게 되었다. 여성들은 무지에서 벗어나 그들이 갖는 고유한 덕목인 너그러움와 희생, 헌신의 정신으로 대변되는 사회의 한 일원이 되는 것이다.

4. 가정 안에서의 여성

어머니

일련의 상드 소설에서는 종종 아버지의 존재가 부재해 있거나, 아버지의 역할은 미미하다. 어머니가 아이들의 교육을 담당하며 작가는 어머니의 역할에 가치를 부여한다. 상드 소설의 여성들은 그들에게 부여된 임무, 즉 내일의 주인이 될 어린이들, 공화국 시민의 자질을 갖고 태어난 아이들의 기본적인 속성을 고양시키는 데 있다. 왜냐하면 작가가 성인으로서의 그들의 삶과, 선량한 시민으로서의 싹을 준비하는 가족 구성원인 아이들의 중요성을 강조하기 때문이다.

상드는 그의 독자—특히 여성독자—들에게 여주인공을 통해 어머니로서의 의무를 부여한다. 아이들에게 인내심, 절제심을 가르쳐야 하고, 그 방법으로 상드가 독자들에게 강조하는 것은 아이들을 사랑하고 존중해야 한다는 것이다. 바르게 성장할 수 있는 아이들의 근본적인 요소로 작가가 강조하는 것은 정상적이고 다감한 남녀간의 올바른 관계에 의한 출생인데, 이것은 남녀 상호간의 아이들에 대한 동등한 책임을 묻는 것이다.

상드는 초기 소설들에서 결혼을 혐오하고, 내연의 관계를 신봉하는 경향을 보였다. 그러나 『어느 여행자의 편지들(Lettres d'un Voyageur)』(1837)에서 상드는 초기의 생각을 바꿨다. 그녀는 사랑으로 가득 찬 결혼을 소설 속에 구축하려 했다. 이런 결혼이 인간의 성정을 조화롭게 일치시키고 서로에게 만족을 줄 수 있다고 상드는 생각했다.

"수치스러운 계약과 어리석은 횡포로 세상 사람들이 추하게 늙어가게 되는 것은 안될 말이다. 이젠 진정한 부부의 정절과 참된 휴식처로서의 가정, 성스러움을 지닌 결혼"을 보고 싶어하던 조르즈 상드는 남녀간의 잘못된, 혹은 일그러진 관계에서 태어난 아이들은 그들을 담당하는 어른들의 책임이 기본적으로 결여되었기 때문에 생기는 불행한 결과의 부산물에 불과하다고 주장하며 일련의 소설들에서 작가는 이런 생각을 펼쳐 나갔다.

『쟈(Jacques)』(1834)에서 페르낭드(Femande)가 임신한 쌍둥이는 곧 쇠약해진다. 왜냐하면 그녀가 실제로 사랑한 이는 자기의 남편 쟈이 아니라 옥타브(Octave)였기 때문이다. 얼마 후 남편 쟈이 자살하고 페르낭드와 옥타브의 진실된 사랑이 열매를 맺어 갖게 된 아이는 진정한 가족 구성원의 일원으로 성장한다.

『앙드레(André)』(1835)에서도, 가난한 집안의 딸이지만 고결한 성품을 가진 즈느비에브(Geneviève)도 성격이 매우 불안정한 남편 앙드레와의 잘못된 결혼생활로 아이를 잃게 되고 그녀도 곧 죽게 된다. 상드에게 있어서 남녀간의 사랑이 없는 가운데 탄생한 아이는 제대로 성장할 수 없다. 남녀의 사랑과 훌륭한 조화만이 아이가 바르게 성장할 수 있는 유일한 조건이다.

이런 작가의 의도는 『꽁슈엘로(Consuelo)』(1842~1843)에서 확연히 나타나는데 알베르(Albert)의 어머니인 완다(Wanda)는 남편에 대한 사랑의 부재가 다섯 자녀의 죽음을 초래했고, 오직 혼자 살아난 알베르마저 정신적인 결함을 갖게 되었다고 생각한다.

그러한 결합으로 태어난 아이들에겐 화가 있으리라!…… 그들은 절대로 인간미를 갖지 못한다. 왜냐하면 그들은 남녀 사이의 절대적 열망과, 서로의 열정적인 희망에 의해 수태되지 않았기 때문이다. 이런 남녀간의 호혜성이 존재하지 않는 곳에는 평등이 있을 수 없다. 평등이 사라진 그 곳에는 실제적인 결합이 있을 수 없다.[10]

알베르와 결혼한 꽁슈엘로는 완다의 메시지를 이해하고 알베르를 위해 모정을 갖고 헌신적인 사랑을 준다. 이런 사랑의 결과로 태어난 아이들은 건강하고 좋은 덕성을 두루 갖춘다. 왜냐하면, 어머니의 고결한 정신이 아이와 아버지를 조화시킬 수 있는 열쇠이기 때문이다. 이러한 조화는 사랑을 지닌 남녀간의 결혼만이 가능케 하고 여성을 가정 안에서 어머니로서의 정당한 위치에 놓는다.

바로 부부는 평등에 의해 맺어졌기 때문에, 왜냐하면 바로 사랑은 평등이기 때문에.[11]

교육자

"이 세상에서 위대한 일 치고 정열없이 성취된 것은 없다."

헤겔의 이 말에서 정열이란 교육을 받는 대상인 아이들이 갖는 끝없는 호기심이고, 전체적인 정신활동에서 아이들 개인에게 부여된 정신의 부분을 뜻하는 것이다.

조르즈 상드의 소설에서 여성들은 천부적인 교육자로서 풍부한 정신세계를, 성장하고 있는 아이들의 그때그때의 혼의 발전단계에 알맞은 형태로 만드는 일에 끊임없이 마음을 쓰고 있다.

어머니가 아이에게 사랑을 겉으로 나타내지 않고 자연스런 애정으로 돌보는 것과 마찬가지로 상드의 소설에서 교육은 조용하고 자연스럽게 행해진다.

아이들이 특권을 갖은 계층으로 자리잡은 상드의 작품세계에서 여성들의 의무라는 것은 아이들에게 숭고한 정신적, 도덕적 능력의 형성을 도와주는 것이다. 상드는 아이들에게 도덕적으로 가치 있는 정신을 불어넣기 위해 아이들의 모든 종류의 활동에 의미를 부여한다. 이런 아이들의 활동(산책, 음악, 여러 가지 주제에 관한 독서 혹은 대화)은 상드의 소설에서 다양하게 나타난다.

『말그레 뚜(Malgré tout)』(1870)에서 자기 여조카를 어머니처럼 돌보는 사라 오웬(Sarah Owen)은 아이와 교감을 잘 통할 수 있는 매개체로 아이와의 산책을 중히 여기며 다음과 같이 말한다.

(산책을 하면서) 그녀는 그녀가 관심 있는 모든 것을 나에게 질문했다. 그녀는 나의 대답을 듣고 바로 기억을 했다. 그녀는 이미 많은 새, 나비, 꽃들의 이름을 알았다. 그녀와 놀아 주고, 그녀를 가르치는 것은 즐거운 일이었다.[12]

음악의 중요성 역시 남다르다. 『이지도라(Isidora)』(1846)에서 우리는 읽을 수 있다.

……그녀가 기억했고, 그녀의 차례가 되어 아주 정확한 기억으로 부르는 노래들.[13]

조르즈 상드는 음악에서 엑스터시와 지상에서 느낄 수 없는 황홀감을 종종 느끼곤 했다. 여러 예술 장르를 하나로 묶는 보편적 언어는 상드에게 있어 음악이었다. 상드는 여러 악기들을 다룰 줄 알았을 뿐 아니라 음악에 조예가 깊었고, 또한 여러 음악가들과의 친분을 통해 더욱 그녀의 음악관을 심화시켰다.

가치 있는 정신의 형성이 타인의 도움과 지도를 필요로 하는 어린 시절에 독서와 대화는 매우 중요한 지적 활동이다. 이지도라는 그의 양녀 아가트(Agathe)에 관해 이야기하며 "내가 잘 이해했기 때문에, 우리는 아주 잘 알고 있는 걸작들을 함께 읽는다……"[14]라고 적는다.

상드 소설에서 교육의 주제는 끊임없는 진보 속에서 아이들의 믿음을 후원하는 것이다. 교육에서 우리는 모두에게 필요한 치유책을 찾을 수 있고, 그러기 위해 상드는 공교육의 필요성을 강조한다. 교육은 모두를 치료할 수 있는 방법을 제시하고, 이런 교육은 반드시 모든 이에게 골고루 혜택을 주는 공교육이어야 한다고 주장한다. 또 소설가는 그의 작품 어디에서나 어른들이 어린 소녀들에게 남긴 무지에 관한 불만을 토로한다.

우리가 받은 교육들은 아주 비참하다. 우리에게 기초만을 주지, 깊이 연구할 어떤 것도 허용하지 않는다.[15]

상드의 교육관은 공적인 차원에서 모든 사람이 똑같이 무상으로 교육받을 수 있어야 하며, 신체교육과 정신교육이 병행 실시되고 궁극적으로 교육은 실제적이며 진정한 평등을 위해 실행되어져야 한다는 주장이다. 그러나 당시 시대상황은 상드의 교육관이 펼쳐지기가 현실적으로 어려웠기 때문에 소설에서는 아이들에게 특별한 배려를 지닌 어머니들이 가정에서 교육을 담당한다. 아이들을 자유롭고 의식을 지닌 인격체로 성장시키기 위해, 부드러움과 강함을 두루 갖춘 여성들은 소설 속에서 아이들에게 희생적인 존재로 그려진다.

또한 상드의 소설에서 여성들의 역할 중 중요한 부분은 이기적이고 독단에 빠진 자들의 성격을 교화하고 고치는 일이다. 교육소설(roman didactique, Bildungsroman)이라 불리는 『모프라(Mauprat)』(1837)의 에드메(Edmée)가 대표적인 인물인데, 그녀는 이기주의(égoïsme), 독재(tyrannie)의 화신인 베르나르(Bernard)를 교화시키는 데 성공한다. 온갖 인내심을 갖고 남녀간의 불평등을 해소시킬 뿐 아니라 가진 자와 없는 자의 사회적인 불평등까지도 해소하는 천부적인 교육자로서의 에드메의 위치는 상드의 소설에서 확실한 것이다.

루소의 『에밀』을 재구성한 소설이라 평가받는 『모프라』는 베르나르 드 모프라의 긴 삶을 이야기한다. 귀족(에드메)과 농부(베르나르)의 철저한 신분 대비를 통해 프랑스 대혁명의 타당성을 주장한다. 상드는 여주인공에게 주변인물보다 우월한 도덕성과 자질을 부여해 교육자의 모델을 제시한다. 『모프라』는 결혼과 교육이라는 일련의 주제를 다룬 최초의 소설이다.

5. 사회 구성원으로서의 여성

여성, 아이들, 노동자의 특징은 사회를 지배하고 있는 불합리성에 의해 억압을 받았다는 점이다. 시대와 장소에 따라 억압의 형태는 변했지만 그 본질은 지속되었다.

조르즈 상드 소설에서 여성의 문제는 사회 조직내에서 여성이 차지하는 지위에 관계되는 것인데, 이것을 해결하기 위해 상드는 과장스러울 정도로 높게 여성의 운명을 각인시킨다.

『검은 도시(La ville Noire)』(1861)의 토닌느(Tonine)는 생활의 질을 향상시키려는 인물로 설정된다. 선하고, 온화하며, 인내심 있고 공정한 그녀는 동료들의 행복과 공동의 선을 위해 쉴틈없이 일을 한다. 애타심을 가진 진정한 인물로 묘사되는 그녀는 칼붙이 공장(coutellerie)의 상속인으로 자기 공장의 식구들을 위해 끊임없는 희생정신의 미덕을 보여준다.

상드의 소설에서 여성 고용주(femme-patron)들은 노동자와 함께 편견 없이 어울려 새로운 노동조합을 실현시킬 수 있는 덕을 갖춘 인물로 묘사된다. 또한 여성 고용주들은 자유, 평등, 박애에 기초한 가치 있는 삶의 대상이 되는 행복한 사회를 건설한다.

『검은 도시』에 나오는 칼붙이 공장은 조르즈 상드의 경제적 도움을 받아 피에르 르루가 실제로 부삭(Boussac)에 세웠던 인쇄소를 연상시킨다. 특히, 여자의 힘으로 모든 어린이들을 무료로 교육시키고 직업훈련을 도와주는 내용은 당시 사회상황을 볼 때 상당히 진보된 내용이다.

『앙투안느 씨의 죄(Le péché de Monsieur Antoine)』(1845)에서, 부유한 사업가의 아들인 에밀 까르도네(Emile Cardonnet)는 좋은 덕성을 갖고 태어난 겸손한 여성 질베르트(Gilberte)의 영향을 받아 이상주의 사회관을 펼쳐 나간다. 오직 자신의 이익만을 생각하는 아버지의 반대에도 불구하고 에밀과 질베르트는 조화 있는 노사관계를 실현시키는 공장을 건설한다. 상드는 작품에서 노동자들과 농부에 대해 깊은 관심을 나타내고 있다. 그 정서적 뿌리는 그녀의 가족 분위기이며, 정치적으로 루소와 사회주의자들의 작품을 가까이 한 데서 그 근원을 찾을 수 있다. 상드는 줄곧 자유롭고 계몽되어진 서민들의 미래를 이야기하며 "사회주의적인 글이 사람들을 선동한다고 비난하는 자들은 농부들에게 읽는 법도 가르치지 않았다는 사실을 주지해야 할 것이다"라고 『앙투안느 씨의 죄』에서 밝힌다.

상드의 여러 작품에서 여주인공들은 계층관의 융화, 연대의식을 강조한다. "여러분들, 서로를 사랑하세요, 이것이 최고 지선의 법입니다." 조르즈 상드는 버림받은 사회계층을 따스한 마음으로 감싸는데, 우리는 그녀 소설 속의 여러 여주인공들에게서 그것을 확인할 수 있다: 즈느비에브(『앙드레』), 꽁슈엘로, 쟌느, 마르트(『오라스』), 나농, 질베르트 등.

이밖에도 『프랑스 일주의 직인(Le Compagnon du Tour de France)』(1840)에서 마을의 어머니로 칭송받는 강한 성격의 소유자인 살비니엔느(Salvinienne)는 마을의 대소사를 관대한 마음으로 잘 조정해나가며, 『메르껭 양(Mademoiselle Merquem)』(1863)의 세실(Cécile) 역시 마을 공동체 사람들을 위해 자기의 정성을 다한다.

벌이가 없는 가난뱅이들, 의지할 곳 없는 노인네들, 고아들, 어떤 교육도 받지 못한 젊은이들을 아무 조건 없이 돌보는 이는 그녀(세실)였다.[16]

사회 구성체에서 예전에는 여성이 억압과 착취, 궁핍과 비참함으로 억눌린 수동적인 존재였는데, 상드 소설에서의 여성들은 개인과 사회 모두의 건강을 되찾기 위해 인간에 대한 사랑의 마음을 기본으로 책임감, 의지를 소유한 능동적인 인물로 묘사된다. 이것이 조르즈 상드가 생각한 건강한 사회이고, 이런 사회의 진보는 여성만이 소유할 수 있는 정성(sollicitude), 명민함(lucidité), 사랑(amour)에 의해 가능한 것이었다.

조르즈 상드 소설의 화두는 사랑이다. 사랑을 위해 고민했으며 사랑을 믿었고, 그것의 완벽한 완성을 위해 그녀는 모든 작품에서 사랑을 보여주었다. 또한 농촌에서의 성장기 체험을 바탕으로 공동체의 따스함과 그것에 대한 가슴 설레임이 그의 작품 속에 짙게 배어 있다. 역시 남성과 여성의 사회적 관습 차이를 대비시키면서 여성을 억누르는 인습으로부터 벗어나 역동적 삶을 추구하는 이들의 모습을 상드는 이야기했다.

그러나 사회의 진보에 대한 상드의 인식과 그것에 대한 낙관의 한계가 있음은 물론이고, 어떤 경우는 그녀의 순진함까지 우리는 엿볼 수 있다. 인간에 대한 과장된 믿음, 인간을 미화시키는 그녀 특유의 소설 작법 등은 소설 여러 곳에서 나타난다.[17]

이런 문제는 100여 년 전에 쓰여졌다는 시대적 한계를 이해하고, 현실이 끝없는 고통이었던 당시의 사람들에게 큰 희망을 주었다는 생각을 하면 우리는 넉넉함으로 그의 문학관을 이해할 수 있을 것이다.

"L'art n'est pas une étude de la réalité positive ; c'est une recherche de la vérité idéale."

"예술은 긍정적인 현실을 탐구하는 것이 아니고 이상적인 진리를 추구하는 것이다."[18]

1) C. Fourier, 『Théorie des quatre unouvements』 in Oeuvres Complètes Ⅰ, 1841, p.195.

2) 독학으로 공부한 노동여성인 잔느 드루엥도 여성의 해방과 노동자의 해방은 분리될 수 없다고 믿었다. 그녀는 프랑스의 초기 노동운동을 위해 적극적으로 활동했으며, 여성들의 가정적 조건과 노동 조건들을 개선하기 위한 많은 실천적 제안들을 내놓았다.

3) 폴 고갱의 할머니인 플로라 트리스땅은 노동자들의 운동의 필요성을 인식했고 모든 도시마다 조직과 교육의 구심점을 이룰 노동자회관을 설립할 계획을 세웠다. 회관이 맡을 과제 가운데 하나가 서민층의 여성들에게 도덕적·지적·기술적 교육을 제공하는 것이었다.

4) 우리 나라에서 조르즈 상드의 소개는 다른 작가들에 비해 미미하지만 소개된 글 중 하나를 보면, "George Sand는 매우 자유분방한 생활을 하여 스캔들을 일으키기까지 하였다. (……) Sand는 이렇게 결코 모범적이라고 할 수 없는 사생활을 가지고 있었다." George Sand, 『마의 늪』, 안응렬 주석, 신아사, 1975, p.146.

5) "전통적으로 여성들의 삶은 딸, 어머니, 부인, 남성의 애인 등 남성과의 관계 속에서 상상되어졌다. 그들은 결과적으로 남성들에게 심리학적으로 중요한 단일한 역할(처녀, 창녀, 마녀, 여신 등)의 견지에서 상상되거나, 또는 남성 사회에 있어서의 유일한 사회적, 생리적 기능(결혼 준비와 결혼)에서만 생각되어졌다." Mary Carruthers, Imagining women : *notes towards a feminist poetic*, Massachusetts review, 1979, p.383, 『페미니스트 문학비평』, 김경수 역, 탑출판사, p.96에서 인용.

6) 프랑스에서 상드에 대한 입장은 양면적이다.
발자크: "그녀는 남자로 살았고 그러길 원했다. 상드는 여성의 역할을 뛰어넘은 인물이다."

라마르틴느: "상드는 탁월한 재능을 지니고 성의 한계를 극복하고 있다."

이에 반해 상드는 오로지 여성으로만 살았지 재능 있는 작가가 아니다라는 입장도 있다.

에밀 졸라: "그녀는 단지 여성으로 살았을 뿐이다."

모파상: "항아리에서 불꽃이 솟는 것 같은 여인."

마르틴 리드 · 베르트랑 틸리에, 『조르즈 상드』, 권명희 역, 창해, 2000, pp.19~20 참조.

7) 『렐리아』의 내용은 사회에서 예술가의 위치, 종교의 역할, 우정과 사랑에 대한 것인데 내용과 일치하지 않은 서정성, 이국적 정서 등이 소설의 형식과 조화를 이루지 못해 비판을 받았다. 그러나 이 소설이 완성되어 가는 과정을 지켜 본 생트 뵈브는 "렐리아의 주제는 싹트기 시작한 열정과의 투쟁에서 사그라지는 열정, 고지식함과 회의주의, 젊은 영혼과 나이든 영혼과의 대결구조를 띤다. 그 작품은 환멸, 고통, 불신, 절망을 보여준다"라고 『렐리아』를 평했다. 위의 책 p.43 참조.

8) Hans Holbein(1497~1543), 독일 아우구스부르크에서 출생한 화가. 영국에서 만년을 지내고 런던에서 사망. 헨리 8세의 궁정화가였다. 대표작: 『그리스도의 죽음』, 『글쓰는 에라스무스』 등이 있다.

9) "C'est bien là la satire douloureuse, la peinture vraie de la société qu'Holbein avait sous les yeux. Crime et malheur, voilà ce qui le frappait ; mais nous, artistes d'un autre siècle, que peindrons-nous? Chercherons-nous dans la pensée de la mort la rémunération de l'humanité présente? l'invoquerons-nous comme le châtiment de l'injustice et le dédommagement de la souffrance?

Non, nous n'avons plus affaire à la mort, mais à la vie, nous ne croyons plus ni au néant de la tombe ni au salut acheté par un renoncement forcé, nous voulons que la vie soit bonne, parce que nous voulons qu'elle soit féconde."

G. Sand, *La Mare au Diable*, éd. J. Hetzel, 1852, p.4.

10) "Malheur aux enfants qui naissent de telles unions!……Ils n' appartiennent pas
entièrement à l' humanité, car ils n' ont pas été conçus selon la loi de l' humanité
qui veut une réciprocité d' ardeur, une communauté d' aspirations entre l'
homme et la femme. Là où cette réciprocité n' éxiste pas, il n' y a pas d' égalité :
et là où l' égalité est brisée, il n' y a pas d' union réelle."

G. Sand, *Consuelo, La Comtesse de Rudolstadt*, t, Ⅲ, Classiques Garnier, 1959,
p.383.

11) "puisque le couple même est fondé sur l' égalité puisque l' amour même est l'
égalité."

Encyclopédie Nouvelle, Article "Egalité"에서 피에르 르루는 또한 단언하기
를 "우리가 사회적인 소명으로 간직해야 하는 것은 오직 결혼이다." 조
르즈 상드 또한 그녀의 소설 『*La Ville Noire*』(1861)에서 Tonine와 sept-
Epées의 사랑을 이야기하며 피에르 르루의 생각을 확인한다.

12) "elle me questionnait sur tout ce qui la frappait. Elle écoutait et retenait mes
réponses. Elle savait déjà beaucoup de nous d' oiseaux, de papillons et de fleurs.
(……) C' était un plaisir de l' amuser et de l' instruire."

G. Sand, *Malgré tout*, Michel Lévy Frères, 1870.

13) "……Chansons qu' elle retenait et chantait à son tour avec une mémoire et une
justesse merveilleuses."

G. Sand, *Isidora*, éd. J. Hetzel, 1853.

14) "Nous lisons ensemble tous ces chefs-d' oeuvre que je savais par coeur à forcé
de les entendre", 위의 책.

15) "L' éducation que nous recevons est misérables; on nous donne les éléments de
tout et l' on ne nous permet pas de rien approfondir."

G. Sand, *Valentine*, Les Belle Editions, s. d.

16) "C' est elle qui veillait à ce qu' il y ait pas un pauvre sans ressource, des bras valides sans travail, des infirmes sans nourriture, des vieillards sans soutien, des orphelins sans appui et des jeunes gens sans une certaine instruction."

G. Sand, *Mademoiselle Merquem*, Michel Lèry Frères, 1870, p.95.

17) "거의 책이라곤 접해 보지 못한 가난한 자들의 입장에 서고 싶다. 내 책을 읽어 주는 부자들을 조금이라도 기쁘게 해주려고 가난한 자들의 입장을 포기한다면 스스로 목숨을 끊는 게 나을 것이다." 출생이 아니라 능력에 바탕을 둔 사회에서의 남녀 평등, 공동체를 통한 재산의 공유 등 사회주의 색채가 가미된 『앙투안느 씨의 죄』 등 일련의 소설들에서 상 드는 신랄한 사회비판과 더불어 자신의 정치적 주장을 아름다운 필치로 채색하는 데 성공했고, 특히 『앙투안느 씨의 죄』에서는 노동자들이 산책로가 산업적 목적으로 훼손되는 것을 막기 위해 펼치는 시위 장면은 최초로 환경문제에 대해 관심을 가진 작품으로 평가받는다. 이렇듯 시대를 뛰어넘는 주제는 그녀의 낙관성에서 나오는 것이었다.

18) G. Sand, *La Mare au Diable*, éd. J. Hetzel, p.4.

파리꼼뮌과 소설 『파리꼼뮌』

1

"Du 18 mars au 28 mai 1871, Paris a été gouverné par une poignée de révolutionnaires⋯⋯(파리는 1871년 3월 18일부터 5월 28일까지 한줌의 혁명가들에 의해 통치되었다⋯⋯)."[1] 근세 프랑스 역사 전문가인 로베르 망드루는 그의 저서 『프랑스 문명사』에서 불과 72일간 지속된 혁명적 노동정권의 지배세력을 '한줌의 혁명가'들로 정의했다. 여기서 의미하는 '한줌의 혁명가'들이란 누구인가? 제1인터내셔널파[2]의 노동자와 이에 동조하는 지식인, 대혁명 시대의 공포정치를 신봉하는 신자코뱅파, 혁명독재에 의한 사회주의 실현을 목적으로 하는 블랑키파[3]들이 주 구성원인 꼼뮌평의회는 뚜렷한 계획과 근본적인 개혁을 진행할 시간을 충분히 가지지 못했다. 이런 이유로 '강력함(une poigne)'이 아닌 '한줌(une poignée)'으로 표현되었다. 그러나 단명으로 끝났음에도, 사회주의 전통의 위대한 승리로 기록되었고, 역사상 처음으로 노동자들의 자치능력을 한껏 보여주었던 이 세기적 드라마, 꼼뮌 패배 다음날 칼 막스에 의해 "꼼뮌과 함께, 파리의 노동자들은 사회의 빛나는 선구자로서 영원히 축복받을 것이다"라고 추앙받았던 사회주의의 요람인 이 파리꼼뮌 참가자(communard)들의 역사적 실체는 무엇인가?

2

보불전쟁[4]의 패배로 파리가 극도의 혼란에 빠졌을 때, 파리 시민은 프로이센과 굴욕적인 강화조약을 체결한 티에르[5]의 임시정부와 뜻을 달리하며 오히려 결사항전을 주장했다. 이에 1871년 3월 18일 티에르의 임시정부는 정규군에게 국민 방위대(파리의용병)의 대포를 압수하라는 명령을 내렸다. 그러나 그 대포들은 프로이센이 파리를 포위하고 있을 때 파리 시민의 성금에 의해 제조된 것이어서 정부의 것이 아닌 국민 방위대인 파리 시민의 것이었다. 18일 새벽 2시에 정규군은 작전에 따라 군사활동을 개시하여 새벽 5시에 시내 주요 지점의 대포진지들을 습격하고 주력 부대는 170여 문의 대포가 모여 있던 몽마르트르 언덕을 제압했다. 그러나 정부군이 대포를 언덕에서 시내로 끌어 내릴 말들을 기다리던 중 여명이 걷히면서, 국민 방위대와 파리 시민들은 정부의 기습을 알아차렸다. 정부군이 점령한 대포진지들은 바로 수많은 파리 시민에게 포위되었다.

정규군과 파리 시민과의 마찰은 곧 해소되어 정규군과 국민 방위대 사이에 화해가 성립되었다. 이윽고 국민 방위대는 일부 정규군과 함께 군중을 규합하여 시내로 행진하였다. 이에 티에르는 곧 정부를 파리에서 베르사이유로 옮기기로 결정하였고, 그날 밤 사이 정부와 그 군대는 전부 파리를 버리고 베르사이유로 철수하였다. 순식간에 즉흥적으로 이루어진 3월 18일의 이 극적인 사건은 본래 의미의 혁명이 아니었다. 국민 방위대와 파리 시민의 행동은 정부의 도전에 대해 자연 발생적으로 일어난 수동적인 것이었다.[6]

처음으로 혁명 주체세력이 된 파리 시민들은 3월 19일 시청을 차지하고 '중앙위원회'를 통해 포고문을 발표하여 꼼뮌(인민의회)의 선거가 실시될 것이며, 중앙위원회는 선거 전까지의 임시기구임을 분명히 하였다. 3월 26일 꼼뮌 선거에는 등록 유권자 48만 5천 명 중 22만 명이 투표에 참가했다. 앞서 프로이센과의 휴전기간 중 15만 명 정도의 부유한 파리 시민이 지방으로 전출하였고, 특히 3월 18일 사건 이후 상당수의 인구가 파리를 탈출한 것을 염두에 두면 꼼뮌 선거의 투표율은 여느 선거보다 높았으며 혁명에 대한 지지 또한 매우 컸다. 대부분 혁명파인 90명의 꼼뮌위원의 성분은 노동자, 자유 직업자, 중산시민이 주류를 이루었고, 파리꼼뮌의 특색은 입법부의 기능과 행정부의 업무를 동시에 하였다.

선거를 마치고, 3월 28일 시청앞 광장에서는 20만의 파리 시민이 운집한 가운데 파리 꼼뮌이 선포되는 행사를 거행했다. "인민의 이름으로 꼼뮌을 선언한다"고 랑비에[7]가 외치자 "공화국 만세! 꼼뮌 만세!"의 함성이 파리 시내를 뒤덮었다. 방위대의 행렬이 사열대 앞을 당당히 행진할 때 파리 시민의 열렬한 갈채와 환성이 하늘을 찔렀다. 이날의 감격을 쥘 발레스[8]는 그의 신문 『인민의 외침(Le Cri du peuple)』에서 이렇게 적고 있다.

꼼뮌이 선언되는 날, 그것은 혁명적이고 애국적인 축제의 날, 평화롭고 상쾌한 축제의 날, 도취와 장엄함 그리고 위대함과 환희에 넘치는 축제의 날이다. 그것은 1792년의 사람들을 우러러 본 나날에 필적하는 축제의

하루이며, 제정 20년과 패전과 배반의 여섯 달을 위로해 준다. 〔…중략
…〕 꼼뮌이 선언된다.

오늘이야말로 사상과 혁명이 결혼하는 축전이다.

내일은, 시민병 제군, 어젯밤 환호로 맞아들여 결혼한 꼼뮌이 아기를
낳도록, 항상 자랑스럽게 자유를 지키면서 공장과 가게의 일터로 돌아가
야 한다.

승리의 시가 끝나고 노동의 산문이 시작되다.[9]

1789년 프랑스 대혁명 이래 혁명세력이, 즉 민중이 파리의 진정한
주인공이 된 것은 이번이 처음이었다. 감동과 의욕에 넘쳐 해방감이
약동하는 파리의 하늘 아래서 자신들의 삶이 역사의 흐름과 같이하
게 된 파리 민중들은 "농민에게 토지를, 노동자에게 도구를, 모두에
게는 노동을(la terre au paysan, l'outil à l'ouvrier, le travail pour tous)"이란
그들의 신념을 현실화시키기 위해 짧은 기간 동안 노동에 대한 규제,
노동조합의 조직 등을 통하여 행정을 확보하고 공공재정을 무리없이
관리하는 등 시민생활의 자주관리체계를 정비했다.[10]

정치적으로 보면, 모든 관공리의 공선제와 국민소환제 등 직접 민
주주의적 체제원칙을 표명했고, 사회정책으로는 집세와 만기 수표
의 지불 일시 연기, 노동자의 최저 생활보장, 여성 노동자의 해방과
빵굽는 직공의 야간 작업 금지, 노동권, 생활권의 보장, 자본가가 방
치, 포기한 공장에 대한 노동조합의 관리, 종교 재산의 국유화, 교육
의 민주적 개혁, 인민에 의한 국민군 설치를 목적으로 징병제와 상
비군의 폐지 등 진보적 개혁을 실현시켰다.

그러나 곧 꼼뮌평의회와 국민방위대 중앙위원회 사이에 군사 지휘
권을 둘러싼 갈등이 표면화되고, 혁명 세력간의 내부 대립이 깊어져
1871년 5월 1일 공안위원회 설치가 가결되면서 서로의 갈등은 극에

달했다. 때를 같이하여 지방도시에서도 꼼뮌운동의 기운이 싹텄는데 티에르의 베르사이유 정부에 의해 차례로 진압되었다. 지상 최초의 노동자정부가 결실을 보기도 전에 파리의 고립과 내분 및 군사 지휘권의 혼란을 틈타 프로이센과 결탁한 베르사이유 정부군은 맥마흔의 지휘 아래 5월 21일 파리로 진격했다. 이로부터 역사상 유례 없는 "피의 주간(La semaine sanglante)"이라 불린 참혹한 동포간의 사투가 5월 28일까지 전개되었다.

복수가 복수를 낳고 피가 피를 부르는 한 주간의 무자비한 파괴, 학살과 보복은 28일 꼼뮌측의 총성이 멈추며 막을 내렸다. 동시에 72일간의 파리꼼뮌도 역사의 한 페이지로 사라지고, 전투가 끝난 후에도 베르사이유군의 남녀노소를 가리지 않는 철저한 꼼뮌파 색출에 의해 유럽문화의 중심지 파리에서는 수많은 인명이 살상되는 끔찍하고 야만스러운 일이 자행되었다. 당시 젊은 신문기자였던 에밀 졸라가 "아아, 음침한 인육 저장소!"라고 탄식한 파리 시내에서 "피의 주간"에 뒤이은 무차별 진압에 의해 숨진 시민의 수가 약 10만에 이른다고 역사학자들은 추정하고 있다.[11]

『파리―쥬르날(Paris―Journal)』은 1871년 6월 2일자에서 "이 이상더 죽이지 말자! 비록 그들이 살인자이고 방화범이라 하더라도 이이상 더 죽이지 말자!"라고 호소하며 '피의 주간' 이후의 불법 학살에 대해 심각한 우려를 나타냈다.[12] 이 동족간의 깊은 상처를 씻어내기 위해서는 많은 시간이 필요했고, 노동운동은 극심한 탄압에 의해 너무나 큰 타격을 입어 그로부터 회복되지 못하고, 그후 10년 동안 완벽한 침묵을 강요당했다.

1848년 2월 혁명에 이은 그해 6월 22일부터 24일까지의 3일간 노동자들의 봉기가 온건 공화파에 의한 철저한 탄압으로 실패로 돌아간 이후 또다시 노동자들의 꿈은 무참히 짓밟혔다. 환희에 찬 파리꼼뮌의 선포를 지켜 본 한 이방인 사회주의가 희망과 함께 근심과 걱정을 가진 것은 1848년 혁명을 탈취당한 노동자들의 비극이 떠올랐기 때문이었다.[13]

의심할 나위도 없이 상황은 아직 어려움에 가득 차 있다. 파리와 의회와의 충돌은 계속되고 있고, 지방의 주요 도시들의 상황은 불투명하고, 베르사이유 정부는 적대적이다. 장래는 어둡다. 지금 파리는 분명히 모든 진보세력의―특히 모든 나라의 사회주의자의―성실한 공감을 얻기에 충분하다. 그러나 소극적인 공감이 사태의 진전에 무슨 영향을 미칠 수 있겠는가. 그리고 어디서 적극적인 원조를 기대할 수 있겠는가. 나는 무어라고도 답할 수 없다. 때가 말하겠지.[14]

이렇듯 유럽 각국 노동자들의 연대를 필요로 했던 꼼뮌의 비극으로부터 이름 없이 죽어 간 민중들이 갖는 역사적 의미는 무엇일까? 막스·레닌주의자들은 파리꼼뮌을 러시아혁명에 선행하는 혁명정부로 인식했고, 프랑스의 역사가들은 일반적으로 프로이센에 대항한 꼼뮌주의자들의 애국주의와 민주주의를 강조해, 그것이 제3공화정 확립에 기여한 점과 이로 인해 왕정과 제정의 더 이상의 출현을 프랑스 역사에서 불가능하게 한 점을 높이 평가했다. 그러나 역사발전단계로써 파리꼼뮌을 이해할 때 중요한 점은 그 동안 역사의 주변부에 있던 민중이 자기 회복을 실현해 역사의 전면에 나타나고, 완전자치권을 기초로 새로운 사회를 창출해냈다는 것이다. 이는 19세기를 거쳐 20세기에 들어 실천적인 문제를 떠나 세계사 속에 스며드는 보편적인 정서가 된다.

3

72일간의 파리꼼뮌을 여는 파리 시민의 궐기가 있기 한 달 여 전 쥘 발레스(Jules Vallès)는 『인민의 외침(Le Cri du peuple)』을 창간했다. 1871년 3월 18일 드디어 파리꼼뮌은 탄생했고, 복간된 『인민의 외침』지는 꼼뮌의 행동강령을 대변했다.

『크리 뒤 푀플』지가 복간되었다.

"자크 방트라스의 『크리 뒤 푀플』을 사 보세요! "

오후 두 시다. 이미 8만 부가 인쇄되어 이 광장과 여기저기의 변두리에 날개가 돋친 듯이 날아갔다.

"자크 방트라스의 『크리 뒤 푀플』을 사 보세요! "

들리는 것은 이 외침 소리뿐이다. 신문을 파는 소년에게 부수가 부족해진다.

"이젠 이것뿐이에요, ……당신에게 2스우에 팔겠어요"

하고 그는 웃으며 말한다.

"정말 그만한 가치는 있으니까요!"

"자, 2스우를 받아." [15]

베르사이유군이 파리에 입성한 5월 21일 파리꼼뮌의 의장을 맡고 있던 발레스는 목숨을 걸고 투쟁의 대열에 앞장섰다. 5월 28일 파리꼼뮌이 막을 내린 후, 그는 파리에서 숨어 지내다 벨기에를 거쳐 런던에 도착했다. 궐석 재판에서 사형을 선고받은 발레스는 1880년 꼼뮌 관계자에 대한 특별사면을 받아 파리로 돌아올 때까지 망명생활을 오랫동안 계속했다.

파리꼼뮌의 와중에서 의장의 중책을 맡아 파리꼼뮌과 함께 살았던 발레스는 꼼뮌을 가장 잘 이해하고 꼼뮌에 가장 적극적인 인물 중 하나였다. 그는 자신의 모든 것을 바쳤던 파리꼼뮌의 이야기를 『아이(L'Enfant)』(1879), 『대학입학자격자(Le Bachelier)』(1881), 『반란자(L' Insurgé)』(1886)라는 소제목을 가진 3부작으로 구성해 자전적 소설 『자크 벵트라스(Jacques Vingtras)』를 탄생시켰다. 특히 마지막권 『반란자』는 파리꼼뮌이라는 역사적 상황에 초점을 둬, 당시 파리 분위기와 시민들의 움직임 그리고 지도세력과 민중과의 관계 등을 자세히 그렸다.[16]

발레스는 소설의 시작을 다음과 같이 적으며 1871년 파리꼼뮌에서 처참히 죽어 간 시민들에게 이 작품을 바쳤다.

> 1871년의 사자들에게
> 사회의 부정의 희생자로서
> 왜곡된 세계에 대해 무기를 들고
> 꼼뮌의 깃발 아래
> 고뇌의 대연맹을 형성하는
> 모든 사람들에게
> 나는 이 책을 바치리라.
> —쥘 발레스, 1885년 파리에서

1862년 빈곤과 절망으로 제2제정과의 투쟁생활에서 스스로 몰락해 한 고등학교에서 자습감독을 하는 벵트라스는 자기의 비겁함에 자책한다. 벵트라스는 이 소설의 주인공으로서 발레스 자신이다. 이 학교에서 일상의 편안함으로 인해 투쟁정신을 잃고 순응하는 인간으로 변해가던 벵트라스는 한 교수와의 만남을 통해 다시 자신의 위치를 깨닫게 된다. "부르조아가 되고 싶다고 생각해서는 안 되네, 알겠나? 그리고 살쪄서는 안 돼!" 이런 교수의 말은 노동자 계급이 1848년 2월 혁명을 부르조아에게 강탈당했던 기억을 되살려 준다. 대리로 맡은 수사학 강의 사건으로 그는 학교로부터 해고를 당한다.

"여러분, 우연한 일이지만 존경하는 자코 교수의 대리를 맡아 보게 되었습니다. 그래서 나는 자코 교수의 강의 체계를 따라야 할 것이지만, 실례라고는 생각하지만 나는 교수와 의견을 같이할 수가 없는 것입니다.

내 의견으로는 대학이 여러분에게 열렬히 요망하고 있는 것은 아무것도, 일체 아무것도 배울 필요가 없다는 것입니다. 〔… 중략 …〕

나는 마지막으로, 우리가 같이 지내려 하고 있는 시간이, 상실된 시간으로 되지 않기를 바라고 있는 바입니다."[17]

해고를 당한 후 파리로 다시 돌아온 벵트라스는 카지노 소극장에서 그가 한 연설이 정부에 대한 노골적인 모욕이라 생각한 구청장에 의해 파면당하게 된다. 그러나 이 기간에 알고 지낸 노동자 계급 사람들의 지지를 얻어 벵트라스는 후에 이 15구에서 꼼뮌위원으로 선출된다. 이후 파리꼼뮌이 있기 전까지 그는 두 번째 작품 『반항자들(Les Réfractaires)』을 1866년에 발표해 많은 사람들로부터 주목을 받게 된다.[18]

이 싱싱한 영광? 나는 좀 뽐내고 싶어서 이렇게 말했지만, 실제로는 몇몇 신문에서 한 사람의 젊은 작가가 탄생하여 전도 유망하다는 기사를 읽은 뒤에도, 나는 나 자신이 그다지 변했다고는 생각하고 있지 않다.

나는 강연을 했을 때 더 감동했다. 민중을 향해 얘기하는 것이 허용된 날엔 특히 벅찬 감동을 느꼈다. 나는 바로 내 앞에서 가슴이 뛰고 있는 사람들의 마음속에 끊임없이 감동을 던져 주어야 했다. 그들의 고동을 듣기 위해서는 내 머리를 기울이는 것만으로 충분했다. 내 눈을 뚫어지게 바라보면서 나를 애무하거나, 아니면 위협하는 듯한 시선을 던지고 있는 그들의 눈 속에서 내 말이 불타고 있는 것을 나는 스스로도 잘 알 수 있었다. 마치 무기를 손에 든 투쟁과 다를 바 없었다![19]

다음해 1867년, 벵트라스는 『길(La Rue)』을 발표하고 같은 이름의 주간지를 창간한다. 이 주간지를 통해 그는 프롤레타리아에 대한 진지한 열정을 보여주며 독자적 논지를 펼쳤으나, 여러 논문의 내용을 문제삼아 정부 당국은 발행금지 처분을 내린다. 8개월 동안 33호를 발행한 이 주간지는 앞으로 있을 파리꼼뮌을 예견한다.

　"자네의 2백 행은 자네를 민중에게로 향하게 하는 것이네." 하고 어느 늙은 반항자가 내 손목을 잡고 눈을 빛내며 말했다. "잘 해보게, 정신을 바싹 차리게! 혁명이 일어나는 날엔 변두리의 사람들이 반드시 자네를 부르러 올 거야. 이 2백 행을 벽에 붙여 주는 것도 그들인 거야! 내가 지금 한 말을 잘 기억해 두게!"[20]

문학사적으로도 이 잡지 집필자 중에 에밀 졸라[21] 등이 있어 자연주의의 모태 역할을 한 이 주간지 이후 1869년 '혁명 사상이란 이름 하에' 쥘 시몽[22]에 대항하여 그는 국회위원에 입후보한다. 낙선했지만 500여 표의 프롤레타리아 지지를 획득한다.

　의장이 일어선다.
　"시민 여러분, 그럼 이제부터 자크 벵트라스 후보에 관한 채택을 의결하고자 합니다."
　모두 손을 들었다.

"시민 자크 벵트라스는 우리 구역의 혁명사회민주당에 의해 후보자로 인정되었습니다."

3백 명의 빈곤한 사람들의 환성이 엄숙한 이 선언을 믿음직스럽게 했다.[23]

1870년 7월 19일 프랑스의 프로이센에 대한 선전포고로 시작된 보불전쟁은 그 해 9월 2일 나폴레옹 3세가 프로이센 독일군에게 항복을 함으로써 제정을 무너뜨린다. 그러나 독일군은 계속 프랑스를 옥죄어 파리를 포위하고, 파리에서는 공화제 국방정부가 조직되어 완강하게 독일군에 저항한다. 나폴레옹 3세의 '스당의 전투' 패배 이후 맞은 공화국 둘째날 1870년 9월 5일 역사의 소용돌이 속에서 '전통 있는 조국을 구할 수 있는 유일한 존재로서의 사회주의적인 조국'에 대해 생각한 벵트라스는 1848년 2월 혁명 때 혁명을 부르조아에게 탈취당한 악몽을 생각하며 다음과 같이 적는다.

우리는 공화정이 선포된 이튿날부터 저버림을 당하고, 우롱을 당하고, 눈에 보이지 않는 밧줄에 묶여 있는 것일까? 펜과 언론을 대담하게 구사하여, 빈궁과 감옥의 위험도 돌보지 않고 부르좌들을 위해 승리의 기반을 쌓아 준 우리들을, 부르좌들은 저 벽 저편에 앉아 우리가 도랑의 흙탕물에서 끌어내 준 마차 위에서 참견을 하거나 우왕좌왕하고 있다![24]

임시 공화국의 앞날은 순탄치 않았다. 압도적으로 우세한 독일군의 공격으로 스트라스부르그, 메츠의 요새가 함락되고 1871년 1월 18일 베르사이유에서는 독일제국이 성립된다. 그 해 1월 28일 파리는 독일군에게 순순히 문을 열어 준다. 이런 와중에 벵트라스는 "붉은 삐라"를 기초해 "무능한 정부는 인민에게, 꼼뮌에게 자리를 물려 주라"고 요구한다. 꼼뮌이 처음으로 존재를 내세운 것이다.

엄숙한 침묵 속에서 읽힌 선언문은, 환호하는 목소리에 묻혔다.
선언문은 다음과 같은 구절로 매듭지어져 있었다.
"인민의 광장이여! 꼼뮌의 광장이여!"[25]

티에르 임시정부의 비느와[26] 장군은 파리꼼뮌이 성립되기 일 주일
전인 3월 11일 발레스의 『인민의 외침』외 5개사의 공화파 신문의
발행을 금지시키고 결석 재판에서 블랑키 등은 사형선고, 발레스는
6개월 금고형에 처한다. 이에 발레스는 숨게 되고 은신처에서 3월
18일 파리꼼뮌의 감격적인 외침을 전해 듣게 된다. 그날의 감격은
냉철한 머리와 뜨거운 가슴으로 인해 환희와 우려가 교차되는 순간
이었다. 이날 이후 소설 『자크 벵트라스』는 정점에 이르고 발레스는
자기 자신인 벵트라스를 통해 체험자만이 갖는 생생한 모습으로 파
리꼼뮌의 감동적 순간을 그린다.

냉정을 가장하려고 해도, 나는 몸이 자주 떨리는 것을 어쩔 수가 없었
다. 우리들은 승리의 새벽이 오자마자 우리 손에 이 같은 피의 오점을 묻
히고 싶지는 않았다.
나의 뇌리를 섬뜩하게 차가운 것이 스쳤다. 그것은 미상불 퇴로가 끊긴
퇴각, 〔… 중략 …〕무서운 살육 속에 휘말리지나 않을까 하는 공포에서
가 아니라, 언젠가 내가 무서운 살륙을 명령해야 할는지도 모른다는 생각
이 내 마음을 얼어붙게 하는 것이다.[27]

역사에서도 보여주듯이 파리꼼뮌 기간은 노동자들이 자치의 능력
을 보여준 중요한 순간이었다. 모든 약탈, 특히 은행에 대한 약탈을

억제하며 인민을 위한 인민에 의한 인민의 통치였던 파리꼼뮌은 통치의 모범적인 모습을 보여준다. 소설 또한 군중심리에 의한 약탈을 막기 위해 많은 노력을 기울이는 꼼뮌의 모습을 그린다.

"제일 나쁜 건, 더 두려워해야 할 일은 훈련을 받지 않은 자들이 무리를 지어 필요한 빵과 필요 이상의 술을 뺏으러 갈 염려가 있는 것이지. 그들로서는 본능대로, 목이 마르는 대로, 분노가 터지는 대로 민가의 대문을 부술 거야. 〔… 중략 …〕 무뢰한과 경솔한 인간 3백 명 때문에 꼼뮌 당원 30만이 깡패로 여겨지게 돼!"[28]

72일간 파리꼼뮌의 특성은 노동자들과 세탁소 주인, 구둣방 주인, 염색소 주인 등 자영업자들이 파리를 자유도시로 선언하고, 꼼뮌위원으로서의 하루의 업무와 선량한 시민으로서의 자신들의 일상적인 생활을 동시에 영위했다는 것이다. 발레스 또한 자신의 신문 『인민의 외침』 발행소와 시청을 오가며 하루를 보내고 저녁에는 집으로 돌아와 따뜻한 음식에 위안을 구하는 인물이었다. 베르사이유군이 파리를 침공한 5월 21일 역시 발레스는 꼼뮌의장의 자격으로서 재판을 맡고 있었다. 파리 함락의 비보를 들으며 판사로서 냉정함을 잃지 않고 침착하게 재판을 이끌어 간다.

고뇌에 허덕이는 꼼뮌의 의장이여, 너는 나의 죽음의 조종을 어떻게 울릴 작정인가?

침묵이 지배하는 데 맡겨 두고―패배의 소식에도, 꼼뮌의 최초의 고통을 앞에 두고서도, 사람들의 영혼에서 냉정은 가시지 않았음을 역사에 보여줘야 할 때―나는 태연한 체한 목소리로 크뤼즈레를 향해 겨우 입을 열었다.

"피고, 당신에겐 변명을 위한 발언권이 있습니다."

법률 용어를 사용하여 결말을 내어, 한 인간의 명예와 생명이 걸려 있는 판결을 지연시키지 않기 위해서는, 모든 위험을 잊고 있는 것같이 보이는 것이 최선의 길이라고 나는 생각했다.

끝났다—무죄!

폐회!

나는 널려 있는 휴지를 모으러 내 좌석으로 간다. 그 휴지 위에 나는 내일을 위한 논문의 최초의 몇 행을 써 두었던 것이다.[29]

5월 21일부터 28일까지 '피의 주간' 동안 발레스는 수천이 넘는 희생자들을 보며 오열에 싸이고 혁명의 이름 아래 인질을 학살하는 파리 시민의 행동에 당혹해 하기도 한다. '탄환을 나르는' 부인보다, '대포를 미는' 젊은이보다도 못한 가치를 지녔다는 회한에 발레스는 자기 존재의 허무함을 느끼고, 꼼뮌이 패배하는 날 파리를 탈출하며 그의 정신적 고향 파리를 다음과 같이 감동적으로 그린다.

나는 지금 국경으로 되어 있는 냇물을 건넌다.

이젠 그들의 손도 나에게는 미치지 못할 것이다! 민중이 거리로 쏟아져 나와 전투장으로 몰려갈 때, 나는 다시 한번 민중과 행동을 함께 할 수 있다.

나는 파리 쪽으로 짐작되는 하늘 저편을 바라본다.

하늘엔 눈이 부시도록 푸르고 붉은 구름이 떠 있다. 마치 피에 물든 큰 노동복 같은 구름이…….[30]

이후 10년 동안 런던에서의 망명생활은 가진 돈이 거의 없었기 때문에 발레스에겐 힘든 나날의 연속이었다. 그는 검소하게 자기 생활에 틀어박혀 영국 노동자들의 삶을 느끼기 위해 광산이나 철물공장을 돌아다니며 인간 기록의 자료를 모으고 다녔다. 망명이 끝날 무렵 발레스는 『자크 벵트라스』 집필에 나서 1, 2부는 직접 출간했으나 파리꼼뮌이 주요 내용인 마지막 3부 『반란자』는 마지막 손질도 하지 못한 채 1885년 2월 14일 당뇨병으로 세상을 뜨는 바람에 비서의 손에 의해 이듬해 출판되었다.

3부에 등장하는 인물들은 모두 파리꼼뮌과 함께 살았던 실제인물로서 발레스는 이들을 통해 급박했던 꼼뮌의 움직임을 생생히 독자에게 전했다. 꼼뮌의 실패 후, 정치적인 이유로 인해 꼼뮌에 관련된 내용은 오랫동안 공백상태에 놓였다. 프랑스의 노동운동, 사회주의 운동은 탄압을 받고, 마찬가지로 꼼뮌을 기록한 글, 문학은 대부분 소실되었다. 이런 상황에서 발레스의 작품은 꼼뮌의 진정한 모습을 볼 수 있는 중요한 기록이다.

많은 이들이 '발레스를 읽던 날부터, 꼼뮌의 정확한 규모를 추측할 수 있고, 그 유효성을 인정'할 수 있다고 고백한 것을 보면 국외자가 아닌 역사의 소용돌이 속에서 직접 맞딱뜨리고, 호흡한 발레스의 작품이 꼼뮌의 내면적 모습을 완벽하게 재현한 것이다.

그러나 정통문학사의 저자들은 대부분 지배계급이었기 때문에 자의든 타의든 발레스 작품을 프랑스 문학사에서 도외시한 경향이 있다.[31] 문학이 예술지상주의를 뛰어넘어 역사가 간과한 감동을 보완할 필요를 느낀다면, 현실 세계로의 복귀를 시도하고, 혁명을 예술로 보여준 발레스의 『자크 벵트라스』는 그 의미가 클 것이다.

생애를 가난한 이들에 바친 발레스의 장례식 행렬이 페르 라셰즈(Père Lachaise) 묘지의 "연방주의자들의 벽(le mur des Fédérés)"[32]으로 향할 때, 파리 시민들은 그를 이렇게 떠나 보냈다.

지금 파리가 그에게 말하러 왔다.
안녕, 이라고
밤낮 가리지 않고 찾아온 파리가
……
10만의 잠을 깬 사람들이
묘지로 따라가는
가난한 후보자여
총살당한 사람들의 대표들이여

…… 벵트라스를 가슴 아파한 상냥한 사람들이여

장례 행렬에 끼어들라
가정과 학교의 순교자에, 오라!
피가 나도록 그는 회초리질해 주었지
당신의 폭군을—말단 교사와 부친을
총살당한 사람들의 대표들이여 [33]

■ 연보

* 이 연보는 형성사간 소설 『파리꼼뮌』의 쥘 발레스 연보를 중심으로 재구성한다.

1830년 7월 27~9일의 영광의 3일 후, 공화파에 의해 새 왕정은 시작됨 (7월 혁명).

1832년 6월 11일, 쥘 루이 조제프 발레스, 프랑스 중남부 오트 르와르 현의 르퓌앙브레의 파르쥐가에서 태어남. 당시 부친 루이는 줄리 파스칼과 결혼, 이 거리의 공립 고급 중학교 자습감독이었다.

1832~1834년 파리·리용의 폭동, 자유주의자 대량 체포.

1837년(5세) 르퓌 공립고등중학 부속국민학교 입학.

1839년(7세) 부친의 전근을 따라 생 테티엔의 고급중학교에 전학.

1842년(10세) 다시 부친의 전근을 따라 대서양안의 항구 낭트로 옮겨, 고급중학교에 입학.

1846년(14세) 발레스는 학교를 싫어하여 교사들을 매도했지만, 성적은 우수했다. 제3학급 때 라틴 시, 라틴 작문으로 2등상을 받음.

1847년(15세) 제2학급에서 우등상, 라틴, 그리스 작문으로 각각 1등상을 받음.

1848년(16세) 수사학급(제1학급)에서 우등상. 라틴어 논문 2등상, 프랑스어 논문 1등상, 라틴 시 1등상을 받음. 이 해에 2월 혁명이 일어나, 기조 내각 퇴진, 국왕 퇴위, 임시정부 성립. 발레스는 처음으로 '공화국 만세'의 외침 소리를 듣고 충격을 받았다. 6월, 파리에서 반정부 폭동이 일어나, 수천 명의 노동자가 육상 카베냐크의 탄압에 의해 학살되었다.

1849년(17세) 사범학교 입학 준비를 위해 파리 상경. 파리는 정치 정세가 불온해서, 발레스는 공부보다 정치운동에 관심을 갖는다.

1851년(19세) 12월 2일, 루이 나폴레옹의 쿠데타로 공화파 추방됨. 반정부 운동 실패의 결과, 발레스는 낭트의 부친에게 불려가, 자크 정신병원에서 6주간의 감금 생활을 함.

1852년(20세) 발랑드로양의 유산 덕분에 파리로 다시 상경. 12월 2일, 루이 나폴레옹은 황제가 되어, 나폴레옹 3세를 칭하다. 제2제정 시작됨.

1856년(24세) 부친 루이, 루앙의 애인에게서 사망. 48세.

1857년(25세) 당시의 대부호 쥘 미레스 앞으로 보내는 서한 형식으로 씌어진 『돈(L'Argent)』을 무서명으로 루드와양 사를 통해 출판. 표지에 100수 우화가 인쇄되어 있고, 통렬한 풍자문학으로 주목받음.

1858년(26세) 1월, 나폴레옹 3세 암살 미수의 오르시니 사건 발생.

1861년(29세) 『라 르퓌 요로펜』, 『라 프레스』, 『라 리베르테』, 『레포크』 등 신문에 집필.

1862년(30세) 빈곤과 절망으로 투쟁 생활에서 스스로 탈락. 10월, 칸의 고급중학교 자습감독으로 부임.

1863년(31세) 지방의 교원 생활을 견뎌내지 못하고 신년 일찍이 파리로 귀환. 보지랄의 제15구청에 연봉 1,200프랑으로 호적계에 근무. 그랑트리오에서 발자크에 관해 강연한 것이 구청장의 비위를 거슬려 파면당함.

이 짧은 기간에 친해진 하층계급 사람들의 지지를 얻어, 그는 후에 이 구에서 꼼뮌위원으로 선출됨.

1866년(34세) 1854년에 창간되어, 비르메생의 민완과 독재적 경영으로 저널리즘에 군림하고 있던 『피가로』지에 대한 기고문을 모아, 『반항자(Les Réfractaires)』라는 제목을 붙여서 아실 플 사에서 출판, 호평을 얻음.

1867년(35세) 『레벤몽』지에 대한 주요 기고문을 수록한 『거리(La Rue)』 를 아실 플 사에서 출판.

6월, 동명의 주간지 『라 뤼』를 창간, 독자적 논진을 폈으 나, 8개월 후 33호로 발행금지 처분을 당함. 단기간이긴 했으나 이 신문 집필자 중에 졸라 등의 이름도 있어, 후 에 자연주의의 태동이 보인다.

1869년(37세) 쥘 시몽의 대립후보로 국회의원에 입후보했다가 낙선되 었지만, 500표의 빈곤자의 지지를 획득했다. 『나쇼날』지 에 9월 23일부터 10월 7일까지 『신사(Un Gentilhomme)』 를 연재(1932년 갈리마르 사에 의해 출판). 발자크, 플로 베르, 공쿠르 등과 같은 소설가로서의 명성을 동경하던 발레스의 첫 소설이지만 성공작이라고는 할 수 없다.

1870년(38세) 1월 12일, 『라 마르세이에즈』의 기자 빅토르 느와르가 나 폴레옹 3세의 사촌 동생 피에르 보나파르트의 흉탄에 쓰 러지다.

7월 19일, 보불전쟁 발발, 발레스는 불랑키파에 가담하 여 8월 14일 라 빌레트 사건에 참가.

9월, 제정붕괴, 공화정 선언, 인터내셔널에 가입, 마르세 이유, 리용 등 인민선언.

1871년 (39세) 1월, 파리개성. 2월 12일, 티에르 정권 수립.

3월 1일, 독일군 파리 입성. 베르사이유 최고 통수부에 서 황제가 되어 있던 빌헬름의 입성식은 파리의 불온한 공기 때문에 중지되고, 독일군도 3일 만에 파리를 철수 함.

3월 18일, 파리시민 궐기. 3월 28일, 꼼뮌선언. 2월에 발레스는『크리 뒤 퓌플(인민의 외침)』(Le Cri du Peuple)을 창간. 3월 26일, 제15구에서 꼼뮌 위원으로 선출됨. 꼼뮌 기간 중 발레스는, 포바르셰가의 지주 카이유보트라는 열렬한 발레스 지지자에 의해 유산으로 기증된 약 4만 프랑 덕분에 여유 있는 생활을 할 수 있었다.

4월 13일, 방돔 기념비 파괴 명령. 이로 인해 화가 쿠르베는 찬성 서명을 하지 않았는데도, 꼼뮌 후 베르사이유 정부의 재판에서 종신보상의 형을 받았다.

5월 21일부터 28일까지 파리 시내에서 베르사이유군과 사투.

21일, 베르사이유군은 싸우지도 않고 프랑 드 쥘문으로 파리에 침입. 제16구와 제17구의 일부를 점령.

22일, 샹젤리제, 몽파르나스 점령. 23일, 동브로우스키 지구 사령관 중상. 밤에 대화재가 일어남.

24일, 꼼뮌, 공안위원회와 함께 제11구청으로 이동. 베르사이유군, 라틴구를 점령. 다르브와 대주교, 꼼뮌파에게 피살.

25일, 드레크뤼즈 사망.

26일, 꼼뮌파는 베르빌에 집결.

27일, 쇼몽 언덕 함락. 대량 총살 자행됨.

28일 오후 2시, 꼼뮌측의 총성 그침. 이 피의 주간 후 발레스는 벨기에를 거쳐 영국 런던에 망명.

1872년(40세) 프랑스에서 인터내셔널 금지법 가결. 발레스는『런던의 거리』의 자료 수집차, 영국의 광산과 대장간을 찾아다님. 이 해 말엽, 팔레롤의 외가 쪽 친척집에서 발레스의 모친 사망.

1873년(46세) 클레비 대통령 취임. 이 소식을 듣는 즉시, 발레스는 새 대통령 앞으로 특사 청원의 편지를 보냄. 이것이 2년 후의 특사의 실마리가 됨.

1879년(47세) 『L′Enfant』을 샤르팡티에르 사에서 출판. 망명 중이어서 장 라 뤼라는 펜네임을 사용.

1880년(48세) 7월 10일, 꼼뮌 관계자에 대한 특사 발령. 즉시 파리로 돌아가 테일라 가에 거주.

『노동복(Les Blouses)』을 6월 21일부터 7월 28일까지 『쥐스티스』지에 연재(1919년 에드와르 조제프 사에서 출판).

1881년(49세) 『대학입학자격자(Le Bachelier)』를 샤르팡티에르 사에서 출판.

1882년(50세) 공쿠르는 아카데미 프랑세즈에 대항하는 재야 아카데미를 계획하고, 연간 최우수작품에 5천 프랑을 주고, 전형위원에게 종신 6천 프랑을 증정할 것을 은밀히 기획하고 있었다. 그런데 이 기획이 누설되어, 10명의 전형위원 속에 자신도 포함된 것을 알게 된 발레스는, 전혀 입장이 다른 상대방이 제멋대로 인선을 한 것에 불쾌감을 느끼고, 『르 레베이유』지에 반론을 써서 공쿠르를 비난했다. 그러나 공쿠르는 발레스의 이름을 명단에서 빼지 않았다. 이 위원 후보로 이름이 오른 사람 중에는 도데, 졸라, 플로베르, 모파상 등이 있다(아카데미 공쿠르 실시 이전에 발레스가 사망했기 때문에, 이 발레스 위원은 자연 소멸되었다).

1883년 (51세) 『크리 뒤 퓌플』을 재간.

1885년 (52세) 『궐기(L′Insurgé)』에 마지막 가필을 끝마치지 못한 채, 2월 14일, 당뇨병으로 사망. 성대한 장례식이 거행됨.

1886년 비서 세브린의 손으로 『궐기』가 샤르팡티에르 사에서 출판.

1) R. Mandrou, "histoire de la civilisation française" T · Ⅱ · Armand Colin, 1987, p.262.

2) 제2제정 때 나폴레옹 3세에 의해 파업권이 인정되고(1864), 같은 해 제1 인터네셔널인 '국제 노동자협회'가 창설되었다. 위의 책 p.261 참조.

3) 블랑키(A. Blanqui, 1805~1881): 프랑스 혁명 사회주의자.

4) 파리꼼뮌의 원인이 된 보불전쟁은 프로이센의 지도하에 통일 독일을 이룩하려는 비스마르크의 정책과 그것을 저지하려는 나폴레옹 3세의 정책이 충돌해 일어난 전쟁. 1870년 7월 19일 프랑스의 선전포고로 시작해 그해 9월 2일 나폴레옹 3세의 항복. 1871년 2월 베르사이유에서 평화협정, 5월 프랑크푸르트에서 강화조약이 체결되어 프랑스는 독일에 배상금 50억 프랑을 지불하고 알자스—로렌의 대부분을 할양.

5) 티에르(A. Thiers, 1797~1877): 프랑스 정치가, 역사학자.

6) 노명식, "보-불전쟁과 빠리 꼼뮨", 『프랑스 혁명에서 빠리 꼬뮌까지』, 까치, 1980, p.277 참조.

7) 랑비에(G. Ranvier, 1828~1879): 프랑스 정치가, 블랑키주의자.

8) 발레스(J. Valliès, 1832~1885): 프랑스 소설가, 그의 소설『자크 뱅트라스』는 이 글의 주요 텍스트가 된다.

9) 노명식, 「보-불전쟁과 빠리꼼뮨」, 같은 책, p.284에서 인용.

10) R. Mandrou, 「histoire …」, 같은 책, p.262 참조.

11) "Ils ont encore pour eux pour leur martyre: la semaine sanglante du 21 au 28 mai a fait des milliers de victimes; et pour quelques actes de vandalisme, incendie des Tuileries et de l'hôtel de M. Thiers, pour les fusillades d'otages-dans l'atmosphère terrible de la guerre des rues-combien de victimes, de la rue de Rivoli au Père Lachaise? Thiers et Galiffet triomphent sans pudeur ni mesure en mai 1871 et les historiens de la commune évaluent à cent mille les Parisiens

touchés par la répression(그들에게는 그들의 순교자가 있었다. 5월 21일부터 28일까지 피의 주간에 수천 명의 희생자가 생겨났다. 그리고 약간의 야만적인 행위도 있었다. 튈르리 궁과 티에르의 집이 방화되었으며 시가전의 공포스러운 분위기 속에서 인질들이 학살되었다. 리볼리가로부터 페르 라셰즈 묘지까지 얼마나 많은 희생자가 있었나? 티에르와 갈리페는 1871년 무자비한 승리를 거뒀다. 꼼뮌을 연구한 역사학자들은 진압으로 인해 피살된 파리인이 10만에 달한다고 추정하고 있다)." 같은 책, p.262.

12) 노명식, 「보-불전쟁……」, 위의 책, p.293 참조.

13) 7월 왕정을 붕괴시키고 제2공화정을 수립한 1848년 2월 혁명은 처음으로 사회주의 세력이 혁명의 주도세력 중 일부가 된다. 그러나 그해 6월 온건 공화파는 노동자들의 봉기를 무참히 진압한다. "바리케이트에서는 겨우 4~500명의 봉기자들이 죽었던 것 같으나, 전투가 끝난 다음 3,000명 이상이 기동방위군과 정규군의 병사들에 의해 학살되었으며 11,671명이 체포되었다. 그들 중 일부는 처형되었고 일부는 강제노역에 처해졌다. 그러나 가장 일반적인 형벌은 유배형이었다. 수많은 노동자들이 원치도 않는 식민지 생활을 해야 했다." 죠르주 뒤보, 『1848년 프랑스 2월 혁명』, 김인중 역, 탐구당, 1993, p.170.

14) 노명식, 「보-불전쟁……」, 같은 책, p.284에서 인용.

15) 쥘 발레스, 『파리꼼뮌(하)』, 현원창 옮김, 형성사, 1986, p.214.

16) 형성사에서는 발레스의 『자크 벵트라스』를 제2부를 빼고, 제목을 『파리꼼뮌』이라 하여 상권 '출생과 성장', 하권 '궐기'로 각각 부제를 달았다. 여기서 우리는 이 한역본을 텍스트로 한다. 주인공 벵트라스는 작가 발레스 자신이다. 여기서는 두 이름을 병기한다.

17) 쥘 발레스, 『파리꼼뮌(하)』, 같은 책, p.16.

18) 쥘 발레스는 편지 형식으로 씌어진 『돈(L'argent)』을 1857년 무서명으

로 처음 출판한다.

19) 쥘 발레스, 같은 책, p.45.

20) 위의 책, p.67.

21) 졸라(E. Zola, 1840~1902): 프랑스 작가.

22) 시몽(J. Simon, 1814~1896): 프랑스 정치가, 철학자.

23) 쥘 발레스, 같은 책, p.92.

24) 위의 책, p.155.

25) 위의 책, p.196.

26) 비느와(J. Vinoy, 1800~1880): 프랑스 장군.

27) 쥘 발레스, 같은 책, p.203.

28) 위의 책, p.212.

29) 위의 책, p.238.

30) 위의 책, p.292.

31) 랑송(G. Lanson, 1857~1934)을 비롯한 많은 문학사가들은 발레스를 그들의 저서에서 언급을 피했지만, 티보데(A. Thibaudet, 1874~1936)는 그의 저서 『일기』에서 "르나르(J. Renard, 1814~1910)가 발레스에 관해 한 마디도 언급하지 않은 것은 놀랍다. 물론 모방한 것은 아니지만, 작가로서 인간으로서 그와 공통된 성격을 지닌 발레스에 당황하고 있는 것일까? 『홍당무』의 입장과 작품은 『아이』의 그것이었다"라고 밝혔다.
또한 시인이 아라공(L. Aragon, 1897~1982)은 벵트라스를 『적과 흑』의 쥘리엥 소렐과 동일시 하며 『자크 벵트라스』의 문학적 위치를 격상시켰다.
"세기가 진행됨에 따라, 전에 쥘리엥 소렐의 무리였던 자가 자크 벵트라스의 무리가 되는 것은 누가 보아도 명백한 것이다. 역사의 논리적 필연에서, 쥐라의 보잘것 없는 목재상의 아들은 자크 벵트라스의 반항에 이르게 된다는 것이다. 발레스가 소박한 문체로 허식 없는 글을 쓰는 그 특징(스땅달이 소설에 앞서서 그랬듯이)을 한 번 알아채면, 절대로 피할 수 없는 스땅달과의 유사가 있는 것이다. 쥘리엥 대 슈발리에 드 보베지의 결투와, 모브의 들판에서의 벵트라스 대 생시르 사관학교생의 결투, 더 나아가, 드 레날 부인과 두비놀 부인이 아무리 동떨어져 있더라도 벵트라스 역시 쥘리엥과 마찬가지로 36세로서는 장군이 될 수 없었던 인간인 것이다. 그러나 자기 자신의 눈에도 자기가 비겁자, 위선자로 비칠 정도의 행동을 하는 것은, 반항자로서의 그가 임시 교원이란 자리를 자청했기 때문인 것이다. 벵트라스에게 있어서의 상복이란, 빈민의 닳아 빠진 옷인 것이다. 그는 비르메생의 『피가로』지에서는 청년층을 향해, 뮈르제풍의 보헤미안 생활을 동경하지 말라고 충고한다. 1830년의 청년과, 7월·2월의 두 혁명 사이에 개입되는 역사를 가진 청년과의 사이에는 커다란 간격이 있다. 그러나 그들은 정신적으로는 동족인 것이다." 위의 책, pp.346~348에서 인용.

32) 꼼뮌주의자들이 대거 총살당한 곳.

33) 쥘 발레스, 같은 책, p.344.

프랑스 사회주의와 미국의 초월주의[1]

1. 머리말

유럽공동체위원회(Commission des Commumautés Européennes)의 지원을 받아 프랑스 엑상 - 프로방스(Aix-en-Provence)에서는 "유일 불가분의 유럽(L' Europe une et indivisble)"이란 주제로 1990년 8월 국제 학술회의가 개최되었다.[2] 이 심포지엄에 모인 12개국(덴마크, 모로코, 미국, 스위스, 싱가포르, 이태리, 일본, 체코, 캐나다, 프랑스, 한국, 헝가리) 28명 발표자들은 "유럽통합(L' Union Européennes)"이란 기사를 『르 글로브(Le Globe)』에 발표하여 유럽통합의 이론적 방법론을 제시했고, 1834년 사회주의(Socialisme)라는 용어를 처음 문헌에 사용했던[3] 프랑스 사회주의 철학자 중 대표적 인물인 피에르 르루(Pierre Leroux)의 주요 사상을 조명했다.[4] 또한 연구자들은 사흘 동안의 회의에서 피에르 르루의 철학이 유럽국가에만 국한되는 것이 아니라 아시아, 아프리카 그리고 아메리카까지 폭넓게 미치는 것이라 확인했다. 향후 20

세기 말, 유럽사회의 중심 화두는 단연 단일통화 출범으로 대표되는 유럽통합이었다. 이런 관점에서 이 심포지엄이 시사하는 바는 매우 컸다.

한편 올해 2월 『워싱턴 포스트』지는 미국 대통령 조지 W. 부시 (George Bush)의 취임사를 분석하면서, 그의 정치철학이 공동체주의와 관련이 있다고 규정했다. 부시는 강력한 미국을 주창하며, 지금껏 미국을 끌어온 힘인 개인의 자유가 너무 지나쳐 공동체의 유대를 약화 시켰다고 보고, 이제 개인의 권리는 사회의 이익과 균형을 맞춰야 한다고 강조했다.[5] 이처럼 미국을 중심으로 최근의 서구철학에서 활발히 논의되고 있는 공동체주의의 이론적 배경은 어디에 근거를 두는 것일까?

본 논문에서는 19세기 미국사상사 흐름의 큰 물결이며 공동체주의의 지평을 연 일신론주의(Unitarisme)를 포함한 초월주의와 이 흐름에 적지 않은 영향을 준 프랑스 사회주의의 이론적 동질성을 밝히고, 실천적 방안으로 당시 프랑스와 미국에 존재했던 공동체(Communauté) 집단의 실체를 알아보려 한다. 끝으로 당시 미국문학에 끼친 프랑스 사상의 역할에 관해 살펴보고자 한다.

2. 피에르 르루와 미국의 초월주의

2-1. 피에르 르루의 종교인식

'인본주의 종교(Religion de l´Humanité)'로 특징되는 그의 사상은, '이성(raison)'의 측면이 지나치게 강조된 18세기 계몽주의 철학에 인성 추구의 또 다른 중요한 몫인 인간의 '감성'을 접목시키는 새로운 결합을 시도했다. 계몽사상은 과거의 사회적 인습과 종교적 믿음에 의한 미신, 편견, 무지몽매한 상태로부터 인간을 해방시키고자 현실적 사실에 어긋나지 아니한, 이성에 적합한 사상을 강조했다. 이런 계몽주의 철학 이후 유럽사회의 거센 바람이었던, 무종교에 대한 신봉을 새로운 종교에 바탕을 둔 '감성', '감정', '의식'이 어우러지는 참된 '인성(Humanité)'의 추구로 바꾸는 것이 피에르 르루 철학의 목표이다. 그러나 이전의 기독교가 너무 독단적인 교리에 빠졌었기 때문에 피에르 르루는 기존의 종교에 철저히 비판을 가하며 모든 종교를 포용하는 새로운 형태의 종교를 주창했다.

기독교는 과거의 가장 중요한 종교다. 그러나 인간이라는 기독교보다 더 위대한 것이 있다.[6]

당시 철학가로서는 드물게 동·서양을 망라해 모든 종교에 관심을 가졌던 피에르 르루는 그의 정기 간행물 『르뷔 앙시클로페디크(*Revue encyclopédique*)』[7]와 『앙시클로페디 누벨(*Encyclopédie nouvelle*)』[8]을 통해 종교에 관한 많은 글을 발표했다. 특히 『앙시클로페디 누벨』에서는 철학적 종교의 필요성을 천명하면서 대부분 종교사상사에 관한 95편의 논문을 게재했다. 우리는 그의 글 이곳저곳에서 진실함과 자유스러움이 깃든, 종교를 아우르는 그의 영민한 통찰력을 발견한다.[9]

피에르 르루의 종교 인식을 이해하기 위해 그의 주요 논문을 간단히 살펴보자. 초기 기독교 사상의 이해 폭을 넓히기 위해 르루는 정통 기독교주의인 『오귀스텡(*Augustin*)』과 이단 기독교 교리인 『아리아니즘(*Arianisme*)』을 집필했다.

Arianisme—『앙시클로페디 누벨』, T. I, 1834 : 아리우스(Arius)파의 이

단 교리, 그리스도의 신성함을 부인.

Augustin—『앙시클로페디 누벨』, T. II, 1836: 초기 기독교 제일의 정통적인 신학자, '원죄론(l' idée de péché original)' 강조.[10]

종교개혁(Réforme)에 관해서는 『칼벵(*Calvin*)』과 『아르미니아니즘(*Arminianisme*)』이 주목을 끈다.

아르미니아니즘—『앙시클로페디 누벨』, T. II 1836: 아르미니우스파의 교리.
칼벵—『앙시클로페디 누벨』, T.III, 1837: 종교 지도자.[11]

종교개혁 후 칼빈주의가 독재와 배척으로 신교국가의 성직자 사회를 지배하고 있었다. 이에 아르미니우스는 칼빈주의자들의 독재에 대항하여 그의 사상을 천명하기 시작했다. 피에르 르루는 위 두 논문에 인류의 진보와 새로운 기독교의 징후를 칼비니즘에 의해 짓밟힌 아르미니아니즘에서 찾기를 시도한다. 왜냐하면 아르미니아니즘이 진실된 프로테스탄티즘으로 가는 연속적인 과정이었기 때문이다.[12]

본 논문의 주요 주제가 될 미국의 일신론주의와 초월주의가 아리아니즘과 아르미니아니즘에 기초를 두었다는 사실을 인지할 때 기독교에 관한 피에르 르루의 논문들은 시사하는 바가 매우 크다.[13]

종교에 관한 피에르 르루의 연구는 기독교에만 머물지 않았다. 그는 기독교와 다른 종교들의 만남도 정리했고,[14] 이제 기독교가 더 이상 거부할 수 없는 세계종교(불교, 유교, 바라문교 Brahmanisme 등)의 이해를 통해 새로운 종교로 거듭 태어날 것을 주장했다.

"모든 문화의 바탕에는 종교가 자리잡고 있다"라는 진리를 굳게 믿었던 피에르 르루는 역사를 풀어내는 열쇠가 바로 종교이고, 종교가 역사를 이끄는 원동력이라 믿어 의심치 않았다. 이런 이유로 그는 기독교와 다른 종교들의 역사적 만남도 주선했고, 또 그에게는 기독교와 비교해 상위의, 하위의 종교도 존재하지 않았다. 모든 종교는 한데 어울려야 하고, 그렇지 않으면 적어도 서로를 존중해야 한다고 주장하였다. 기독교만이 인간의 정신 세계를 위한 유일한 종교라는 낡은 관념을 피에르.르루는 철저히 부정하며, "예수는 더 이상 신이 아니다"라고 선언하였다. 그는 기독교를 대신할 새로운 종교를 천거하였다. 그것이 바로 인본종교(Religion de l'Humanité)인 것이다.

> 우리는 예수의 아들도 아니고 모세의 아들도 아니다. 우리는 인간의 아들이다.[15]

2-2. 19세기초 미국 사상의 흐름

17세기 초[16] 미국이 국가의 기초를 다질 때 미국은 유럽문화와의 연속적 특성과 영향을 받으며 발전해나갔다. 이런 점에서 보면 미국은 유럽의 부산물이라 볼 수 있다. 미국에 유럽인들이 처음 발을 들여 놓을 때 종교는 유럽사회의 중핵을 이루고 있었으며, 이에 자연스럽게 미국은 유럽의 종교인 기독교 국가로 출발하였다. 칼벵의 영향을 받은 청교적 신교주의(Puritanisme)가 초기 미국사회를 지탱하다, 유럽의 계몽주의가 잔잔했던 미국 식민지 사회를 뒤흔들게 된다. 역사의 뿌리가 짧았던 신세계 식민지 국가로서는 엄청난 사회적 혼란이었다. 초기 종교정신으로 무장된 미국인들에 청교적 신교주의가 지적 전통의 첫 번째 주요소였다면, 계몽주의는 다음으로 이어지는 새로운 요소였다. 계몽주의의 영향을 받은 일부 미국인들은 사물의 본질을 명확하게 이해하고 있기 때문에 그들의 시대가 퓨리타니즘의 시대보다 우월하다고 믿었다. 초기 미국인의 응집력이었던 퓨리타니즘의 기본 철학은 질서, 조화, 권위인 반면 계몽주의는 진보에 대한 믿음으로 이어져 물질의 실체를 정확히 간파함으로써 자연의 법칙에 따라 사회를 재구성할 수 있다고 자신했다. 계몽주의는 부분적으로 기독교에 대한 반발로 시작되었지만 '교회의 영혼을 지닌 국가'[17]로 묘사되는 미국사회에서는 종교 발전에 지대한 영향을 끼쳤다.[18]

주로 종교문제와 관련을 맺어 발전된 초기 미국사상의 흐름은 신앙대각성운동(Great Awakening)을 거쳐 1776년 독립의 성취, 이어 19세기를 맞이했다. 19세기 전반, 미국문화를 지배하는 전반적인 기류는 낭만주의 정신이었다. 초기 공화국은 지적·사상적·문화적 활동의 모든 활력을 낭만주의로부터 제공받았다.[19] 입헌정부가 확립되었지만 사상적·정치적 긴장으로 혼란한 상태였던 신흥 독립국가로서는 국민들 사이의 새로운 의미를 추구할 필요가 있었다. 이는 제2차 신앙대각성운동(1795~1835)으로 전개되었다. 당시 일신론주의의 등장과 주로 유니테리언(Unitarien, 일신교도) 목사들이 주축이 된 초월주의 클럽의 구성은 개인의 존엄성과 잠재능력의 발휘를 강조하는 '미국적인' 철학을 낳았다.[20]

퓨리타니즘주의자들의 엄격한 칼빈주의에 대항하여 일어난 일신론주의는 1820년경 윌리엄 엘러리 채닝(William Ellery Channing)[21]에 의해 교회의 형태를 갖추었다. 일신교도들의 대변인이며 새로운 지도자가 된 윌리엄 채닝은 칼빈주의가 강조해 온 인간의 '원죄론(l'idée de péché original)'을 부정하고 자유의지를 강조하였다. 또한, 그는 인간의 본성을 높이 평가하여 모든 개인은 자신을 초월하여 신과 하나가 될 수 있다고 주장함으로써 초월주의 철학의 도덕적·정신적 토대를 위한 기초공사를 하였다.

이 초월주의 철학을 완성한 사람은 랠프 월도 에머슨(Ralph Waldo

Emerson)[22] 이었다. 미국 문화에서 낭만주의 충동의 표현으로 나타난 초월주의는 우주에게 생명을 주고 모든 영혼의 근원이 되는 하나의 중심적인 정신이 있다고 주장하였다. 1836년 초월주의 철학의 근본적 이론을 내포한 『자연(Nature)』을 출판한 에머슨은 개인의 영혼은 '대영혼(Over-soul)'의 한 부분이며, 각 개인은 자신의 직관력을 통해 신의 보편적 진리에 도달할 수 있다고 주장하였다. 초월주의는 당시 모든 미국인들에 깊은 영향을 주었고, 경제적 성공을 중요시하는 미국의 사회적 분위기 때문에 물질주의적인 의미를 가지게 되었다. 이는 개인을 최고의 가치를 지닌 존재로 찬양하게 되었고, 1841년 에머슨은 저서 『자기 신뢰(Self-Reliance)』에서 그의 사상을 자립적인 개인주의로 해석하였다.

2-3. 초월주의에 끼친 피에르 르루의 영향

보스턴의 서적상인 엘리자베스 피보디(Elizabeth Peabody)[23] 덕택에 미국인들은 피에르 르루의 작품을 만날 수 있었다. 그녀의 서점에서 피에르 르루의 저서인 『De l'Humanité』를 발견한 초월주의자들은 곧 피에르 르루의 사상에 경도되었다. 초월주의자들을 비롯한 당시 미국의 종교개혁가 그룹은 그들 철학의 이론적 근거를 르루의 종교철학에서 발견했다. 초월주의자들은 인간이 생의 가장 중요한 진실을 이해하는 것은 '직관적 통찰력(intuition)'에 의한 것이라고 믿었다. 즉 초월주의자들의 진실을 이해하는 중요한 방법은 직접적 영감에 대한 믿음이었고, 그들은 정신적 진실이란 각 개인에 의해 본능적으로 이해된다고 생각했다.

이미 피에르 르루는 초월주의자들이 발견하고 매료되었던 새로운 종교의 발전과 관련지어 '직관적 통찰력'에 대해 그의 글에서 다음과 같이 주장했다.

　직관적 통찰력이 우리를 지배하고 있다. 우리는 인간 속에 존재하는 신
의 믿음을 가지고 있다.[24]

　19세기 초 종교개혁 운동시기 중 초월주의자로서 피에르 르루의
사상을 이해하고 전파한 미국인을 살펴보면, 우선 미국 최초의 여성
저널리스트인 마가레트 풀러(Margaret Fuller)[25]를 들 수 있다. 그녀는
유럽 여행 중 1848년 2월 혁명 바로 전날 피에르 르루를 취재하고
그의 철학을 기사로 작성했다. 그리고 이미 앞에서 언급한 또 다른
초월주의자 윌리엄 헨리 채닝은 피에르 르루의 저서 『De l'Humanité』
를 그의 잡지 『The Present』에 번역하면서 당시 유럽의 주목할 만한
사상가 중의 하나로 피에르 르루를 거명했다.

　에머슨과 더불어 또 다른 초월주의의 '중심인물(figure de proue)'이
며 '각성된 개혁가(réformateur éveillé)'로 불렸던 오레스티스 브라운슨
(Orestes Augustus Brownson)[26]"은 초월주의가 너무 '개인주의
(individualisme(self-reliance)'에 치우치는 것을 경계하며 피에르 르루가
주창하는 인간의 '연대성(solidarité)'을 초월주의 철학이 더욱 받아들
일 필요가 있다고 주장했다. 브라운슨은 그의 글 「Leroux on
Humanity」에서 피에르 르루를 '사회, 종교의 진보에 대담한 챔피언
(un champion intrépide du progrès social et religieux)'이라 칭하며 초월주의
철학에 피에르 르루의 '인본종교'를 결합시키려 노력했다.

　초월주의의 주창자이며, 지적·문화적으로는 '미국 낭만주의의 창
시자(père du romantisme américain)'인 에머슨은 1842년 11월 초월주의
철학에 직·간접적으로 봉사한 프랑스 철학을 논하며 피에르 르루에
게 경도되었던 자기 동료들에 대해 다음과 같이 진술했다.

오레스테스 브라운슨, 윌리엄 헨리 챈닝, 엘리자베스 피보디 등 젊은이들은 인간이라는 단어를 피에르 르루로부터 빌려 왔다.[27]

3. 실천적 의미의 공동체 사회

3-1. 부르크 농장

초월주의는 또한 유럽 사회주의의 영향을 받아 사회 개혁운동을 전개하였다. 이 사회 개혁운동은 사회적으로 혜택을 받지 못한 사람들을 돕고 경제 발전에 따라 필수적으로 생기는 사회문제를 제거하려 노력했다. 이에 노동자 계급을 지지하고 교육제도를 개선하고자 하였다. 사회주의는 실천적 방안인 '공동체(communauté)' 운동으로 미국에서 나타났다. 대부분의 공동체는 단명하였고 구성원도 소수에 불과해 전체적인 공동체 운동은 실패했지만 사회 개혁운동 자체는 소기의 성공을 거두었다. 초월주의자들은 인간은 자연의 아들이기에 자연으로 돌아가 소박하게 살아야 한다고 주장하며, 메사추세츠주 보스턴 부근에 1841년부터 1847년까지 초월주의 정신에 입각하여 집산주의적 사회적 공동체인 '부르크 농장(Brook Farm)'을 세웠다.[28]

당시 미국인들은 계급의식이 결여되어 있었기 때문에 사회적 계급 타파는 주장하지 못했다. 다만 노예제도 폐지, 사회적으로 보호받지 못한 이들(시각, 청각 장애인 등)을 위한 공교육 실시, 여성에 대한 법적 차별 금지 등 구체적인 제도 개혁을 실현시켰다. 이런 개혁운동은 공동체운동과 함께 실시되었다. 공동체운동의 기원은 유럽에서 찾을 수 있으나 미국의 세속적 공동체는 이상적 사회주의로의 전환을 보여주었다. 공동체 모델을 이상적 사회주의에서 찾은 미국인들은 영국과 프랑스의 사회주의 선구자들의 도움을 받아 속속 공동체를 건설하였다. 1825년 로버트 오언(Robert Owen)[29]이 인디애나주에 자신의 사회주의적 이상에 따른 집산주의적 공동체 뉴 하모니(New Harmony)를 세웠고, 샤를르 푸리에(Charles Fourier)[30]의 신봉자들은 뉴저지에 50여 개의 팔랑크스(Phalanx)[31]를 조직하였다. 초월주의의 실험장이었던 부르크 농장은 1844년에 푸리에주의로 전향하였다.[32]

3-2. 부삭

식자공으로 인쇄소에서 직접 일한 노동자로서 지적 행위와 노동이라는 구체적 행위를 일치시킨 인물인 피에르 르루 또한 프랑스 중부 부삭(Boussac)에 공동협력체를 만들었다. 그는 오언주의자나 푸리에주의자들이 신대륙에 그들의 공동체를 구성하는 것을 새로운 형태의 식민주의로 간주했다. 그래서 피에르 르루는 1843년 프랑스 안인 부삭에 인쇄소를 세우면서 농민, 노동자, 지식인이 함께 어우러져 생동감 넘치며 각자의 권리를 존중하는 공동체를 실현시켰다.

> 80여 명이 넘는 구성원이 집단으로 모여 살며, 그들은 똑같은 급료와 혜택을 받았다. 무산계급의 문제를 해결하기 위해 노동자·농민·지식인이 함께 하는 공동체 형식의 인쇄소를 세웠다.[33]

피에르 르루는 부르크 농장이 그가 새로운 식민주의의 한 형태로 간주한 푸리에 주의로 전향한 것에 대해 실망했지만, 초월주의의 사회 개혁운동에는 찬사를 보냈다. 1859년 피에르 르루의 사위이며 지적 동반자였던 오귀스트 데물랭(Auguste Desmoulins)[34]은 그들의 사상을 받아들여 노예제도 폐지운동 등 사회 개혁운동을 가시화시킨 미국사회에 큰 격려를 보냈다.

　사회주의는 기쁨과 희망을 우리에게 채워 준 미국에서 발전한다. 러시
아에서처럼, 미국에서도 그처럼 위협적인 노예제 문제의 해결을 도와주
기 위해 새로운 사상(사회주의)이 온 것이다.[35]

4. 초월주의 문학과 낭만주의

4-1. 에머슨의 문학

　종교 개혁 운동으로서의 철학인 초월주의는 낭만주의로 대표되는
19세기 미국 문학사에서도 중요한 위치를 차지했다. "미국 낭만주의
라는 강에는 크게 두 지류가 흐르고 있다. 하나는 랠프 왈도우 에머
슨과 헨리 데이빗 소로, 그리고 월트 휘트먼이 대표하는 낙관주의 전
통이고, 다른 하나는 호손이나 멜빌 그리고 포우가 대변하는 비관주
의 전통이다. 전자의 입장을 취하는 문학가들은 주로 초월주의자들
이다. (……) 초월주의는 (……) 철학운동인가 하면 신학운동이요,
사회운동인가 하면 문학운동이다. 그것이 어떤 운동이든간에 초월
주의는 인간의 무한한 가능성을 믿는다는 점에서 한 가지 공통점을
지닌다."[36]

　당시 초월주의자들은 유럽으로부터 자양분을 받고 성장한 낭만주
의 운동의 완전한 영향하에 있었다. 낭만주의가 만들었던 분위기에
서 그들이 효과적으로 선택한 것은 바로 낙관론이었다. 창조적인 예
술 활동과 미적 생활에는 거의 도움이 되지 않았던, 이전 청교도적인
미국사회에 초월주의의 낙관론은 예술적 상상력 해방에 깊은 영향을

주었다.

초월주의의 완성자인 에머슨은 시인이며 또한 수필가였다. 그의 문학적 기반은 인도의 종교사상 중 베다(*Véda*)적 신비주의였다. 그는 어렸을 적부터 베다의 성전 중 『바가바드기타(*Bhagavadgita*)』에 깊이 심취해 있었다. 유럽에 낭만주의 시대가 도래했을 때 인도에 대한 열정과 관심은 대단히 높았다. 인도에 대한 관심은 미국에까지 이어져 지식인 계층에 널리 퍼지게 되었다. 이런 풍조에서 에머슨 역시 자연스럽게 인도사상에 영향을 받았고, 힌두교의 베다주의를 비롯하여 유교, 이슬람의 종교시 등을 이해한 그는 시나 글을 통해 문학적 상상력의 영역을 넓혀 갔다. 그러나 에머슨이 간혹 인도의 사상을 임의로 해석하고 모순되게 사용한 부분이 있기 때문에, 문학사가들은 그의 시가 불가해 하다고 비판했다. 인도사상을 이해하는 이와 같은 작가들의 심각한 문학적 약점은 이어 유럽에서 피에르 르루에 의해 비판받았다.

가장 오래된 문화를 가진 인도의 사상을 발견해야만 하는 필요성을 인지한 피에르 르루는 인도에서 가장 오래된 신화적 제식문화를 집대성한 『베다(*Véda*)』를 소개하면서,[37] 또한 모호하고 난해한 방법으로 인도 종교나 사상을 번역하는 당시 작가들의 능력에 회의를 품었다. 올바른 번역과 모든 과학적 방법을 동원한 심도 있는 연구를 원한 피에르 르루는 인도 고대 종교의 중요한 교리임에도 당시 유럽에서 무시되었던 '윤회론(métempsycose)' 사상을 찾아냈다. 이 윤회사상은 조르즈 상드(George Sand)가 르루의 철학을 대변한 소설로 평가되는 『꽁슈엘로(*Consuelo*)』의 중심사상이었고, 이 소설의 성공으로 많은 유럽인들은 윤회론을 이해하게 되었다.[38]

미국 문학비평가들은 에머슨의 문학을 논할 때 윤회론의 왜곡과 인과응보와 운명에 대한 개념 차이를 간과한 점을 주로 비판했다.[39]

에머슨이 피에르 르루의 인도 소개에 관한 염려를 이해했다면, 철학·종교에서 초월주의가 차지하는 위상만큼이나 그의 문학도 주목을 받았을 것이다. 그러나 이런 문학적 약점에도 불구하고 1837년 하버드대학교에서 행한 그의 강연은 미국인들이 자국 문학에 더욱 관심을 갖는 계기로 만들었고,[40] 그의 추종자 월트 휘트먼(Walt Whitman)은 미국 문학에 새 지평을 열었다. 또한 월트 휘트먼은 조르즈 상드의 열렬한 애독자로서 그녀의 소설 『꽁슈엘로』를 항상 지니며 피에르 르루의 사상을 이해하게 되었다.[41]

4-2. 헤리엇 스토우, 『톰 아저씨의 오두막』

조르즈 상드로부터 큰 찬사를 받은 헤리엇 스토우(Harriet Stowe)의 『톰 아저씨의 오두막(Uncle Tom's Cabin)』은 문학적 평가를[42] 떠나 미국 정신에 있어 하나의 중요한 기록이다. 이 소설은 당시 미국이 겪는 가장 큰 문제 중의 하나인 흑인 노예 문제를 노예 폐지론자의 입장에서 정면으로 맞서 다루었고, 노예 제도의 악폐에 스토우의 종교적 경험으로 대항한 설득력 있는 이야기였다. 미국이 걸머지고 있던 원죄인 노예문제는 당시 그 정점에 이르게 되어 국론을 크게 분열시킨 채 미국을 내란으로 내몰고 있었다. 링컨 대통령의 표현으로 '위대한 대전쟁을 일으킨 작은 숙녀'인 스토우는 1852년 노예 제도의 처참함을 생생하게 그린 이 소설을 발표함으로써 노예 제도에 반대하는 미국인들의 감정과 확신을 북돋워 노예 해방을 일구었다.

대상의 차이는 있지만 당시 유럽에서는 무산자, 노동자, 농민의 상황이 극도로 악화되었다. 이에 피에르 르루와 그의 동조자들은 노동자, 빈민들이 겪고 있는 고난을 무시하고 식민지 개척 등을 통하여 산업을 발전시키는, 특히 영국의 경제 정책을 통렬히 비난했다. 그들은 스토우가 소설에서 바라는 궁극적인 목표가 인종의 차이를 떠나, 인간이 인간에 대하여 범하는 모든 잔악한 행위, 억압, 비인간성이었다는 것에 뜨거운 찬사를 보냈다. 이 시기 미국에 거주하며『톰 아저씨의 오두막』의 성공을 목격한 프랑스 개혁가 조셉 데쟈크(Joseph Déjacque)는 "백인 무산계급과 흑인 노예는 진정한 형제다"[43]라고 적으며 프랑스에서도 고통받는 자들의 밝은 미래를 예견했다.

조르즈 상드가 농촌에서의 성장기 체험을 바탕으로 '전원소설'이란 한 장르를 창시했듯이 스토우 역시 미국 문학사에서 '지방색' 문학의 선구자였다. 또한 소설의 기본 주제가 사랑이었던 조르즈 상드가 공동체의 따스함과 그것에 대한 가슴 설레임으로 남성과 여성의 사회적 관습 차이를 대비시키면서 여성을 억누르는 인습으로부터 벗어나 역동적 삶을 추구하는 이들의 모습을 그렸듯이 스토우가 소설 전체를 통해 강조하는 것은 가족이라는 사랑이 깃든 감정적 유대감의 필요성이었다. 서로 다른 대륙에서 150년전에 쓰여진 소설들이 현실이 끝없는 고통이었던 당시의 사람들에게 큰 희망을 주었다는 것을 생각하면 우리는 넉넉함으로 소설이 주는 진정한 의미를 되새길 수 있다.

5. 맺음말

개인주의 성향이 강했던 19세기 초월주의는 프랑스 사회주의와의 변증법적 가치 추구의 형태로 사회개혁을 진행하였다. 상반된 이념일 것 같은 사회주의와 초월주의의 두 사상은 철학적으로 함께 공유하는 공통점을 지니고 있었다. 프랑스 초기 사회주의자들은 '구체제(Ancien Régime)' 이후 등장한 '진정한 공화국(république véritable)'의 이념이 신세계의 발전에 봉사되기를 원했고, 19세기 전반 미국사상의 거대한 흐름인 초월주의는 이것을 공동체라는 구체화된 형식으로 받아들였다. 윤회하여 금세기 초 개인화에 바탕을 둬 고도의 자본주의를 꽃피운 미국에서 개인주의와는 상반된 이념인 공동체주의의 논의가 지식인 사회에서 활발히 진행되고 국정 목표의 하나로 설정되었다.

'사회주의'라는 용어를 창시한 피에르 르루조차 개인의 자유의지와 자발적인 행동을 규제하는 사회주의의 조직화가 각 계급간에 갈등구조를 야기시킨다고 보고 특정 이념의 조직화를 비판했다. 이런 이유로 자립적인 개인주의를 최상의 목표로 하는 초월주의는 유럽의 사회주의 사상가 중 피에르 르루에 동의했다. 이렇듯 사상의 흑백론적 가름은 애초부터 의미가 없다. 실제로 동구권 붕괴 이후 자본주의가 보편화된 금세기에는 더 이상 자유주의, 사회주의 등 체제간의 이데올로기는 의미가 없다. 앞으로 국제 사회는 '문명충돌'로 이야기되는 종교 문제가 사회 전체의 갈등구조를 지배한다. 사회간의 갈등을 해결하기 위해서는 본 글에서 이야기된 모든 종교를 아우르거나 최소한 서로 다른 종교를 존중할 필요가 있다.

1) 2001년 11월 『프랑스 어문교육』 제12집에 게재했던 논문에 약간의 첨삭을 가해 다시 싣는다. Transcendantalisme의 우리말 사용은 변역자에 따라 초월주의 혹은 초절주의로 한다. 이 글에서는 초월주의로 통일하였다. 『새 우리말 큰 사전』은 독일철학을 초절주의로, 이 논문의 주제인 미국철학(Transcendantalisme)은 초월주의로 기록하였다. 『새 우리말 큰 사전』, 신기철 · 신용철 편저, 삼성출판사, pp.3277~3278 참조.

2) 1990년 8월 22, 23일 그리고 24일 사흘에 걸쳐 프랑스 Aix에서 19세기 프랑스 사상가인 Pierre Leroux에 관한 학술회의가 열렸을 때, 다음과 같은 여러 학술협회가 참가했다: Les Amis de P.Leroux, de G. Sand, de Clemenceau et de C. Péguy 등. 이 회의에서는 Leroux의 사상과 철학에 대한 진지한 토의가 있었다. 다음 다섯 명의 Leroux 전문가가 회의를 주도했다 : D. A. Griffiths(Canada), S. Vierne(Grenoble), O. A. Haac(New York), M. Agulhon(Collège de France) et J. Viard(Aix-en-Pce.). 본인도 여기 참가해 "Humanité et nations étrangères"라는 제목으로 주제발표를 통해 Leroux의 논문 중 유럽 외 국가의 종교, 사상에 관해 알아보았다.

3) 사회주의라는 용어는 피에르 르루가 1834년 Saint-Simon주의자들을 비판하기 위해 쓴 글 "De l'individualisme et du socialisme"에서 유래한다. 여러 역사학 개론서에서 역사학자들은 이 사실을 증명한다. "1834년 피에르 르루에 의해서 처음 사용된 이래 사회주의라는 말이 일상어로 통용되었다." "……le mot même de socialisme est passé dans le langage courant, lancé par P.Leroux en 1834, repris sans cesse ensuite et vulgarisé" G. Duby, R. Mandrou, Histoire de la civilisation française, T. II, Armand Colin, 1987, p.210.

4) Pierre Leroux(1797~1871) : 프랑스 초기 사회주의 철학자 중 대표적 인물. 작가, 정치 · 경제 평론가, 조합운동의 선구자로서 문학사에서는 G.Sand 사회소설의 정신적 지주로 남아 있다. 그의 철학, 사상은 졸고

"Pierre Leroux, 그리고 George Sand의 소설 *Consuelo*", 『불어 불문학 연구』, 제29집, 1994, pp.183~194에서 보았고, 유럽 통합론에 대한 이론적 근거는 "George Sand의 *Consuelo*와 유럽정신", 『프랑스 어문교육』, 제8집, 1999, pp.183~197에서 살폈다. 또한 유럽통합에 관한 Leroux의 논문이 실린 Le Globe에 관해서는 "*Le Globe*연구" 『프랑스 어문교육』 제6집, 1998, pp.353~366에서 살펴보았다.

5) "실제로 부시는 종교단체 등의 사회봉사 활동을 지원하겠다며 정부 안에 담당부서를 신설, 공동체주의자로 알려진 존 디우리오 펜실베니아대 교수를 참모로 영입했다." 정재왈, "세계 지식인 지도: 공동체주의의 한국적 수용", 『중앙일보』, 2001년 7월 26일, 15면.

6) Pierre Leroux, *De l'humanité*, Fayard, 1985, p.158.

7) *Revue encyclopédique*, 1831년 J. Reynaud와 함께 창간.

8) *Encyclopédie nouvelle* ou Dictionnaire philosophique, scientifique, littéraire et industriel, offrant le tableau des connaissances humaines au dix-neuvième siècle par une société de savants et de littérateurs, publiée sous la direction de MM.P.Leroux et J.Reynaud(1834~1841).

9) 피에르 르루의 종교관에 대해서는 졸저 『프랑스 근대 사상과 소설』, 청동거울, 2000, pp.31~57에서 자세히 보았다.

10) 아리우스(Arius, 280~336): 알렉상드리(Alexandrie) 교회의 사제. 예수의 신성을 부정하여 381년 콘스탄티노플(Constantinople) 공의회에서 아리아니즘은 정통 기독교로부터 이단으로 판정.

오귀스텡(Saint Augustin, 354~430): 라틴교회 최대 교부(Père).

그러나 진리의 연구를 위해 기독교의 근원을 파헤치려는 르루에게는 로마제국의 안정을 꾀하기 위해 정통이다, 이단이다로 나누는 이분법에는 크게 관심이 없었다. 그의 연구목표는 진정한 인성을 위한 종교의 연구이기에 다신교까지 포함한 모든 종교에 관심을 기울였다.

11) 칼뱅(1509~1564) : 종교 개혁가.

아르미니우스(1560~1609) : 종교 개혁가.

12) *Arminianisme*, 『앙시클로페디누벨』, T.II, 1836, p.56.

13) "유니테리언(Unitarian)이라는 말은 성부, 성자, 성령의 삼위일체가 아니라 신(deity)의 통일에 대한 믿음을 의미했다. 아리아니즘(Arianism)으로 알려진 이 교리는 아르미니어니즘보다는 약간 늦게, 그리고 부분적으로 그것의 결과로서 뉴잉글랜드에 도달하였다. 다른 프로테스탄트들과 똑같이 초기 유니테리언들은 종교적 권위의 성서적 기반을 주장하면서도 성서에서 예수의 신성에 대한 어떠한 만족스러운 증거를 발견할 수 없다고 공언하였다. (……) 아르미니언파가 인간은 자신의 죄에 대해 도덕적으로 책임을 져야만 하고 구원을 얻기 위해 노력해야 할 의무와 자유 둘 다를 가지고 있다는 견해로 꾸준히 기울어져 갔을 때 아르미니언들은 점점 더 전통적 교리에 만족하지 못하게 되었다. 구원은 주로 도덕적 과정으로서 간주되었고, 이와 관련하여 예수는 중요한 영감의 원천이었다. 그리하여 예수는 신성의 인격으로서 받아들여지지 않게 되었고, 세상에서 가장 고양된 정신성을 대표하였으며 자신의 이상을 위해 목숨을 바쳤던 인간으로 바뀌게 되었다." 스토우 퍼슨스, 『미국지성사』, 이형대 역, 신서원, 1999, pp.264~265.

14) *Philosophie-Des rapports de la doctrine de Confucius avec la doctrine chrétienne*, 『르뷔 앙시클로페디크』, T.LIV, 1832.

Brahmanisme et Bouddhisme, 『앙시클로페디 누벨』, T.III, 1837.

15) Pierre Leroux, *Du Christianisme*, VRIN, 1982, p.108.

16) 미국 역사의 시작을 17세기 초로 보는 것은 백인의 관점에서 파악한 것이다. 미국 역사 연구가들은 대체로 다음 네 가지 경우에 따라 미국 역사의 시작을 파악한다.

① 아메리카 원주민(Native Americans)의 역사.

② 1607년 버지니아의 제임스타운에 도착하였던 일단의 귀족, 젠트리(Gentry), 상인들의 역사.

③ 1620년 메이플라워호를 타고 메사추세츠의 플리머스에 도착한 청교도들의 역사.

④ 1776년 영제국으로 부터 독립한 미국의 역사.

네 가지 의견 중, 미국의 독립혁명을 종교적으로 설명하고 정당화하고자 했던 초기 미국 역사가들이 청교도의 전통과 신앙에 의존하였기 때문에, 미국의 시작은 1620년 메이플라워호를 타고 메사추세츠의 플리머스에 도착한 청교도들의 역사인 세 번째 의견을 따르는 것이 정론이다.

17) 영국의 시인, 소설가, 사회비평가 체스터튼(Gilbert K.Chesterton, 1874~1936)의 표현.

18) 미국 사학계에서 지성사가로서 잘 알려진 스토우 퍼슨스(Stow Persons)는 그의 저서 『미국지성사』에서 19세기 이전의 미국 역사를 살필 때 "식민지 시대의 종교정신"(pp.15~107), "아메리카의 계몽정신"(pp.111~212)이란 부제로 종교문제 그리고 종교와 관련된 계몽정신에 큰 비중을 두었다.

19) 미국의 낭만주의는 유럽과는 다른 형태를 보여주었다. "낭만주의는 동일한 원천에서 출발하였지만 각 국가에서 제각기 다른 형태를 취하였다. 유럽에서 낭만주의는 가끔 반항적이고 사회적으로 파괴적이었다. 그러나 미국에서 낭만주의는 좀더 건설적이었으며 서부의 프론티어는 이러한 경향을 강화시켰다." 윈턴 U. 솔버그, 『미국인의 사상과 문화』, 조지형 옮김, 이화여대 출판부, 1996, p.75.

20) "초월주의 철학이라고 부르는 것은, 그것이 결코 성취하지 못했고 심지어는 그것의 최고 주창자도 이루지 못했던 논리적 일관성을 그것이 가지고 있다는 것이다. 가장 쉽게 식별할 수 있는 세 근원은 신플라톤주의, 독일 관념철학 그리고 19세기 초에 보스턴 지역에 소개된 특정한

동양의 신비적 저서들이다.", 로드 W. 호턴. 허버트 W. 에드워즈, 『미국 문학사상의 배경』, 박거용 역, 문학과학사, 1991, p.141.

피에르 르루가 독일 관념철학과 프랑스 사회주의 철학을 접목시킨 사상가이며, 동양 사상에 박식한 인물이었다는 것을 우리는 이미 알고 있다. 초월주의와 피에르 르루 사상의 동질성을 찾기 위해 위의 내용은 주목할 만한 일이다.

21) 윌리엄 엘러리 채닝(1780~1842) : 성직자. 그의 조카 윌리엄 헨리 채닝(William Henry channing)은 미국에 피에르 르루의 사상을 전파했다.

"Pour la dissémination en Amérique des idées de Pierre Leroux, le transcendantlaiste William H.Channing(1810~1884) n´a pas son pareil. Déjà, dans *The present*, périodique qu´il édite à New-York entre semptembre 1843 et mars 1844, il fait paraître en traduction plusieurs extraits de l´ouvrage *De l´Humanité* qu´il présente comme le manifeste de la prétendue Ecole Humanitaire." *Les Amis de Pierre Leroux*, n° 9. "Penseurs anglais et américains lecteurs de Pierre Leroux" David A.Griffiths, 1990, p.88.

"미국에 피에르 르루를 전파시킨 이는 초월주의자인 윌리엄 챈닝이 최고다. 이미 그는 1843년 9월부터 1844년 3월에 뉴욕에서 출간된 그의 잡지 『The Present』에 피에르 르루의 글을 발췌해서 발표했다."

22) 랠프 월도 에머슨(1803~1882) : 초월주의 주창자. 인간 스스로 어떻게 정신적 본성을 발견하고 정신의 궁극적 목표를 위해 인간이 우주의 영역을 탐색하는가를 보여준 그의 작품 『자연』은 초월주의의 선언문으로 평가된다.

23) 엘리자베스 피보디(180~1894) : 보스턴의 서적상, 『주홍글씨』의 저자 나다니엘 호손(Nathaniel Hawthorne)의 belle-soeur. 그녀의 이름은 1860년 미국에 처음으로 세워진 어린이 공원의 이름이 되었다.

24) Pierre Leroux, Réfutation de l´éclectisme, Gosselin, 1839, p.203.

25) 마가레트 풀러(1801~1850): 페미니스트, 여성 저널리스트. 그녀의 프랑스 여행 중 탐방기사는 *conversations*지에 게재되었다. 1850년 유럽 여행을 마치고 미국에 돌아온 그녀는 프랑스 철학과 문학의 흐름을 미국에 소개시키기를 원했다. 그러나 그녀의 갑작스런 죽음으로 인해 풀러의 계획은 빛을 보지 못했다.

26) 오레스티스 브라운슨(1803~1876): 초기 초월주의의 대표적 이론가이자 실천가였던 그는 초월주의자들이 너무 '개인주의'에 빠지자 1855년 4월 그의 잡지 *Brownson's Quarterly Review*에서 피에르 르루의 종교철학 중 커다란 몫인 인간간의 '연대성'을 강조하며 초월주의자들과 멀리했다. 이미 1834년 피에르 르루가 그의 글 「개인주의와 사회주의(*De l'individualisme et du socialisme*)」에서 '개인주의'는 물질적 이익의 추구를 긍정하고, '자유라는 이름으로 인간을 탐욕스런 이리로 만들고 사회를 분해하기' 때문에 '개인주의'를 신랄히 비판한 것을 볼 때 브라운슨의 태도 변화는 우리에게 시사하는 바가 크다.

"L' individualisme actuel……, au nom de la liberté, fait des hommes entre eux des loups rapaces, et réduit la société en atomes", P.Lereoux, *Oeuvres*, "De l' individualisme et du socialisme", Slatkine Reprints, 1978, p.374.

"개인주의는……, 자유라는 이름 아래 인간을 탐욕스런 이리로 변화시키고 사회를 원자상태로 해체한다."

27) *The Journals and Miscellaneous Notebooks of Ralph Waldo Emerson*, Cambridge, Massachusetts, The Belknap Press, vol. VIII (1970), p.249.

28) 초월주의 이념 중 하나인 개인적 자율성의 정신은 자유로운 개인을 추구하고 동시에 과도한 개인주의에 대한 반응은 공동체주의라는 모양으로 나타나는데, 이런 면에서 또 다른 초월주의자 헨리 데이비드 소로(Henry David Thoreau)는 중요하다. "그는 개인주의와 자연에 따른 소박한 생활을 하기 위해 도시를 떠나 메사추세츠의 콩코드 근처에 있는 월

든 호수 옆에서 2년 동안 움막을 짓고 살았다. 소로는 자연에서의 생활 경험을 1854년에 출판된 『월든(*Walden*)』에 기록하였는데, 여기서 그가 강조한 것은 바로 개인의 자주성이었다." 이주영, 『미국사』, 대한교과서 주식회사, 1987, p.158.

29) 로버트 오언(1771~1858) : 영국 사회주의자.

30) 샤를르 푸리에 (1772-1837) : 프랑스 사회주의자.

31) 푸리에주의 공동체의 한 단위. 이 어원은 고대 마케도니아의 필립 2세 (Philipe II)와 알렉산더(Alexander) 대왕의 공격전술로부터 나왔다.

32) "초월주의자들은 메사추세츠주에서 부르크 농장과 프르추 랜드(Fruits land) 같은 '공동체 사회(commune)'를 세웠다. 그 당시 미국에서는 유럽 개혁자들의 영향을 받은 '공동체 사회'도 세워지고 있었는데, 그 대표적인 것이 프랑스의 공상적 사회주의자 샤를르 푸리에의 영향을 받아 뉴저지에 세워진 노스아메리칸 팔랑크스였다. 그리고 영국인 로버트 오언의 영향을 받아 인디애나에 세워진 뉴 하모니였다", 앞의 책, 『미국사』, p.158.

33) *Dictionnaire Biographique du Mouvement Ouvrier Français*, Maîtron, p.502.

"Une colonie de près de quatre-vingts personnes se groupa. Chaque travailleur recevait un salaire égale, les bénéfices, s'il y en avait, devaient servir à développer l'entreprise et à fonder une exploitation rurale pour résoudre le problème du prolétariat."

34) 오귀스트 데물랭(1823~1891): 프랑스 사회개혁가.

35) Auguste Desmoulins, "L'Amérique et le Socialisme" dans *l'Espérance*, Jersey, publiée par Pierre Leroux, 4ᵉᵐᵉ livraison, jan.1859, p.99.

"Le socialisme fait en Amérique des progrès qui nous remplissent de joie et d'espoir. Là, comme en Russie, l'idée nouvelle vient aider à résoudre les questions si menaçantes de l'esclavage……"

36) 김욱동, 『미국 소설의 이해』, 소나무, 2001, p.60.

37) "Les Védas sont donc les sciences par excellence, la connaissance la plus élevée, la véritable science."Pierre Leroux, "Brahmanisme et Bouddhisme" dans l'Encyclopédie nouvelle(T. III), p.55. 또한 이 기사에서 피에르 르루는 유럽에서 인도의 소개가 '믿기지 않는 불합리의 잡지식(amas d'incroyables absurdités)' 만을 찾을 수 있다고 불만을 표시하며 과학적인 방법과 번역의 정확성을 강조했다.

38) 위 내용은 졸고 「조르즈 상드 소설에서의 여성」, 『프랑스 어문교육』, 5집, 1997. 3. pp.293~303에서 살펴보았다.

39) 문학사가들은 에머슨이 영혼들의 윤회에 대한 힌두교적 신념을 무시하고, 힌두교의 인과응보(이생에서 우리가 행하는 행동들이 다음 생에서 우리 삶의 속성에 영향을 준다는 믿음)와 회교도의 운명(알라신의 성전 안에 돌이킬 수 없게 정해져 있는 모든 개인의 운명)의 차이를 간과한 것에 많은 비판을 가한다. 앞에서 인용한 『미국 문학사상의 배경』 pp.142~143 참조.

40) 에머슨은 그의 저서 『미국의 학자』(1837)에서 지금부터 "우리 자신의 정신을 말할 것이다"라고 천명하였다. 하버드대에서 행한 이 연설을 존 그린리프 휘티어는 미국의 '지적 독립 선언문'이라 불렀다. 바로 그 뒤를 이어 "너새니얼 호손과 허먼 멜빌과 에드거 앨런 포우 같은 소설가들, 에밀리 디킨스와 월트 휘트먼 같은 시인들이 등장하여 미국 문학에 새 지평을 열었던 것이다." 앞에서 인용한 『미국 소설의 이해』 pp.55~56 참조.

41) "분명, 월트 휘트먼은 문고판처럼 그가 항상 지니고 다니던 조르즈 상드의 『꽁슈엘로』를 통해 르루의 가르침을 간접적으로 받았다."
"Walt Whitman(1819~1892), qui a sans doute reçu indirectement l'enseignement de Leroux par l'intermédiaire de Consuelo de George Sand, qu'il

a toujours tenu comme livre de chevet." Henri Roddier, "Pierre Leroux, George Sand et Walt Whitman ou l'éveil d'un poète" dans *Revue de Lettérature comparée*, 1957, 참조.

42) 헤리엇 스토우(1811~1896)의 문학적 평가는 '대중작가' 혹은 '통속작가' 로 불리는 단점에도 불구하고 스토우의 작품을 무시한 채 "19세기 미국의 낭만주의 소설을 이야기하기란 거의 불가능하다. 그녀를 제외하고 미국 낭만주의를 말하는 것은 마치 이디스 휘턴을 빼놓고 미국 리얼리즘이나 자연주의를 말하는 것과 비슷하다." 문학평론가들은 그녀의 문학사적 가치로 "첫째, 그녀는 미국 소설사에 처음으로 '정치 선전 소설' 의 새로운 장을 열었다. 둘째, 스토우는 미국 문학의 중요한 특징 가운데 하나라고 할 풍자와 해학에 크게 이바지하였다. 셋째, 스토우는 자신이 태어나서 자라난 뉴잉글랜드 특유의 풍물과 관습을 즐겨 작품의 소재로 다룸으로써 미국 문학사에서 '지방색' 문학의 선구자가 되었다" 라고 평가한다. 앞에서 인용한 『미국 소설의 이해』, pp.109~110 참조.

43) Joseph Déjacque, *A bas les Chefs!, éd*, Champs libres, 1971. p.232.

우리 소설이 본 역사

제2부

- 『토지』로 배우는 역사 ─항일운동을 중심으로
- 제주도 4·3 항쟁과 현기영의 「순이삼촌」
- 베트남 전쟁과 황석영의 소설들

『토지』로 배우는 역사
— 항일운동을 중심으로

1

'총괄체 소설'[1]인 박경리의 『토지』는 1969년 『현대문학』에 처음 연재를 시작한 지 26년 만인 1994년 완간되었다. 『토지』를 간행한 출판사만 해도 1부 다섯 권만 출간한 삼성출판사를 비롯, 지식산업사, 솔출판사 등이 있다. 여기에 2002년 초 나남출판사에서 전21권으로 다시 발간하였다.

국내 대하소설[2]의 대표격인 『토지』는 분량의 방대함은 차치하고, 작품이 갖는 문학·문학사적 의의로 한국 현대소설에서 가장 뛰어난 작품의 하나로 평가된다. 『토지』를 다룬 수많은 평론들, 『토지』만을 위해 만들어진 두 권의 전문사전(『토지사전』, 『토지 인물 사전』) 등에서 볼 수 있듯이 박경리의 『토지』는 우리 소설사에 한 획을 그었다고 할 만하다.[3]

기왕에 논의된 평가 중 논자들의 일반적 합의점은 『토지』가 우리의 삶의 터전인 땅을 매개로 하여 영예보다 치욕이 많았던 우리 근세사를 다양한 인물을 통하여 아울렀다는 점이다. 최참판네 여인 윤씨 부인, 별당아씨, 서희 세 명의 여성을 중심으로 여기에 남성인물인 김개주, 최치수, 구천(김환), 길상을 대응시켜 경상남도 하동군 평사리 최참판댁 가문의 5대에 걸친 흥망성쇠를 중심으로 『토지』는 한국 근·현대사의 한 많은 파노라마를 생생하게 보여주었다. 최참판네 사람들과 궤를 같이하거나 대립되는 군상들의 이야기는 우리의 살아가는 이야기였으며, 한국 근·현대사의 축소판이었다. 더욱이 여기에 소설적 재미를 갖춘 『토지』는 처음 씌어지기 시작해 완간되기 까지 26년 동안 독자의 눈을 고정시켰고, 완간된 지 7년이 지나 『토지』는 다시 새로운 옷을 입은 것이다.

지금까지 『토지』에 관한 여러 비평과 평론들을 통해 『토지』와 박경리 문학의 문학적 의의는 많은 부분이 넉넉히 밝혀졌다. '거대한 생명의 그물망 같은 『토지』의 세계를 열심히 헤집고 다닌 학자, 비평가들의 문학적 고뇌의 산물'로써 또한 '박경리 문학이 지니고 있는 깊은 골골마다를 탐색하려 한 비평적 욕구'의 결과로써 『토지』와 『토지』 비평은 한국 현대문학의 새롭고 참된 방향타로 이미 자리를 잡았다.

이런 연유로 여기서는 『토지』의 문학적 진실을 찾는 섬세함은 논외로 하고 소설의 시작과 함께 밀어닥친 외세의 침략이라는 슬픈 역사 속에서 침략에 대항한 소설 속 민초들의 삶을 통해 수난으로 얼룩진 당시 우리 근대사를 배워 보고자 한다. 강만길 교수는 그의 글 「소설 『토지』와 한국근대사」에서 역사학자가 역사를 서술할 때와 작가가 역사소설을 창작할 때 역사적 사실에 바탕을 두고 글을 쓰지만 서로의 인식에서 상당한 차이가 있다고 밝히고 있다. 그래서 간혹 역사학자들은 고증이라는 틀로 '사실'이라는 울타리를 쳐놓고 역사를 작품에 이용하는 작가에게 '사실'을 강요하는 실례를 범하기도 한다고 한다. '사실'만을 강조하는 역사학계와 '인간' 중심의 문학을 만들기 위해 창작을 강조하는 작가의 역사관이 서로 대치하며 평행선을 긋는다면 역사학과 역사문학의 화해를 기대할 수 없다. 그러나 큰 테두리로 보면 역사학자가 역사를 서술할 때와 작가가 역사를 작품에 끌어들일 때의 태도가 동일한 것이기에 문학과 역사의 관계를 상호 보완적인 공생의 관계로 역사학자 강만길 교수는 보았다.[4]

『토지』를 통해 역사학자는 역사를 보는 문학의 자유로움에 만족하고, 역사적 사료에서 해방된 역사소설과 역사 서술의 차이점과 같은 점을 생각해 본다.

부분적으로는 허구나 과장이 있어도 전체적으로 역사의 진실에 접근하고 있다면 용납될 수 있는 점에 역사문학의 '자유'가 있으며, 이 점이 바로 부분도 전체도 허구나 과장이 용납될 수 없는 역사학과의 차이점이다. 역사학이 이와 같은 역사문학과의 차이점 내지 역사문학이 가진 일종의 '특권'을 인정하고 나면 역사학을 연구하는 태도와 역사소설을 쓰는 태도가 본질적으로 같은 것이라 수긍할 수 있는 것이며, 구체적 사실에 충실한 작품만을 쓰라는 '무례'를 범하지 않을 수 있는 것이 아닌가 한다. [⋯중략⋯] 『토지』를 통해서 평소에 자주 생각하고 있었던 역사서술과 역사소설의 다른 점과 같은 점을 다시 한번 따져 보고 싶었고, 또한 역사학이 사료적 한계성 내지 연구환경의 불편 때문에 미처 밝히지 못했던 우리 근대사의 일부를 사료에서 해방된 『토지』가 오히려 밝혀내고 있는 것이 아닌가 하는 생각을 가지게 된 것이다.[5]

『토지』의 전체적인 흐름이 역사 발전의 긍정적 방향을 제시하고, 역사 이해 면에서 『토지』가 풍부한 자유로움을 우리에게 주기 때문에 자연스럽게 우리도 또한 독자의 입장에서 『토지』라는 문학이 주는 역사의 진실을 찾고자 한다. 숱한 역사의 흐름 중 『토지』 1부에서 그리고 있는 1910년 이전의 항일민족운동에 주목해 보고, 이를 위해 수많은 등장인물 중 주요인물[6]보다는 건강한 성격의 자유인으로 묘사된 목수 윤보를 특히 다루고자 한다.

2

『토지』가 시작되는 1897년은 8월 연호를 광무라 고치고, 그해 10월 고종이 황제에 즉위해 국호를 대한으로 고친 해였다. 1876년 강화도조약 이후 조선에서 갖가지 이권을 빼앗던 자본주의 열강은 대한제국이 선포된 다음 그들의 이권 침탈을 더욱 강화했다. 허약한 황실은 열강의 보호를 필요로 해 그 조건으로 각종 이권을 열강에 넘겨 광업, 임업, 어업 등 자원과 철도, 전차, 전기, 통신에 관한 이권이 일본을 비롯, 러시아, 청, 미국, 프랑스, 영국 등에 돌아갔다. 이에 조선의 산업 발전에 필요한 기초자원은 씨가 마르고 국내 자본의 발전은 생각조차 할 수 없게 되었다. 이때 우리의 가장 위협적인 존재는 일본이었다. 제3차 개항기[7] 이후 청국 무역상인을 압도하기 시작한 일본의 무역상인은 우리 나라의 대외무역 상권을 장악하게 되었다.

제3차 개항기에 들어오면 한·일 경제 관계에는 적어도 세 가지 점에서 종전과는 다른 특징적인 양상이 나타나게 된다.

첫째는 일본의 무역상인이 우리 나라의 대외무역의 상권을 장악하고 중국 무역상인의 상권이 몰락한다는 점이다. 이것은 청·일 전쟁에서 일본이 승리하여 무력으로 중국 무역상인을 구축함으로써 달성되었다. [···

중략…〕

둘째로, 수입품 중에서 일본 제품의 비율이 증대되어 갔다는 점이다. 〔…중략…〕 일본의 무역상인은 서구제품의 중계상인이 아니라 자국제품의 판매상인으로 등장하였다. 〔…중략…〕

셋째로, 일본은 청·일 전쟁과 노·일 전쟁에 승리하여 정치적 지배력을 수립하게 되자 우리 나라를 그들의 독점적 상품 판매시장과, 식량·원료 공급지로 개편하려는 경제정책을 적극적으로 시행하였다.[8]

경제적 침투에 이어 일본은 조선에 대한 지배권을 서서히 굳혀 가며 노·일 전쟁을 계기로 조선을 완전히 군사적으로 점령하고 조선에 대한 침략을 한껏 강화하였다. 일본 정부는 노·일 전쟁을 일으켜 조선을 군사적·외교적으로 지배하기 위해 1904년 2월 23일 '한·일 의정서'[9]를 강제적으로 성립시켰다. 1905년 9월 5일 러시아는 포오츠머드 조약으로 일본에 패배를 인정했고, 이로써 일본은 조선에 대한 지배권을 세계 여러 나라로부터 인정받았다.[10] 그로부터 두 달 후인 1905년 11월 17일, 일본 헌병의 포위하에 내각회의가 열려 사실상 조선이 일본의 식민지가 되는 보호조약이 강제로 체결되었다.[11]

이후 반일의병투쟁과 애국문화계몽운동[12]으로 일본의 침략에 저항하며 5년간 투쟁했으나 일본은 한반도를 완전 식민지로 만들려는 계획을 치밀하게 추진했다. '제국주의'라는 대세를 등에 업고 1910년 8월 29일 한일합방조약[13]을 발표함으로써 한국은 제국주의 일본의 식민지가 되었다.

무력투쟁으로 국권회복운동이었던 의병전쟁의 시작은 1895년 10월 명성황후 민씨 시해와 11월 단발령에 의한 전인민적인 반일감정의 폭발이었다. 위정 척사론자인 양반유생들이 주축이 되어 자연발생적인 민중의 항의와 투쟁을 조직화했다. 그러나 그들의 의거는 봉건왕권에 대한 충성심으로부터 출발했기 때문에 아관파천[14] 후 고종이 해산을 명하자, 양반 의병장들은 대부분 이에 따랐다. 나라의 심각한 위기를 타개하기 위해 예전의 상소와 같은 소극적 투쟁수단에서 적극적인 의병 봉기로 이어졌지만 반침략·반봉건 투쟁을 위하여 궐기한 농민투쟁과는 괴리가 있었다.

을사보호조약을 전후한 1904년 항일의병전쟁은 다시 일어났고 앞서의 의병투쟁보다 더욱 치열하였다. 1904년 7월 교외의 군인들이 의병활동을 시작한 이래, 1905년 4월에 들어서는 농민 무장세력의 주요 활동지였던 경기, 강원, 충청, 경상, 전라도 등 각지에서 의병활동이 전개되었다.

이 시기에 의병투쟁은 종래의 의병투쟁과 구별되는 새로운 특징을 갖고 있었다. 민족적 모순이 미증유로 심화되고 자본주의 경제의 발전에 따라 계급관계가 재편성되고 혁명투쟁이 발전함으로써 의병과 그 지도층의 사회적 구성상에 일련의 새로운 변화가 나타났다. 즉, 의병부대의 구성에는 농민과 더불어 새로운 사회계층이 참가하게 되었다. 1906년 12월 충주 금광 노동자 수백 명이 의병에 합류한 것을 비롯하여 노동자들이 의병의 대열에 참가하기 시작하였다. 또 1906년 초에 강원도 강릉군에서 학교 교원의 지도하에 청년회원 200여 명이 의병에 가담하고, 1907년 8월에는 강화도의 보창중학교장 이동휘 지도하에 대한자강회 회원을 포함하는 도민이 의병투쟁에 참가하는 등 애국계몽단체의 구성원들도 의병투쟁에 참가하기 시작했다.[15]

이런 민중의 반일의병항쟁에 자극받은 양반 위병장들도 각지에서 의병을 일으켰다. 1906년 3월에 기병한 전참판 민종식부대는 충청도에서 큰 세력을 갖고 활동했고, 1906년 6월에는 전라도 지방에서 최익현이 지도하는 의병활동이 전개되었다. 그러나 이들은 중요한 시기에 이르러 소극적 태도를 보이거나 '국왕의 군대'와 맞설 수 없다는 이유로 싸움을 포기해 큰 전과를 올리지 못했다.[16]

한편 1906년 4월에 기병한 농민군의 지도자였던 신돌석은 평민 출신으로 의병장이 되었다. 이 평민 출신 의병장들의 투쟁은 유생의병장과 경우가 달라 태백산 지역에서 신돌석, 정순현 등이 그간 '폭도', '적도', '화적'으로 불려 오던 농민 무장집단을 결합하여 맹렬하게 의병 항전을 벌여 나갔다. '태백산 호랑이'로 불리던 신돌석이 이끄는 의병부대는 강원도, 경상북도, 동해안 일대를 누비며 일제 침략군을 농락했다.

1907년 8월 군대해산을 계기로 반일 의병투쟁은 전국적 규모로 확대되었다. 일제가 헤이그 밀사사건을 구실로 고종을 강제 퇴위시키고 군대마저 해산시키자 군인들이 의병대열에 참가하였다. 군인들의 동참으로 전투력이 향상되고 평민 출신 의병장이 대거 등장하면서 의병전쟁은 보다 폭넓은 민중의 지지를 받으며 전국적으로 퍼져 나갔다. 이들 의병은 구체적인 강령을 만들어 일제의 주권 침탈, 경제 침략, 군사점령을 물리력을 통해 격퇴할 것을 다짐하였다.[17]

그러나 1909년 9월부터 2개월 동안 일본은 '남한대토벌작전'을 개시, 호남지방을 해안과 육지에서 완전히 봉쇄한 뒤 의병의 주요 활동지역을 초토화시켰다.[18] 이 대토벌작전에서 일본군이 학살한 의병수는 16,700명, 부상자는 36,770명에 이르는데, 공격목표가 된 호남지방은 살육, 방화, 약탈 등으로 완전히 폐허가 되었다. 이후 궁지에 몰린 의병은 작은 규모로 분산, 유격전으로 맞서는 한편, 의병부대의 많은 병력은 동포들과 후일을 기약하고 만주, 연해주 지방으로 이주하여 그곳에서 항일무장투쟁을 벌여 나갔다.[19]

3

『토지』의 제1부는 1897년 한가위로부터 시작되고 있다. 그리고 작가는 1908년 최씨 집안의 마지막 자손 서희가 간도로 떠날 때를 1부의 끝으로 정했다. 그러니 약 십 년간의 이야기를 다루고 있는 것이다. 5대째 대지주로 경상남도 하동군 평사리에서 군림하고 있던 최참판네는 이때 서서히 몰락과정을 걷고 있었다. 작가는 평사리라는 작은 사회에서 최씨 집안과 직·간접적으로 관계를 맺고 삶을 영위해 나가는 여러 군상들 하나하나에 특징적인 성격을 부여하며 집요하게 그들의 일상생활의 현장과 변화과정을 그리고 있다.

평사리라는 작은 공간에서 벌어지는 인물들의 이야기를 확대시키면 그것은 당시 우리 민족의 이야기가 되고 또한 역사가 된다. 5대를 버틴 최씨 집안의 무소불위가 통하는 평사리의 정체성은 당시 조선의 현실이었고, 조준구의 끊임없는 탐욕은 일제의 침략 내지는 일제의 침략에 빌붙는 무리들의 실체였다. 최씨 집안의 먼 친척으로 평사리에서 식객 노릇을 하던 조준구는 몰락해 가는 최씨 집안을 붙들어 온 마지막 기둥 윤씨부인이 호열자로 죽자 서울의 가족까지 데려와 최씨 집안의 모든 재산을 탈취하고, 마을 사람 위에 군림하기 위해 갖은 음모와 억압을 자행했다.

조준구가 끊임없이 벌이는 술수들이 악의 모티브 편에 섰다면, 이에 대항하는 선의 모티브로 가장 건강하고 보편성 있는 행위는 목수 윤보를 중심으로 형성되었다. 의도적으로 작가는 당시 역사적 사건들을 평사리에서 최씨 집안과 연결을 맺고 살아가는 사람들의 입을 통해서는 잘 말하지 않고, 최씨 집안과의 관계에서 자유로운 인물인 떠돌이 목수 윤보를 통해 당시 역사적 사건들을 전파했다. 평사리 여론의 중심인물인 윤보는 소설의 초입 부분에서는 역할이 그리 크지 않지만 1부 끝부분에서는 윤보가 주축이 되어 의병을 일으키게 되고 이로 인해 서희가 평사리를 떠나 다음 무대의 주인공인 간도로 향하는 동기를 제공했다. 『토지』에서는 공간적 이동(평사리→간도→평사리, 진주)을 통해 전체 이야기를 서술하고 있기 때문에 서희의 이동은 중요한 의미를 부여하고 있다. 또한 윤보가 중심이 되어 일으킨 의병의 형태를 통해 당시 조선 민중이 지니고 있는 항일투쟁관, 투쟁의 방향을 엿볼 수 있었다. 그래서 우리는 『토지』 1부의 많은 역사적 · 개인적 사건 중에서 초점을 윤보에 맞추려 한다.

윤보는 본업이 목수이고 섬진강가에서 고기를 잡아 생활하는 늙은 총각이다. 탄탄한 체격에 늠름한 체구, 입버릇은 사납지만 국량이 넓고 무엇이든 포용할 수 있는 넉넉한 마음의 소유자이며 가난한 살림이지만 유유자적할 줄 아는 천하태평인 인물이다.

윤보는 정말 속 편한 사내였다. 훌륭한 목수의 기량을 지녔으면서도 돈을 탐내어 하고 싶지 않은 일을 맡아 본 일이 없었다. 그러다가 마음이 내켜 일자리로 떠나게 되면 이번에는 설마 목돈 쥐고 와서 땅뙈기 한 마지기라도 사겠지, 이번에야말로 돈 좀 남겨다가 집 손질이라도 해서 어디 불쌍한 여자 얻어 살지 않을란가 하며 남의 일이나마 이웃들이 기대를 걸어 보는데, 마을로 돌아오는 그는 언제나 빈털터리였고 다음날부터 낚시대를 올러메고 강가로 나가는 것이었다. 〔…중략…〕 그런가 하면 온다 간다 말없이 연장망태 짊어지고 훌쩍 떠나는데 낯선 마을에 가서 삽짝을 고쳐 주기도 하고 외양간을 지어 주기도 하여 밥술이나 얻어먹으며 떠돌아다니다가 돌아오곤 했다.[20]

『토지』 1부의 기본적인 줄거리는 최참판네의 운명과 같이하는데 동학은 최씨 집안의 운명에 직접적으로 간섭한다. 최씨 집안의 마지막 버팀목 윤씨부인과 동학장수 김개주와의 악연, 둘 사이의 자식 구천(김환), 구천과 그의 형수 별당아씨(윤씨부인의 아들인 최치수의 아내)와의 비극적 사랑은 소설적 장치이고, 시작과 좌절에서 의병운동으로 이어진 동학운동은 역사적 배경이다. 작가의 역사 서술 방법을 보면 여러 작중인물들의 입을 통해 풍문의 형식으로 혹은 토론의 형식을 취해 당시 사회의 문제를 짚어 보고 다시 윤보를 통해 정리하는 방법을 주로 취하고 있다. 동학에 관해서는, 농민도 동학교도도 아니면서 동학혁명에 직접 참가했던 윤보는 직접적인 이해관계가 없기 때문에 훨씬 자유로이 동학을 조명할 수 있고, 위에 인용한 윤보의 건강하고 자유로운 성격은 작가가 역사를 이야기할 때 보편성을 갖게 해준다.

　고부 백산에 거점을 둔 이들 동학당은 탐관오리를 응징하는 데서 한걸음 나아가 '보국안민', '척왜척양'이라는 뚜렷한 혁명의 명분을 세워 폭동으로부터 전쟁의 양상으로 바꾸어 전주성을 점령하기에 이르렀다. 민중봉기가 전쟁의 양상으로 발전되어 가는 동안 윤보는 줄곧 그 대열에서 우뢰 같은 소리를 지르며 박달나무같이 건장한 몸을 날려 무리들을 선동하고 사기를 돋우며 언제나 앞장섰다. 일자무식의 어림짐작과 직감으로 철통 같은 집을 짜 세우던 대목수 윤보에게는 싸움에 있어서도 어림과 직감으로 민병을 모아 철통같이 뭉치게 하고 움직이게 하는 능력이 있었던 것 같다. 그는 과격하고 정열적으로 날뛰는 것처럼 보였다. 그러나 실상 그는 전봉준과 버금 가는 위세를 떨친 가장 투쟁적인 접주, 태인의 김개남을 마음속으로 그리 좋게 생각하지 않았다. 그는 정상의 지휘자요 윤보는 말단의 병졸에 불과했으나, 잘 하는 바느질장이는 조각을 내지 않고 재목을 다루듯 싸움도 역시 그와 같아서, 목표를 향해 가는 도중 다급하지도 않은 살생이나 방화 같은 자투리를 내는 것을 윤보는 꺼려했던 모양

이다.[21]

『토지』 1부가 서술하는 시기는 동학혁명의 시작과 좌절(1894), 청
·일전쟁(1894), 갑오개혁(1894), 을미사변(1895), 단발령 실시
(1895), 아관파천(1896), 독립협회 창립(1896), 대한제국 선포(1897)
등 굵직한 사건들이 숨가쁘게 이어지던 소용돌이가 잠시 주춤하며
조정기간을 거치던 때였다. 이후 일본의 침략 기도도 열강의 개입으
로 주춤하고, 수 년간은 겉으로 평온을 유지하는 듯했다. 그러나 체
계적이고 실질적인 침략을 준비하던 일본의 의도를 작가는 윤보의
시국관을 통해 밝히고 있다.

    "대국이 왜놈한테 항복을 했으니 그게 망조라 말이다. 왜놈들이 개미떼
맨쿠로 기여올 긴데, 벌써 항구에는 왜놈들 장사치들이 설친다 카는데 허
수애비 같은 임금 있으나마나, 총포 든 놈이 제일 아니가. 흥, 동학당이
벌떼같이 일어서도 별수없었는데 몇 놈이 쑥덕거리서 우짤 기라?"
    〔… 중략…〕
    백주대로를 도깨비의 무리가 우왕좌왕하는 판국에 왕권이 그리 대단했
을 것도 없고 몇몇 갓 쓴 광대 같은 인물이 설혹 정부를, 왕실을 엎어 버
리고자 모의를 했다 한들 윤보의 말대로 그것은 대단치도 않는 일이었을
것이다.[22]

일본이 러시아와 조선을 두고 각축을 벌이는 상황에서 틈새를 이
용하여 다른 열강들 역시 노리고 있을 때, 외세를 등에 업고 또는 왕
실을 인질삼아 권력투쟁을 일삼는 양반들에 대한 윤보의 통렬한 비
판은 작가의 것이었다.

"그깟놈의 일이야 아무것도 아니고 대국이 넘어졌이니께 이자는 왜놈하고 노국놈이 또 대가리가 터질 기구마. 그놈아이들이 먼지 개맹(개명)했다고 해서 그래 상투 자른 양반들이 업고 지고 지랄들 하는가본데 개맹이라는 기이 대체 머꼬?"

"......"

"개맹이라는 기 별것 아니더라. 한말로 사람 직이는 연장이 좋더라 그 것이고 남으 것 마구잡이로 뺏아묵는 짓이 개맹인가본데 강약이 부동하기는 하다마는 그 도적놈을 업고 지고 하는 양반나리, 내야 무식한 놈이라서 다른 거는 다 모르지마네도 옛말에 질이 아니믄 가지 말라캤고, 제 몸 낳아 주고 키워 준 강산을 남 줄 수 있는 일가? 천민인 우리네, 알뜰한 나라 덕 보지도 않았다마는…… 세상이 하도 시장스러바서 이자는 일도 하기가 싫고 사시장철 푸른 강가에 앉아서 붕어나 낚아 묵고 살았이믄 좋겠는데 그것도 어렵게 될 긴갑다."[23]

태생적으로 수구의 성격을 띠고 변화에 둔감한 농민의 입장에서 보면 새 문명을 받아들이자는 개화파의 논리는 현실성이 없다. 되풀이되는 사계절의 변화에 따라 크게 달라질 리 없는 농토에 붙어 현실에 안주하는 농민들은 하루하루의 해뜨고 해지는 것이 그들의 삶이다. 물론 몇 해 전 그들로부터의 민중운동인 동학혁명에서 변화의 가능성을 발견했지만 그들의 혁명은 외세의 개입으로 무참히 꺾이었다.

이제 지배층 내부에서 형성된 개화파의 차례가 되어 외세를 등에 업고 근대적 문화산업시설의 개발을 촉진했지만 그것은 근대문명의 이름으로 외세의 침략을 긍정하는 것이었다. 특히 일본은 "아동양에 관해서 스스로 자각을 갖고 임하는 자는 마땅히 이를 유도해서 함께 동양의 개명을 계획"해야 한다 하면서 선진국 입장에서 조선을 개발

하고 정복하려는 당위성을 설명했다.[24]

이에 이미 동학군의 일원이었고 동가식 서가숙하면서 세상 돌아가는 형편을 익힌 목수 윤보는 농토한 무지렁이 용이에게 당시 시대상황을 알려 주며 자기를 낳아 준 강산에 최소한의 성의(의병운동)를 준비할 것임을 암시한다. "제 몸 낳아 주고 키워 준 강산을 남 줄 수 있는 일가? 천민인 우리네, 알뜰한 나라 덕 보지도 않았다마는……" 이라고 자문하는 윤보는 의병운동이라는 구체적 행동목표의 실현을 위한 중심적 힘으로 소설에서 임무를 부여받았고, 작가는 또한 윤보를 고리로 하여 '현실에 충실한 하인'인 농민을 의병운동, 나아가서는 항일운동으로 나서게 했다.

당시 반봉건 투쟁의 담당자인 변혁주체, 반침략 투쟁의 담당자인 저항주체 세력으로는 개혁을 목표로 하는 개화파, 봉건적 배외주의파인 위정척사파, 변혁·저항세력인 농민, 시민층이었다. 여기서 개화파는 1896년 아관파천 이후 소극적 투쟁인 애국문화계몽운동으로 돌아섰고 위정척사파와 농민층은 적극적 투쟁인 항일운동으로서 의병투쟁의 여지를 남겨 놓았다.

이런 역사적 사실은 작가가 상민과 양반을 의병운동으로 의기투합시키는 장치가 된다.

"그라믄 한가지 물어 볼 기이 있입니다. 의병은 어떻십니까? 그것도 나쁩니까?"

소곤거렸다.

"으, 으음, 가당치도 않는 말이로다아. 나쁘다니, 문자 그대로 이 강산의 의로운 장부들이요, 꽃일세."

"그렇다믄 말입니다. 지 생각 겉에서는 말입니다. 의병은 왜눔들 몰아내자카는 기고, 또 하나는 도적질 해묵고 나라 팔아묵을라카는 벼슬아치

들을 치자카는 긴데, 그기이 다 똑같은 긴데 와 동학당은 나쁘다카고 의
병을 옳다캅니까?"

"이노오옴! 충성하고 불충이 어찌 같단 말이냐!"

"그렇다믄 생원님, 똑같은 일이라캐도 상놈이 하믄 불충이고 양반이 하
믄 충성이라 그 말씀입니까!"

비로소 김훈장은 윤보에게 놀림을 당하였다는 것을 깨달은 모양이다.

"이놈! 듣기 싫다! 냉큼 가지 못할까!"

윤보는 길섶, 도랑을 흐르는 물에 짚세기 바닥을 점벙점벙 적시면서,

"그런데 생원님은 아침부터 이슬 밟고 어디 다녀오십니까?"

하고 능청스럽게 딴전을 폈다. 주거니 받거니, 이 같은 수작은 이들에게
있어 처음이 아니다. 신분이 다르고 서로 의견이 다르면서 이상하게 배짱
이 맞는다고나 할까, 아니 서로 정이 통한다 해야 할 것 같다. 꾸짖는가
하면 놀림을 당하고 그러면서 이들 사이에는 미묘한 우애가 흐르고 있었
다.[25]

이 '미묘한 우애'는 『토지』 1부에서 악의 모티브로 상정되어 있는
얼치기 개화파 조진구를 치고 의병운동을 함께 일으키는 소설적 장
치가 된다.

『토지』에서 조준구는 잘못된 근대 미화의식을 가진 개화지상주의
자로, 또한 인간의 가장 나쁜 면인 탐욕과 술수의 화신으로 묘사되고
있다. 역관이었던 그는 개화를 위해서는 무엇이든 희생해도 좋다는
생각에 일본을 포함한 서양에 대한 선망으로 우리의 전통과 백성에
대한 무시가 도사리고 있는 인물이다. 역사상으로 보면 조준구 같은
얼치기 개화파뿐 아니라 개화파의 태두 김옥균 같은 이도 비슷한 발
상을 가지고 있었다.[26]

조준구는 독립운동을 위하여 만주로 떠나 유학자이면서 민족운동

가로 변신하는 이동진과의 대화에서 그의 잘못된 개화의식을 극렬하게 보여준다.

"왜구니 양이니들 하지만 실상 그네들이 우릴 보구 야만인이라 하고 있다는 것도 알아야 할 거외다. 옹졸한 양반네들 예의지국이라 아무리 뽐내봐야 그네들 눈에 미개한 나라의 기괴한 구경거리로밖엔 안 보이니까요."

"야만인이라…… 원래 예의범절이란 편리한 거는 못 되는 게요. 윤리도덕이라는 것도 거추장스러운 거지요. 우리네 의관 모양으로."

준구는 그 말대꾸는 아니한다. 이동진이 만만찮은 인물임을 느낀 모양이다.

"조공의 말씀 듣고 보니 생각키는 바가 많소이다. 체통 지키느라 굶어죽는 자는 짐승이 아니요 사람인 탓이겠는데 한사코 먹이를 챌려는 짐승의 본성도 잃지 말아야…… 그래야 생이 보전될 것이요. 그렇다면 의관을 바꾸고 상투 자르는 게 뭐가 대수겠소. 조상의 묘소인들 못 파겠소?"

"그렇지요. 뜻한 바를 이룩하려면은 수모를 겪는 용기와 인내심도 필요하겠지요."

하고 준구는 응수했다.[27]

구한말사를 보는 작가의 역사관은 두 계층의 사람들이 추구하는 민족운동에 중점을 두고 있다. 『토지』라는 제목이 주는 의미, 즉 농민의 이야기가 주로 전개되는 1부에서는 개화파가 중심이 되어 벌이는 애국계몽운동은 크게 부각되지 않는다.[28] 그 이유는 역사가 보여주듯이 도시와 지식인 중심으로 이루어진 이 운동이 농촌과 농민들과는 괴리가 있기 때문일 것이다. 이런 이유로 작가는 농민층과 그리고 그에 대응하는 유교적 지식인들을 역사의 전면에 내세웠다.

유교적 지식인 가운데는 윤보의 주선으로 의병대장이 되는 고루한 선비이며 복벽주의자인 김훈장 같은 인물과 좀더 개방적인 유교적 지식인으로 대변되는 이동진 같은 이다. 김훈장으로 대변되는 위정 척사론자들의 반일의식은 척사위정론의 한계인 진보성이 결여되어 있고, 이동진 같은 이들은 이어 내려온 양반계층의 생활태도 등으로 구체적이고 일상적인 농민의 생활에 융합되기는 어려워 중국이나 러시아 방면으로 이주하여 민족 독립운동가의 길을 걷게 되었다.

"그럼 묻겠는데 내 궁금증을 풀어 주게. 자네가 마지막 강을 넘으려 하는 것은 누굴 위해서? 백성인가? 군왕인가?"
얄팍한 입술이 더욱 얇게 벌어지면서 최치수는 간악하기 이를 데 없는 미소를 흘린다. 이동진은 쓴웃음으로 대항하며,
"백성이라 하기도 어렵고 군왕이라 하기도 어렵네."
"……."
"굳이 말하라 한다면 이 산천을 위해서, 그렇게 말할까?"
"열전에 이름을 남기기 위해 서지 뭐겠나. 자넨 사내대장부라는 말을 매우 귀히 여기는 사람이니."[29]

만주로 떠나기 전 이동진과 최치수의 이 막연한 대화에서 명분을 중요시하는 양반계층의 성격을 충분히 엿볼 수 있다. 진보가 없는 자주가 고루한 보수가 되고, 자주가 없는 개화파의 진보가 침략의 구실을 준 구한말사에서 그래도 작가가 택한 역사의 선은 유교적 교육을 받은 전통적 지식인으로 해외에서 독립운동을 하던 이들이었다.
그러나 소설에서나 역사에서나 주인공들은 밟아도 밟아도 다시 자기 자리를 찾는 민초들이다. 점점 나라의 국운이 기울 듯이 평사리 최참판네 대대로 내려오던 영화도 윤씨부인의 죽음으로 끝을 맺고 간악한 친일파 조준구가 그 자리를 차지하려 한다. 봉건적 조선왕조

가 일본 제국주의의 식민지로 전락해 가듯 조선조의 주체세력이었던 양반들은 몰락해 간다. 오만하고 냉소적인 봉건주의자 최치수의 죽음, 기개 있는 민족주의자 이동진의 해외망명, 인간성을 상실한 김평산의 죽음으로 양반계급은 해체되고 친일행각을 일삼는 사악한 조준구와 전형적으로 양반·선비의 허구성과 미덕을 보여주는 김훈장만이 남게 된다. 양반의 위엄과 체통은 형식적으로나마 유지하며 당시의 고귀한 민족·민중운동인 의병투쟁에서 자기 분열을 보이는 김훈장을 돕는 이들을 농토한들이다.

1903년 보리 흉작이 경상도 일대에 치명적이었을 때 윤보를 중심으로 한 평사리 농민들은 조준구가 차지한 최참판네의 고방을 부순다. 이는 을사조약이 체결되는 해 평사리 사람들이 일으킬 의병운동의 전주곡인 것이다. 역사적으로 군대 해산을 전후하여 시작된 의병운동의 주도권이 점차 양반에서 평민층으로 옮겨 가는 것과 맥락을 같이한다.

을사보호조약이 체결된 이듬해 의병을 모집하려다 실패한 김훈장은 마을을 떠난다.

겨울 동안 칼날 같은 강바람을 마셔가며 동분서주, 침식을 잊다시피 했으나 김훈장이 의도한 일은 성사를 보지 못했다. 허사였다. 마을에서도 그러했고 안면이 있는 유생들을 읍으로, 혹은 인근 마을로 찾아다니곤 했지만 용두사미로 흐지부지되고 말았다. 산간벽촌에서 대세에 어둡기로는 유생들이라고 농부들과 다를 것이 별로 없었다. [⋯중략⋯] 그저 우왕좌왕 감정만 격노해 있었을 뿐 김훈장이 접촉한 인물이란 대개가 자기 자신과 엇비슷한, 생각도 그러려니와 군자금 한푼 군량미 한 섬 내놓을 만한 처지가 못 되었고 한결같이 불우하게 탈락된 향반들로서 선비의 명맥, 하루 두 끼의 끼니조차 이어가기가 어려운, 김훈장의 행동거리 속에 그런

인물들밖에 없었다는 것은 그 자신을 위해 참으로 불행한 일이었다. 하기는 동학내란의 불씨를 안고 뛰어든 전봉준이 미리부터 군량미, 병기를 저장했던 것도 아니었고 돈 많은 사람들이 뒷배를 보아 주었을 리도 만무다. 함에도 수만의 백성들은 백의종군했던 것을 생각할 때 유교사상이 빠질 수밖에 없는 함정이라고나 할까, 너 죽고 나 죽자가 아니요 나만 죽겠다는, 그것도 의관을 바로 하여 욕됨이 없이 죽겠다는, 결국 김훈장이 몇 사람의 유생과 더불어 떠난 것도 그 자신으로서는 죽을 자리를 찾아간 셈이라고 할밖에 없다.[30]

이럴 즈음 1907년 참령 박승환의 자결로 대한제국의 마지막 군인들이 일본군과 처참한 교전을 벌일 때 여기에 참가했던 윤보가 평사리로 돌아왔다. 윤보를 중심으로 마을 사람들이 뭉쳐 조준구가 장악한 최씨 집안을 습격하고 의병활동을 벌인다.

"머라캤입니꺼. 화적떼 겉은 소행이라 말씀하싰습니까? 그라믄 묻겄임다. 서울서 우리 군사가 무기고를 부싰고 왜군하고 쌈질한 거는 멉니까? 그것도 화적떼 겉은 소행입니까? 하기는 왜놈들이 우리 의병들을 폭도라 칸다 캅니다마는."
곰보 얼굴이 김훈장 눈앞에 어른거린다.
"양반님네들, 날 장구라도 치야 할 거 아닙니까! 굿 뒤에 날 장구라도 치야 할 것 아닙니까! 체멘하고 염치를 목심보다 중히 여기는 양반님네, 나라 뺏긴 거는 안 부끄럽고 왜놈한테 빌 붙은 역적놈 목 베자는 거는 부끄럽다 그 말씀입니까?"[31]

김훈장을 의병운동에 끌어들이는 윤보의 이 말들은 수사가 없는 출사표이고, 척사위정론적 의병운동의 소멸과 민중과 양반(지식인)

이 민족 독립운동에 같이 참여하는 계기인 것이다. 이 습격사건 이후 최서희를 비롯한 몇몇 농사꾼은 정든 평사리를 떠나 용정에 안착하고, 윤보는 계속 의병활동을 벌이다 1907년 12월 일본군에 의해 사살된다. 작가는 『토지』 1부의 갈무리를 윤보가 주축이 된 사건에 맞추며 새로운 2부를 준비한다. 더없는 자유로움으로 살다 간 작중인물에 대한 작가의 마지막 애정이었다.

『토지』 1부에서는 소설적 이야기를 차치하고도 작가의 예리한 역사 감각을 통해 역사의 핵심에 접근할 수 있을 뿐 아니라 역사가 지나치기 쉬운, 하루하루 살아가는 장삼이사의 생활의 구체성까지 실감할 수 있다. 여기서는 역사적 사건과 시기를 같이하며 평사리라는 작은 마을에서 윤보를 중심으로 일어났던 조그마한 의병투쟁을 보았다. 이 의병운동의 맥은 제2부의 배경이 되는 중국, 노령 특히 간도지방의 독립운동으로 이어지고 국내에 남아 있는 동학의 재건세력과도 연결되어진다. 특히 3·1운동이 끝난 시점부터 이야기가 시작되는 3부에서는 역사에서 자주 논의되는 민족주의와 사회주의 대립의 독립운동사보다는 송관수, 김환, 김길상 등을 통해 농촌과 농민, 일반 민중의 생활 속에 자리잡은 항일운동의 정신을 작가는 부각시킨다.

국사학이 대체로 동의하는 범위 내에서 사료보다는 작가의 혜안으로 역사적 진실에 접근한 농민 중심의 근대 항일운동사를 다시 한번 새기는 일은 독자로서 여간 즐거운 일이 아니었다.

1) 개인생활의 전개과정이 아닌 한 시대 전체를 목표로 하는 소설을 총괄체 소설(roman brut)이라 한다.

2) 대하소설(roman fleuve)은 1930년대 프랑스에서 태어난 소설 형식으로 작가의 분석력과 사회에 대한 시야의 확대로 종래의 장편소설보다 십 수 배의 양을 갖는다.

3) 『토지』 완간 후 솔출판사를 중심으로 "한과 삶"(1994), "한-생명-대자대비"(1995), "『토지』와 박경리 문학"(1996), "『토지』를 읽는다"(1996), "『토지』 사전"(1997) 등이 연이어 출간되었다.

4) 강만길, "소설『토지』와 한국근대사", 『한과 삶』, 『토지』 비평Ⅰ, 정현기 편, 솔출판사, 1994, pp.123~128 참조.

5) 위의 책, pp.127~128.

6) 소설의 근간을 이루는 여성·남성 파트너는 윤씨부인↔김개주, 별당아씨↔김환, 최치수, 최서희↔김길상이다.

7) 제1차 개항기(1876~1882), 제2차 개항기(1883~1894), 제3차 개항기(1895~1910).

8) 신용하, "한말의 대일 경제관계", 『변혁시대의 한국사』, 동평사. 1979, pp.92~93.

9) 1904년 '한일 의정서'는 대한제국을 보호국화하는 제1단계 조치였다. 일본군의 한국 주둔, 외교 감독, 재정 감독, 철도와 통신기관 장악, 농업을 비롯한 산업 각 분야에 대한 척식계획 등이 주요 내용이었다.

10) 러·일 강화조약 : (1)일본의 한국에서의 정치상·군사상·경제상의 특별권리 승인. (2)요동반도의 조차권과 장춘-여순간의 철도를 일본에 넘김. (3)북위 50도 이남의 사할린섬 일본에 할양. (4)연해주 연안의 어업권 일본에 허락.

11) 일본의 이토 히로부미는 내각회의를 열어 을사보호조약(제2차 한일협

약)을 강제로 체결했다.

① 일본 정부는 한국의 외교에 관한 일을 감독·지휘하며, 외국에 나가 있는 한국인은 일본의 외교 대표가 보살핀다.

② 한국 정부는 일본의 중개 없이 다른 나라와 조약이나 약속을 할 수 없다.

③ 일본 정부는 한국 황제 밑에 1명의 통감을 두어 외교에 관한 일을 맡게 한다.

④ 이제까지 한국과 일본이 맺은 조약이나 약속은 이 조약에 어긋나지 않을 경우 효력을 갖는다.

⑤ 일본 정부는 한국 황실의 안녕과 존엄을 지켜 준다.

12) 당시의 애국문화 계몽운동은 교육발전을 위한 교육운동, 국민의 지식을 계발하고 언론을 활발히 추진시키기 위한 출판 활동, 어문의 정리와 민족어의 확립을 지향하는 국민운동, 국민의 애국사상을 고취하기 위한 역사연구, 여성의 사회적 평등을 실현하기 위한 여권운동, 자주독립을 촉진하기 위한 국채보상운동 등의 형태를 띠고 있었다.

13) 제1조, 한국 황제폐하는 한국 전부에 관한 일체의 통치권을 완전 영구히 일본국 황제에게 양여한다.

제2조, 일본국 황제폐하는 1조에 기재한 양여를 수락하고 완전히 한국을 일본제국에 병합함을 승낙한다.(……)

14) 1896년 2월 11일~1897년 2월 25일, 1년 동안 고종과 태자가 러시아 공사관에 옮겨 거처한 사건. 이를 계기로 친러 내각이 성립되었음.

15) 안병직, "19세기 말과 20세기 초의 사회경제와 민족운동", 『변혁시대의 한국사』, 같은 책, pp.161~162 참조.

16) "유생·관료 출신의 의병장의 일부는 투쟁 속에서 혁명적 영향을 받아 최후까지 대중과 더불어 전진하였으나 적지 않은 부분은 자신의 계급적 제약성 때문에 일단 곤란에 부딪치자 투쟁을 방기하고 대중으로부터 떠

나 버리고 말았다." 위의 책. p.163.

17) 의병장 허위의 통감부에 대한 30개조 요구

① 태황제(고종)를 복위시켜라.

② 외교권을 환귀시켜라.

③ 통감부를 철거하라.

(……)

18) "토벌군을 세분하여 한정된 일국지 안에서 수색을 실행하여 전후 좌우로 왕복을 계속하고, 또 기병력 수단을 써서 폭도로 하여금 우리의 행동을 엿볼 틈을 주지 않는 동시에 해상에서도 수뢰정, 경비선 및 소수 부대로서 연안 도서 등으로 폭도에 대비하는 등, 포위망을 농밀하게 하여 드디어는 그들이 진퇴양난에 걸려 자멸 상태에 빠지도록 하였다." 『조선 폭도 토벌지』.

19) 만주에는 홍범도, 차도선, 이동휘 등이, 연해주에서는 이범윤, 최재형 등의 독립군 세력이 자라게 된다.

20) 박경리, 『토지(1)』, 지식산업사, 1979, pp.72~73.

21) 위의 책, pp.73~74.

22) 위의 책, p.70.

23) 위의 책, p.71.

24) 김영호, "「침략」과 「저항」의 두가지 양태", 『변혁 시대의 한국사』, 같은 책, p.15 참조.

25) 박경리, 『토지』, 같은 책, pp.104~105.

26) "김옥균이 「우매의 인민을 가르치데, 문명의 도로써 하고」 하는 경우는 곧 서양의 근대문명으로 한민족의 우매를 깨치게 하라는 것인데, 서양 문명의 척도에서 가치를 판단하는 발상법인 셈이다. 여기에서 그는 한국인의 교화를 위해서는 「외국의 종교를 투입할 것」까지 권고하기까지에 이르고 있는 것이다. (……) 유길준도 개화를 찬미한 나머지 개화를

「인간의 천사만물이 지선지미한 경역에 저함」이라고 규정하고 개화시대에는 침략과 같은 낡은 죄악은 없다고 보아 그 예로 「근대서양 제국이 토이기를 통하여 희랍의 독립을 승인」한 것을 들고 또한 과거의 가톨릭은 침략도구이었지만 근대의 프로테스탄트교에는 그러한 침략성이 없다고 지적하고 있다." 김영호, "「침략」과 「저항」의 두 가지 양태", 같은 책, p.19.

27) 박경리 『토지(1)』, 같은 책. p.118.

28) 작가는 개화파에 상당히 냉소적이다. 김훈장을 빌어 조준구를 면박 줄 때 "개명 양반들이 왜총 몇 자루, 왜칼 나부랭이를 얻어다가 궁궐을 짓밟고 상감을 볼모로 삼았다가 그놈의 역모가 실패하여 섬나라로 도망가더니, 듣자니까 그자들이 그곳에서는 대접이 나쁘고 어쩌고 투정을 부리는 등 철없는 짓을 했다더구먼요. 허 참, 혼자 일신 편하겠다고 남의 나라에 가서까지 투정한 자들이 그래 나라를 바로잡고 벼슬아치들한테 수탈만 당하는 불쌍한 백성을 구제하겠다고 역적모의를 했단 말씀이요? 그놈의 개명 참으로 빛 좋은 개살구, 총대만 믿는 인사가 천명을 헤아리겠소? 동학당이 비록 상놈들의 오합지졸이긴 하나, 그렇지요, 오합지졸이긴 하나 척왜척양을 내걸고 승패야 어찌 되었든간에 결판을 내기라고 했으니 도리어 체모는 상놈들이 지켜 준 셈 아니겠소." 위의 책, p.259.

29) 위의 책, p.442.

30) 박경리, 『토지(2)』, 위의 책, pp.366~367.

31) 위의 책, pp.459~460.

제주도 4·3 항쟁과 현기영의 「순이삼촌」

1

얼마 전 중학교 3학년인 딸아이가 읽을 만한 단편소설들을 찾다가 참된 국어교육을 위한 교사모임이 엮은 『교과서에 나오지 않는 소설』이란 책을 우연히 발견했다. 이 책은 '소설로 보는 한국 현대사'란 부제를 달고 1980년대 후반 학교 현장에서는 다루기 힘든 10편의 단편을 모았다.[1] 1989년 8월에 이 책의 초판이 나왔으니 비교적 오래된 책이다. 당시는 1988년 서울올림픽이 끝나고 제6공화국이 자리를 잡던 시기였다. 그러나 제6공화국은 5공화국 정권과 구별되는 '대통령 직선제' 실시라는 최소한의 정치 기본원칙을 확보함으로써 그 나름대로의 독자적 성격을 가졌음에도 본질적으로는 5공화국의 연속선상에 있었다. 국민과 약속한 중간평가 위배, 5·18 광주 문제 해결과 5공화국과의 단절에 대한 미봉책, 드디어 3당 합당에 이르러 6공화국은 정통성 영역에서 정권적 취약성을 드러냈고, 또한 6공화국은 여느 정권과 마찬가지로 물리적인 강제력을 주요한 지배방식으로 삼았다.

이는 당시 교육 현실에도 여전히 지속되어, 사회개혁에 도움이 되고 역사 발전의 주인공인 학생들을 위해 봉사되어야 할 교과서의 내용이 국가권력의 전일적인 통제 때문에 잘못된 기존의 가치규범이나 체제 등에 의문을 제기하는 것은 제약을 받았다. 특히 국어 교과서의 경우 학생들이 흥미를 가지고 읽는 것이 소설인데, 대체로 교과서에 실린 소설들은 현실의 문제를 치열하게 짚어 볼 내용을 담지 못하고 있다. "국어 교과서에 나오는 소설들이 지닌 공통적인 결함들을 뭉뚱그려 말하자면 오늘날에도 의미를 갖는 역사적인 삶과는 전혀 무관하다는 점이다. 학생들의 생활경험과 동떨어진 서구적 삶을 미화하거나 엉터리 애국심을 조장하는 소설이 판을 친다. 시간과 공간의 구체성이 결여되었다든지, 현대소설에서 몽유록계 해결방식을 찾는다든지, 인물의 갈등이 터무니없이 작위적이라든지, 현실도피적 장면이 많다든지 하는 예들도 지적할 수 있다."[2]

이에 진정한 소설교육의 목표를 그 시대의 현실을 반영한 소설들을 통해 '개인의 삶의 문제'가 어떤 식으로 현실 속에 제기되고 그것이 '민족의 역사적인 삶'과 어떻게 연결되는가를 깨닫는 데 둔 참된 국어교육을 위한 교사모임은 진지한 문제의식을 갖고 이 책을 기획했다. 한국 현대사의 중요한 각 시기의 특징적 상황을 다룬 여기 열편의 소설들은 그 시대를 아픈 체험으로 살아오면서 사회 모순의 본질을 이해하고 고민하는 진솔함과 함께 미래에 대한 희망까지 보여주는 돋보이는 작품들이다. 대학 때 숨죽이며 읽었던 소설이 비교적 자유롭게 공론화되어 중·고생을 위한 소설로 선정된, 조금은 발전된 당시 사회 분위기에 다행스러움을 느끼면서, 특히 1948년 제주도 4·3 항쟁을 전후한 양민학살사건을 30년이 지난 시점에서 1978년

『창작과비평』 여름호에 발표하여 최초로 그 진실을 고발해 알린 현기영의 「순이삼촌」이 이 책에 재수록된 것에 주목해 본다.

2

지금의 제주도는 분명 아름다운 섬이다. 항상 신혼의 기쁨을 가득 담은 정겨운 선남선녀들의 발길에서부터 가지가지의 낭만이 가득 넘쳐 흐르는 곳이다. 남국의 정취를 느낄 수 있고 온 섬을 뒤덮은 감귤밭과 노란 유채꽃의 흐드러짐이 있다. 또한 백두산과 더불어 우리의 명산인 한라산의 기상이 있는 곳이다. 그러나 이 섬의 자연적인 아름다움과 국제 도시로 뻗어 나갈 번영의 밑바닥에는 비참하고 피맺힌 아픈 과거가 깔려 있다.

공산 좌익분자들에 의한 단순한 폭동이라 교육받아 온 1948년 제주도 4·3 항쟁은 우리 현대사에서 언급해서는 안 될 하나의 금기로 강요당해 왔다. 해방 후 대한민국 정부가 수립되기 전 미군정하의 최대 비극이었던 이 사건은 무고한 양민의 집단학살을 가져온 체제의 집단적인 광기와 무자비한 폭력을 극렬하게 보여주었다. 1948년 5월 10일 38도선 이남에서 총선거가 실시되기 한 달 전쯤 4월 3일 새벽 2시, 제주도 한라산의 봉우리마다 봉화가 타올랐다. 무장병력 500명을 포함한 3000명의 자위대가 제주도내 24개 경찰지서 중 11개 지서를 일제히 공격했다. 경찰지서 이외에도 우익청년단체인 서북청년단,[3] 대동청년단,[4] 등이 그 주요 공격대상이었다.

5·10 단독선거를 실력으로 저지하고 남한만의 단독정부 반대운동으로 시작된 4·3 항쟁은 전 제주도민의 궐기를 촉구하며, 다음과 같은 슬로건을 내걸었다. "①미국은 즉시 철수하라. ②망국 단독선거

절대반대. ③투옥 중인 애국자를 무조건 즉각 석방하라. ④유엔 한국위원단은 즉각 돌아가라. ⑤이승만 매국도당을 타도하자. ⑥경찰대와 테러 집단을 즉시 철수시켜라. ⑦한국 통일독립 만세."

4·3 항쟁이 시작되자 미국 군정은 대규모 진압을 서둘렀다. 이후 전국적으로 5·10 단독선거는 강행되었고, 제주도에서는 3개 선거구 중 남제주군만 어렵게 선거가 치러지고 나머지는 투표율 미달로 무효가 되었다. 제주도에서 5·10 선거가 도민의 저항으로 실패로 끝나자 피의 보복살륙전을 방불케 하는 토벌작전이 시작되었다. 이에 전 섬을 근거지로 하는 도민 무장항쟁이 전개되자 로울러 작전, 고엽작전, 전략촌작전, 무장대 고립작전 등의 과정을 거치면서, 토벌대는 전 섬을 초토화하기 위해 무고한 주민들까지 폭도가족, 빨갱이 내통자라 하여 무차별로 죽이는 끔찍스런 만행을 자행했다. 8월 15일 남한만의 단독정부가 수립되고, 민족사상 최초로 탄생한 공화국 정부가 제주도민에게 준 선물은 '화해'가 아닌 '전면적인 토벌작전'이었다. 10월 8일 제주도 전역에 계엄령이 선포되고, 이에 반대하여 여수주둔 14연대 군인들의 봉기로 비롯된 '여순사건' 이후, '공산주의자들이 여수와 순천에서 반란을 일으킴으로써 제주도 사태를 남한 각지에 전개'시킨다고 본 정부는 전무후무한 대토벌전을 시작하였다. 주민들로부터 게릴라를 고립시킨다는 명목으로 제주도 대부분의 마을을 불질렀고, 무차별 패륜적 학살을 서슴지 않았다.

당시의 참상에 대해서 『서울신문』은 "600리 제주도 부락 주변에서는 청년은 보이지 않는다. 그들은 무차별 학살에서 피하기 위해 산으로 들어갔다……"라고 보도하고 있고, 『사상계』에서는 "4·3 사건 당시 토산부락과 같은 곳에서는 14~50세까지의 남자들은 하나도 남김없이 토벌대의 기관총에 의해 무차별로 사살되었다"고 당시의 상황을 생생히 전하고 있다. 이리하여 토산부락은 총탄의 비에 씻겨지고, 이후 남자 없는 마을로 되어 버렸다. 〔…중략…〕 외도 주둔 토벌대는 내도, 해안, 도평(이상 제주시), 고성, 상하관(이상 매월면) 주변 농민 약 1천 5백 명 이상의 사람들을 무장세력에 협조했다고 하여 외도 2동 연대계곡으로 연행하여 집단학살한 후, 사체를 한 곳에 쌓아 놓고 가솔린을 부어 화장했다고 한다. 여기에서 태워진 자는 수를 알 수 없다고 한다. 냉혈한 살육자들은 역사의 휴식지라고도 말해질 만한 정방폭포를 주민들의 선혈로 더럽혔다. 극우 테러분자들은 가슴과 팔을 단련하기 위해, 죄 없는 부인까지 폭포 앞의 전주나 나무에 붙들어 매어 사격과 총검술의 표적으로 하면서 새디즘적인 잔학을 즐겼다.[5]

4·3 항쟁으로 사망한 제주도민의 수는 정확하지 않다. 연인원 백만의 토벌대가 동원되고 전 도민의 4분의 1(5~8만으로 추정)이 희생되는 참혹한 살육이 어떻게 발생할 수 있었을까. 당시 국방경비대의 제주도 최고 지휘관이었던 9연대장 김익렬 대령은 그의 유고 수기에서 4·3 항쟁의 원인을 다음과 같이 말하고 있다.

"사건의 발단은 소위 4·28 파업사건과 3·1 기념 행사 관계로 도문에서 약 2천 5백 명의 청년들이 경찰에 구금되었고, 이때 3명의 고문 치사자가 생기고 3월 15일 이 시체를 투강하려다 그 가족들에게 발견된 것이 극도로 민심에 큰 충격을 준 것이다. 낮에는 농부이고, 밤에는 반란군에 가담하는 일이 많은 산사람의 정체를 분별하기 어려운 도외에서 온 경비대의 무차별한 사살은 상호간 너무나 엄청난 살생이 생겼을 뿐더러, 무력으로써는 도저히 동사건의 원만한 해결을 볼 수 없는 것을 알게 되었다."[6] 또한 당시 제주도 태생인 홍한표는 1948년 8월호 『신천지』에서 동란 중인 제주도의 이모저모(자연, 문화, 항쟁의 참가자, 원인, 경과 등)를 설명하면서 그 해결책을 무력에서 찾지 말고, 성심성의껏 제주도를 연구하고 그 진실을 파악하여 우리 모두가 '조선사람'이라는 거기까지 다시 돌아가 한겨레라는 마음으로 해결책을 풀어야 한다고 주장했다. 그 최선의 방법으로 제주도민의 자율성을 강조했다. "정치가 인민을 좋게 하는 것이 진실이라면 우선 제주도는 제주도민에게 맡겨야 한다. 도민이 구태여 싫어하는 사람들을 비용을 들여 가면서 파견할 필요가 있을까?"[7]

우리 현대사에 미해결인 채로 남아 있는 사건의 하나인 제주 4·3 항쟁은 지워진 것이 아니라 쓰여지지 않았을 뿐이다. 이 쓰여지지 않은 역사, 고통의 현장을 수집, 기록해 민족공동체 구성원인 우리 모두가 공유해 그 아픔을 치료해야 한다. 이런 노력은 제주항쟁 40주년을 전후해 출판사 '온누리'와 '소나무' 등에서 제주항쟁에 관한 미발표 논문, 글, 당시의 신문기사 등을 엮음으로써 가시화되었다.[8] 출발이지만 지금까지 묻혀지고 은폐, 왜곡되었던 4·3 항쟁의 본질이 여러 각도에서 접근이 이루어지면서, 이후 사실 복원의 차원에서 본격적인 연구단체가 결성되고, 항쟁에 관한 증언을 채록하여 정리하는 작업들이 활발히 진행되고 있다. 앞으로 제주도민의 명예회복은 반드시 이루어질 것이고, 제2차 세계대전 종전 후 자본주의 진영의 맹주국이 되기를 바란 미국, 그에 동조한 남한 단독정부의 폭력성이 이데올로기적 편향성을 극복하여 낱낱이 밝혀질 것이다.

3

제주도에서 태어나 그곳에서 고등학교까지 마친 현기영은 1975년 『동아일보』 신춘문예에 단편소설 「아버지」가 당선되며 작가의 길에 들어섰다. 그는 등단 이후 줄곧 자신의 고향인 제주도를 문학적 주제로 삼고 있는데, 유신 말기인 1978년에 발표한 「순이삼촌」은 제주 4·3 항쟁의 참혹상과 그 상처를 들춰내 당시 문단뿐 아니라 사회적으로도 큰 반향을 일으켰다. 신춘문예 당선작인 「아버지」는 아버지가 빨치산 활동가인 한 소년의 정신적 내면 세계를 그린 최초의 제주도 4·3 소설인데 당시 신춘문예의 경향이 그렇듯이 순수 문학주의 성향이 짙었다. 그러나 3년 후 긴 세월 동안 금기시됐던 4·3 항쟁의 대수난을 고발하기 위해 4·3에 관련된 연작을 발표하는데, 「순이삼촌」은 이런 작품 활동의 본격적인 시작을 알리는 신호탄이었다. 이 작품은 4·3의 물꼬를 트는 결정적인 계기를 마련해 이후 4·3 연구를 촉발시켰다. 4·3의 진실이 거의 최초로 이 소설에 의해 공론화되어 문학, 미술, 연극계 등 각 분야에 큰 영향을 끼쳤고, 소설이 문제 제기를 한 후 늦은 감이 있지만 10년 후 역사학계에서도 학문적으로 접근하기 시작했다.

「순이삼촌」은 1949년 1월 16일(음력 1948년 12월 18일) 지금은 피서지로 유명한 함덕 해수욕장이 지척에 있는, 제주도의 동쪽 마을 북촌리에서 양민 500여 명이 군인에 의해 무차별 학살된 소위 '북촌리 사건'을 주요 배경으로 거기에 작가의 고향인 서촌의 체험을 섞은 작품이다. 제주도가 안고 있는 정신적 상처를 외지인의 시각이 아닌 제주도민의 시각으로 옮긴 이 소설은 4·3 사건의 여파가 지금까지 제주도민에게 어떠한 정신적 상처를 주고 있는지를 극렬히 보여준다.

소설의 화자인 '나'는 8년 만에 할아버지 제사에 참석하기 위해 고향인 제주 서촌마을에 내려갔다. 제사에서 화자는 이 소설의 제목이기도 한 순이삼촌(제주에서는 촌수 따지기 어려운 먼 친척어른을 남녀 구별 없이 흔히 삼촌이라 불러 가까이 지내는 풍습이 있다)이 죽었다는 소식을 들었다. 순이삼촌은 작년 한 해 화자의 집에 와 있었다. 가정부 노릇을 하던 그녀는 쌀 문제 등 먹는 문제로 화자의 아내와 말다툼을

하게 된다. 그러나 곧 그것은 삼촌의 야릇한 결벽증에서 비롯된 것이라 판명되었다.

그래서 삼촌은, 내가 너무 밥을 많이 먹어서 쌀이 일찍 떨어진 줄 아느냐, 도둑년처럼 내가 쌀을 몰래 내다 팔았다는 말이냐, 하면서 우는 것이었다. 참 기가 찰 노릇이었다. 하도 어이없는 일이라 어디서 어떻게 수습해야 좋을지 몰랐다. 다만, 하잘 것 없는 일에 꼼짝없이 붙잡혀 상심하고 있는 삼촌을 보자 나 자신 눈시울이 뜨거워지는 것이었다.

그날 우리 내외는 오해를 풀어 안심시켜 드리려고 얼마나 애를 썼던가. 그러나 그게 아무 소용도 없었음이 그 뒤부터 노출된 삼촌의 야릇한 결벽증에서 판명되었다. 쌀이 일찍 떨어진 원인이 밥을 질게 하거나 눌게 한 데 있다고 그 나름대로 판단했던지 순이삼촌은 그 뒤부터 된밥을 지어내려고 무진 신경을 쓰는 눈치였다. 된밥을 만드는 일이 무슨 지독한 강박관념처럼 삼촌을 짓누르고 있었다. [⋯중략⋯] 당신의 결벽증은 정말 지독한 것이었다.

결국 나는 완전히 손들고 말았다. 오해를 풀어 드리려고 얼마나 진력을 다했던가. 그러나 순이삼촌은 완강한 패각의 껍데기를 뒤집어쓰고 꼼짝도 않고 막무가내로 우리를 오해하는 것이었다. 그 오해는 증오와 같이 이글이글 타는 강렬한 감정이었다.[9]

결국 삼촌의 사위 장씨가 그녀를 모시러 왔던 날 화자는 그를 통해서 삼촌이 심한 신경쇠약환자에다 환청 증세가 있다는 사실을 알게 되었다. 삼촌은 4, 5년전 콩 두 말을 훔쳤다는 억울한 누명으로 이웃과 싸운 적이 있는데, 이웃이 파출소로 가자고 말하자 대번에 기가 죽으면서 거기는 못 간다고 주저앉아 범인으로 오해받으면서 환청이 시작되었다는 것이다. 그녀의 이런 증상은 30년전 학살 현장으로 거슬러 올라간다. 1948년 음력 섣달 열여드렛날 마을 주민들은 군인들에 의해 국민학교 운동장에 모였다. 군인, 경찰, 공무원, 대동청년단, 국민회 간부와 가족들이 차례로 분리되고, 마을에는 불이 질러지고, 영문도 모른 채 마을 사람 오륙백 명이 참살당하는 아수라장이 펼쳐졌다. 이때 삼촌은 두 아이를 잃고 구사일생으로 살아났지만 그후 군인과 경찰에 대한 심한 기피증이 있었고, 이웃간의 '콩 사건'으로 결벽증에다 나중에는 환청 증세까지 심하게 나타냈다.

당신은 1949년에 있었던 마을 소각 때 깊은 정신적 상처를 입어, 불에 놀란 사람 부지깽이만 봐도 놀란다는 격으로 군인이나 순경을 먼 빛으로만 봐도 질겁하고 지레 피하던 신경증세가 진작부터 있어 온 터였다. 하여간 당신은 그 콩 두 말 사건으로 심한 정신적 충격을 입었던 모양으로 절간에서 두어 달 정양까지 해야 했다. 그때부터 당신은 심한 결벽증에 사로잡혀 혹시 누가 뒤에서 흉보지 않나 하는 생각에 붙잡혀 늘 전전긍긍하게 되고, 나중엔 환청 증세까지 겹쳐 하지 않은 말을 들었노라고 따지고 들곤 했다. 그리고 서울 우리 집에 올라올 무렵에는, 상군해녀이던 당신이 갑자기 물이 무서워져서 물질마저 그만두었다는 것이었다.[10]

음력 섣달 열여드렛날 화자의 고향에선 30년전 사건으로 인해 '5백 위도 넘는 귀신들이 밥 먹으러 강신하는 한밤중'이면 이곳저곳에서 청승맞은 곡성이 터져 나왔다. 화자의 사촌인 길수형은 당시 서북청년단원이었다가 군에 입대했던 고모부와 대립을 나타내며 그때 그 사건을 밝혀야 한다고 주장했다. 낮에는 군·경 토벌대가 지배하다 밤에는 공비들이 출몰하는 악순환이 밤낮으로 반복되면서 무고한 주민은 게릴라와의 내통을 의심받아 학살되어 갔다. 피할 장소도 없는 섬 제주도에서 그들은 '폭도에 쫓기고 군경에 쫓겨 갈팡질팡'할 수밖에 없었다.

　　그러나 작전명령에 의해 소탕된 것은 거개가 노인과 아녀자들이었다. 그러니 군경 쪽에서 찾던 소위 도피자들도 못 되는 사람들이었다. 그런 사람들에게 총질을 하다니! 또 도피생활을 하느라고 마침 마을을 떠나 있어서 화를 면했던 남정네들이 군경을 피해 다녔으니까 도피자가 틀림없겠지만 그들도 공비는 아니었다. 사실 그들은 문자 그대로, 공비에게도 쫓기고 군경에게도 쫓겨 할 수 없이 이리저리 피해 도망 다니는 도피자일 따름이었다. 〔…중략…〕

　　밤에는 부락 출신 공비들이 나타나 입산하지 않는 자는 반동이라고 대창으로 찔러 죽이고, 낮에는 함덕리의 순경들이 스리쿼터를 타고 와 도피자 검속을 하니, 결국 마을 남정들은 낮이나 밤이나 숨어 지낼 수밖에 없는 처지였다.[11]

　　남편의 행방 때문에 순이삼촌 또한 발가벗겨지는 수모도 당하고 도리깨로 머리가 깨지는 매질을 당하기도 했다. 이런 기억이 뼈에 사무친 화자는 고모부와의 격론 중에 양민을 폭도로 매도하는 고모부의 행태를 거칠게 비난했다. 엄청난 숫자의 도민들이 빨갱이로 내몰려, 참혹한 '인간사냥'의 와중에 무고하게 희생됐던 그날들을 섬주민들이 30년이 지나고도 고발하지 못하는 것은 '레드 콤플렉스' 때문이다. 제주도민들은 '4·3' 이야기만 나오면 '되살리기 싫은 악몽'처럼 진저리를 치고 '4·3'이 무어냐고 물으면 '경계의 눈초리'로 주위를 두리번거리는 사람들이다. 순이삼촌 역시 밭에서 뼈와 탄피를 보며 그날의 일을 환청으로 들으며 평생 그 사건으로 인한 충격을 떨쳐 버리지 못하고 그예 자살을 택하고 말았다. 그녀의 죽음은 이미 30년전의 것이었다.

오누이가 묻혀 있는 그 옴팡밭은 당신의 숙명이었다. 깊은 소(沼) 물귀
신에게 채여 가듯 당신은 머리끄덩이를 잡혀 다시 그 밭으로 끌리어갔다.
그렇다. 그 죽음은 한 달 전의 죽음이 아니라 이미 30년전의 해묵은 죽음
이었다. 당신은 그때 이미 죽은 사람이었다. 다만 30년전 그 옴팡밭에서
구구식 총구에서 나간 총알이 30년의 우여곡절한 유예를 보내고 오늘에
야 당신의 가슴 한복판을 꿰뚫었을 뿐이었다.[12]

사건이 있은 지 30년이 지난 봉제삿날에 죽은 자들과 살아남은 자
들을 통해서 4·3 사건을 조명한 이 소설은 주인공인 순이삼촌의 처
절한 과거사가 전면에 부각되었다. '완강한 패각의 껍데기'를 뒤집
어쓴 채 지난한 30년의 시간을 견뎌낸 순이삼촌의 삶은 정상적일 수
없을 뿐 아니라 죽음보다 못한 것이었다. 또한 작가 자신에게도 제주
도의 고향은 '삼십 년전 군소개 작전에 따라 소각된 잿더미 모습 그
대로 머리에 떠오르기' 때문에 '예나 제나 죽은 마을'로 남아 있었
다. 현기영은 이를 해결하고 진실을 복원해야만 동족 상잔의 한, 고
향 상실의 한 등 분단시대를 사는 우리 민족의 응어리진 한이 풀어진
다고 굳게 믿었다. "작가로서 내가 4·3에만 매달리는 것은 편협한
지방주의 때문이 아니라 변죽을 쳐서 복판을 울리는 문학적 전략에
따른 것이라 할 수 있습니다. 4·3에 응축되어 있는 민족적, 민중적
모순을 통해 보편성에의 요구에 응하라는 것이 제 생각입니다."

작품을 쓰고 나서 현기영은 4·3 당시 학살의 주역이었던 군과 경
찰에 의해 1979년 11월과 1980년 8월 두 차례에 걸쳐 고문을 당해
야 했으며, 「순이삼촌」이 수록된 작품집은 경찰의 요청으로 판금을
당했다. 작가는 집필과정에서 '분노와 공포가 엇갈린 지독한 감정에
시달리며' 제주도민이 겪어야 했던 아픔을 역사 앞에 증언하는 이야
기꾼이 되면서 개인적 수난을 당한 것이다.

제주 4·3 항쟁이 30년 지난 시점에서 그 진실을 최초로 고발한 이 소설이 우리에게 주는 자부심은 진실은 묻혀지지 않고 꼭 밝혀진다는 사실을 알려 주었다는 점이다. 역사학자들은 그 동안의 학문적 '태만'에서 벗어나 시인 이산화의 「한라산」 필화사건(1987년 3월)이 있고 나서 현기영의 문제 제기에 따라 이 사건을 학문적으로 다루기 시작했다. 또한 지금까지 진상규명과 책임자 처벌이 미루어져 아직은 여전히 진행 중인 역사적 사건이지만 제주도 의회내에 4·3 특별위원회가 설치되고 피해자 신고 접수가 이루어지는 작은 발전을 보게 되었다. 해방의 환희가 분단의 질곡으로 변질되는 과정에서 해방된 조국의 모순과 지향점을 보여준 이 사건은 그 정당성을 반드시 부여받을 수 있으리라 우리는 믿는다. 「순이삼촌」은 바로 문학이 역사에 던진 물음이었고, 이제 다시 역사는 자기 차례가 되어 문학이 제기한 문제를 밝혀내 그 진실을 바로 알릴 필요가 있다.

1) 국어교육을 위한 교사모임, 『교과서에 나오지 않는 소설』, 푸른나무, 1989. 이 책에 수록된 작품들을 보면, 김정한 「수라도」, 현기영 「순이삼촌」, 윤흥길 「장마」, 이범선 「오발탄」, 박태순 「환상에 대하여」, 황석영 「삼포 가는길」, 조세희 「난장이가 쏘아올린 작은 공」, 윤정모 「빛」, 정도상 「십오방 이야기」, 방현석 「내딛는 첫발은」 등이다.

2) 위의 책, pp.3~4.

3) 지주계급을 중심으로 200만이 넘는 사람들이 6·25 전쟁 전 북으로부터 남으로 38도선을 넘어왔다. 그들이 남한에 와서 종사한 직업은 주로 관공서, 군인, 그리고 반공청년단체였다. '서북청년회'도 그 하나로 선우기성을 중심으로 한 '평안청년회', '함북청년회', '대한혁신청년회', '황해청년회', '양호단' 등 5개의 청년단체를 통합해 구성했다. 20만의 회원을 가지고 반공의 제일선에 선 '서북청년회'는 '우는 애도 그친다'는 공포의 대상이 되었다.

4) 1947년 9월에 지청천이 중심이 되어 결성된 단체로 반공 및 단독정부 수립을 주장한 이승만 노선에 적극 협조하였다.

5) 김봉현, "제주도—피의 역사", 『잠들지 않는 남도』, 노민영 엮음, 온누리, 1988, pp.231~232.
이 논문은 이외에도 인간의 행위라 볼 수 없는 당시 갖가지 학살극에 대해 생생히 기록했다.
"가족과 집을 잃고 의지할 데 없는 노인과 어린애가 나무 밑에 멍하니 서 있으면, '게릴라의 피붙이다'라고 하면서 마치 새를 겨누듯이 하여 사살했다. 그 중에서도 인간으로서는 도저히 상상할 수 없는 잔학성은 아무 이유도 없는 근로농민을 별것 아닌 일로 끌고와서 청년 측과 노장 측으로 2조로 나누어 1열로 세워서 마주보며 때리게 했다. 요령 피움은 허용되지 않았다. 마치 싸움닭 그 자체, '이것이 공산분자와의 싸움인 것이다' 라고 악을 쓰면서 심하게 다그쳤다. 점점 기력이 다하여 늘어지면 '이 새끼야! 처늘어져 '빨갱이'에 이기지 못하는 놈은 대한민국에 소용없어' 라고 호통치면서, 발로 차 죽이고, 때려 죽이고, 돌로 쳐 죽이고 총으로 쏴 죽이는 등의 가지가지 학살극이 이르는 곳마다 반복되었다(위의 책, p.233).

이와 비슷한 내용은 현기영의 「순이삼촌」에서도 그리고 있다.

"도피자 아들을 찾아내라고 여든 살 노인을 닦달하던 어떤 서청 순경은 대답 안 한다고 어린 손자를 총으로 위협해서 무릎 꿇고 앉은 제 할아버지의 따귀를 때리도록 강요했다." 현기영, 「순이삼촌」,『교과서에 나오지 않는 소설』, 같은 책, p.105.

6) 홍한표, "동란의 제주도 이모저모",『제주민중항쟁 Ⅲ』, 소나무 1989, p.61.

7) 위의 책, p.63.

8)「온누리」에서는 미국 라파이예트대학 교수인 존 메릴 박사의 논문 "제주도 반란"(1980)을 완역하여 게재하였고, 일본의 김봉현에 의해 기록된 "제주도—피의 역사"를 편역하여 기록하였다.「소나무」는 4·3의 진실을 밝히기 위해『제주민중항쟁 Ⅰ』(좌담, 일지, 진행과정, 체험기, 기타 각종 통계자료, 법령, 목록 등을 정리),『제주민중항쟁 Ⅱ』(김봉현의 글들을 엮은 항쟁 연구를 위한 기초자료),『제주민중항쟁 Ⅲ』(정기 간행물, 보고서 자료집)을 잇달아 엮었고,『한라의 통곡소리』(소설가 오성찬이 증언을 채록하고 정리한 4·3 증언집),『까마귀의 죽음』(재일동포 김석범의 4·3 항쟁을 주제로 한 단편소설집)을 이어서 발간했다.

9) 현기영, 「순이삼촌」, 같은 책, pp.87~89.

10) 위의 책, p.90.

11) 위의 책, p.102.

12) 위의 책, pp.116~117.

베트남 전쟁과 황석영의 소설들

1

프랑스 식민주의 지배에 저항한 독립전쟁(1946~1954)과 남북 베트남간 전쟁(1960~1975)의 두 시기로 분류되는 베트남 전쟁은 제2차 세계대전 이후 인류의 양심이 시험대에 오른 최대의 전쟁으로 기록된다. 약 120만 명의 사망자를 포함해 500만 명에 달하는 사상자를 내 인적 피해뿐 아니라 전쟁에 쏟아 부은 막대한 전투비용 등 경제적인 면에서도 이 전쟁은 우리의 상상을 벗어나는 거대하고 부도덕한 전쟁의 대표적인 유형이다.[1)]

미국을 중심으로 한 여러 나라의 베트남 병력 파견이 가속화되고 전투가 치열해짐에 따라 이 전쟁의 실체에 대한 의문이 제기되었고, 북베트남에 대한 폭격이 강화됨에 따라 양민학살, 고엽제 살포 등 반인류적인 행태가 속속 밝혀져 이에 각성한 '여론'이라는 새로운 힘은 전쟁반대운동을 확대시켰다.[2)] 베트남 반전운동은 미국뿐 아니라,

유럽을 주축으로 세계 여러 나라에서 전개되었으며, 국제적인 연대에 의해 강화되었다. 이는 결국 미국으로 하여금 북폭을 중지하고 평화교섭회의를 시작하도록 강요했고, 1973년 2월 세계 최강의 경제력과 군사력을 자랑하는 미국은 큰 상처만 입고 베트남과 전쟁 종결 협정을 맺었다. 드디어 1975년 4월 23일 미국의 포드 대통령은 베트남에서 미국의 완전 패배를 인정했다.

1964년 이른바 "통킹만 사건"으로 시작된 미국과 베트남의 11년간 본격적인 전쟁은 국제사회에서 최강으로 군림하는 미국에 패배를 안겨 주며, 자신들의 행위가 정당하다고 굳게 믿었던 미국인의 우월감을 여지없이 실추시켰다.

이 전쟁의 가장 큰 피해자는 물론 다른 나라 사람들보다 더 많이 죽고 다친, 또한 그들의 땅이 초토화된 베트남 사람들이다. 그러나 우리 역시 베트남 전쟁에서 비껴 갈 수 없다. 30만 명이 넘는 우리 젊은이들이 자신들이 목숨을 걸었던 이 전쟁의 의미가 도대체 무엇이었는지도 모르면서 아름다운 청춘을 이 추악한 전쟁에 내던져야 했다.

5·16 군사 쿠데타 이후 '경제 성장'을 지고의 가치로 삼고 있던 군사정권은 경제 원조를 받는 조건으로 미국의 요청에 따라 국민들의 반대에도 불구하고 베트남 파병을 결정했다. 1964년 9월 소규모 비전투부대(이동외과병원 장병 130명, 태권도 교관단 10명)로부터 시작된 한국의 베트남전 개입은 1973년 3월 주베트남 한국군 사령부 철수까지 8년 5개월간 지속되었다. 이 기간 동안 베트남에 파견된 한국군대의 총수는 32만 여 명에 달해 미국 다음 가는 파병국이 되었다.[3]

2

우리 또래의 세대이면 다 기억하듯이 초등학교에 들어가 처음 배운 한글로 우리는 파월 국군 아저씨께 위문편지를 모두 열심히 썼다. 한국전쟁 당시 우방의 도움을 받은 우리 나라가 공산주의의 침략으로부터 '자유 세계'를 지키는 것은 당연한 의무라고 선생님들로부터 끊임없이 들었다. 그래서 '자유 세계'를 지키려 떠난 아저씨, 형님들을 생각하며 고사리 같은 손으로 편지를 쓰면서 우리는 애국소년으로 성장하는 자신들에게 뿌듯한 자부심을 느끼곤 했다. 어떤 친구의 아저씨가 월남전에서 용감하게 죽었다는 슬픈 소식도 들었고, 어떤 친구의 형은 돈을 많이 벌었다는 소식도 들었다. 우리 군대의 활약상이 내외에 알려져 국위를 높이 선양하게 되었고, 따이한의 용맹성 앞에 베트콩들이 무서워 벌벌 떤다고 하였다. 이렇듯 베트남은 우리에게 '자유 세계'를 의미하는 것이었고, 공산주의의 침략으로 어려운 외국을 돕는 우리 나라의 자부심을 상징하는 것이었다.

한국전쟁을 거치면서 반공이념은 한국사회에 뿌리를 내리기 시작했는데 5·16 군사정부 이후 이는 더욱 강화되었다. 혁명공약 6개항 중 제1항 "반공을 국시의 제일의로 삼고 지금까지 형식적이고 구호에만 그친 반공태세를 재정비, 강화한다"에서 볼 수 있듯이 반공이념은 그 자체가 소극적이기 때문에 군사정부는 적극적 개념으로서의 반공을 통치이념의 제일 수단으로 삼았다.[4] 이런 상황에서 '자유세계를 지키기 위해 피흘린 한국군의 파월과 용맹한 전투행위'에 대한 역사를 깊이 성찰하여 논의하거나 더 나아가 이 전쟁의 진실에 대해 반성하는 것은 어려운 일이었다.

3

1971년부터 발표한 베트남 전쟁에 관련된 이영희 교수의 여러 글들을 엮어 '창작과비평사'는 1974년 평론집 『전환시대의 논리』를 간행했다. 이 글들은 우리가 이전에 알고 있던 베트남 전쟁의 성격이 진실과는 사뭇 다르다는 사실을 일깨워 주었다. 이영희 교수가 '하찮은 논문집'이라 표현했던 이 책은 당시 지식인이나 대학생들에게 널리 읽히면서 청천벽력 같은 충격을 주었다. '냉전'이라는 좁은 방에 갇혀 있던 우리의 사고는 시원한 바람을 쐬듯 신선함을 느끼며 베트남 전쟁에 대하여 진지하게 생각해 볼 수 있었다.

베트남 전쟁 중 '월남정책에 관한 미국정부의 비밀문서'를 폭로 보도한 『뉴욕 타임즈』의 용기를 이야기하면서 시작한 「강요된 권위와 언론자유」라는 글에서, 이영희 교수는 자유언론의 승리라는 차원을 넘어 『뉴욕 타임즈』의 사건이 주는 중요한 의미인 '월남정책에 관한 미국정부의 비밀문서'가 숨기고 있는 미국정부의 부도덕성을 고발하며, 분쟁의 핵심을 간과한 채 정부 대 언론과의 대결이라는 극적인 장면만를 이해하는 우리 나라 언론과 지식인에 대해 분노한다.

미국 언론의 승소가 아무리 빛나는 결과라고 하더라도 비밀문서로 밝혀진 그 30년간의 과정에 뿌려진 추악함과 독선과 비인간성은 회복될 길이 없다. 더욱이 거의 절대적인 힘을 갖는 미국이라는 강대국의 국가권력이 광기를 띠게 되는 경위가 중요하다. 남은 하나도 속지 않았는데 거꾸로 자기 스스로를 기만하는 권력이라는 최면술이 자기 사회와 남의 민족까지를 파멸의 구렁텅이로 몰고 가는 메커니즘을 이 비밀문서는 소름끼칠 만큼 감춤이 없이 드러내 보여주고 있다. 국가권력이 이성을 상실해 가는 이 긴 과정을 뉴렌베르크의 전범재판 기록 이상으로 상세하게 드러

내고 있다는 점에서 이 문서는 역사적 가치가 있다.[5]

베트남 전쟁은 『뉴욕 타임즈』의 승리와는 상관없이 당시 계속되고 있었다. 미국 국민은 물론 우리 국민들도 베트남 전쟁에서는 관객이 아닌 당사자이기 때문에, 더 나아가 "모든 인류의 양심과 가치를 시험한 전쟁이라는 스페인 내란과 마찬가지로 월남전쟁은 현세대에 사는 모든 인류를 시험하는 전쟁이라고 할 수 있다. 그러기에 이 전쟁에는 관객이 없다. 모두가 슬픈 주인공일 수밖에 없다"[6]고 본 이영희 교수는 이른바 '미국 국무성 비밀 보고서'가 말해 주는 베트남 전쟁에 관한 미국의 정책에 대해 그 진실을 자세히 살펴볼 의무가 있다고 용기 있게 주장한다. 전쟁의 진실에 대해 외면하는 미국의 관리, 군부계층에 대항하여 베트남 전쟁의 허구성(월남전쟁은 지는 전쟁이라는 것, 미국 정책은 황색인종을 상대로 하는 백인종의 전쟁이라는 사실)을 강조하며 당시 만연해 있던 도미노 이론에 반론을 제기한 국무차관 조지 볼 그리고 엘즈버그 박사 등 몇몇 지성인의 행동을 '관료기구 속에서 반지성화하지 않는 바람직한 이상적인 지성인'의 유형이라고 이영희 교수는 파악했다.

당시 우리 언론의 큰 병폐였던 비굴함의 표본인 "나도 그렇게 생각하고 있었다"는 유형과 비화식 언론관인 "이제는 비밀을 말할 수 있다"라는 유형은 진행형이었던 베트남 전쟁에서는 '반공' 제일주의의 굴레를 벗어나 '가장 진실을 잘 알고 있는 국민이 가장 국가를 위할 줄 안다'는 기본원리를 깨달아 진실로 다가서기 위해 정부정책이나 사회체제에 비판을 가해야만 했다. "미국의 병은 정신과 영혼의 병이다. 종교재판의 이단자 탄압이나 소련의 비밀경찰, 히틀러 주의와 스탈린 주의, 쿠 크락스 크란(kkk: 미국의 극우적 인종주의 단체)과 같은 사악한 세력을 모조리 합친 병"[7]인 것처럼 우리도 베트남 전쟁에 대해 '국가이익' 또는 '국가안보'라는 이유로 침묵한다면 미국정책의 부도덕성에 뒤늦게 장단을 맞추는 우를 범하게 되는 것이었다. 이제 우리도 진실을 위해 '왕의 귀는 당나귀 귀'라 외치고 '임금은 벗었다'라고 말하는 소년이 되기를 이영희 교수는 자청했다.

이후 프랑스 제국주의와 식민주의에 저항해 싸운 베트남인의 투쟁인 1945년부터 1956년까지의 전쟁을 "베트남 전쟁 (I)"이라는 기사로 1972년 이영희 교수는 발표했고, 다음해 우리도 꼭두각시 주역이었던 남북 베트남 전쟁에 관해 "베트남 전쟁 (II)"라는 글을 연이어 다시 『창작과비평』에 게재했다. 1973년 베트남 전쟁 정전협정 이후 1975년 5월 베트남 공화국(남베트남)이 민족해방 전선군(북베트남)에 무조건 항복을 선언하고 나서의 베트남 정세를 "베트남 전쟁" 3부의 형식으로 "베트남 35년 전쟁의 총평가", "베트남 정전협정의 음미"와 "종전 후 베트남의 통합과정" 등의 제목을 가진 일련의 글이 1975년, 76년에 연이어 발표되었다. 이 글들은 다시 1977년 평론집 『우상과 이성』으로 엮어졌다.

체제 순응적이고 무비판적인 인격체로 교육받아 온 우리는 월남이 패망했다고 굳게 믿고 있었다. 너무 오랫동안 주입되고, 굳어지고, 고착된 우리의 가치체계는 이영희 교수의 치밀하고도 예리한 분석력, 통찰력에 의해 바뀌게 되었다. 월남은 패망한 것이 아니라 통일을 이룬 것이라고 조심스럽게 재인식하게 되었다. 허구에 가득 찬 우리의 인식을 이성의 눈으로 진지하게 비판할 수 있었던 것은 이영희 교수가 글을 쓰는 명백한 목적이 있었기 때문에 가능했다.

나의 글을 쓰는 유일한 목적은 진실을 추구하는 오직 그것에서 시작되고 그것에서 그친다. 진실은 한 사람의 소유물일 수 없고 이웃과 나눠져야 할 생명인 까닭에 그것을 알리기 위해서는 글을 써야 했다. 그것은 우

상에 도전하는 이성의 행위이다. 그것은 언제나, 어디서나 고통을 무릅써
야 했다. 지금까지도 그렇고 영원히 그러리라고 생각한다. 그러나 그 괴
로움 없이 인간의 해방과 발전, 사회의 진보는 있을 수 없다.[8]

이런 양식과 지성은 '세계의 경찰'로 자부하여 자국 외에서 일어나
는 모든 분쟁에 성격과 내용을 가리지 않고 사태의 원인, 동기, 후에
나타날 결과에 상관없이 어디든 간섭하는 미국의 자기 과시적 '무모
성에 통렬한 비판을 가했다. 캠페인 국가인 미국은 당시 극단의 냉전
의식과 '도미노 이론'이란 슬로건적인 언어로 무장되어 있었다. 이
는 미국의 베트남 개입을 더욱 촉구했고, 남북 베트남 전쟁을 일으킨
직접적 동기인 소위 '통킹만 사건'의 진실을 미국의 각본대로 조작
해 전쟁 확대의 당위성을 강조했다. "베트남 전쟁에 관한 미국 전쟁
전략 및 음모와 조작의 전모를 세계에 폭로한 소위 미국 '국방성 비
밀문서(The Pentagon Papers)'에 의하면 통킹만 사건은 다음과 같은 진
상을 숨기고 있다. 미국 군부는 통킹만 사건을 1964년 2월, 즉 실제
로 단행하기에 앞서 7개월 전부터 북폭을 정당화시킬 수 있는 모든
세밀한 상황 조작을 추진하였다."[9]

기만으로 시작해 기만으로 끝난 베트남 전쟁의 성격은 미국정부
공식문서가 입증한 그들의 굴욕적인 패배를 저지시키기 위해 전쟁을
치른다는 미국의 전쟁 목적에서 그 진실을 쉽게 알 수 있다.[10] 최소
한의 도덕성조차도 결여된 이런 전쟁에 타의에 의해 깊이 빠져 있던
우리의 당시 시대상황에서 이영희 교수의 용기는 민족현실, 사회현
실을 바르게 직시할 수 있도록 도와주는 나침반이었다.

4

황석영 문학에서 1970년대의 출발은 베트남 전쟁으로 시작하였다. 베트남 전쟁에 참전(1966~1967)했던 그는 단편 「탑」을 가지고 조선일보 신춘문예에 당선되었다. 베트남 전쟁의 진실을 자유롭게 표현할 수 없었던 당시의 시대상황과 단편이라는 제약에도 불구하고 그가 갖고 있던 베트남 전쟁을 보는 비판력 있는 인식을 우리는 「탑」에서 읽을 수 있었고, 이후 「낙타누깔」(1972), 「몰개월의 새」(1976)와 18년이 지난 후 나온 장편소설 『무기의 그늘』(1988)까지 일련의 베트남 전쟁에 관한 그의 작품들에서, 진실을 일관되게 읽는 황석영의 강한 의지를 우리는 볼 수 있다.

임헌영은 그의 평론집 『문학의 시대는 갔는가』에서 1970년대 '노동소설'의 새로운 지평을 연 황석영의 기념비적인 대표작 『객지』의 의미를 강조하기 위해 「탑」의 가치를 축소했지만 "1970년 「탑」으로 그가 조선일보 신춘문예를 통하여 나왔을 때 독자들은 반신반의했다. 아니, 또 하나의 유미주의자가, 저 1960년대를 휩쓴 감각파 소설의 최신형이 나왔구나 하는 정도였다. 그런데 바로 그 이듬해에 『객지』가 나왔다. 갑자기 누에의 입에서 명주가 아닌 삼베가 나온 것처럼 『객지』는 문단에 충격을 주었다."[11], 황석영은 「탑」에서 베트남 전쟁에 파병된 한국군 병사들의 생각을 통해 미국 군대가 갖고 있는 동양에 대한 그릇된 인식을 국제사회간의 이념 문제까지 확장시켜 입심 좋게 그렸다.

흰 페인트로 SEA · BEE라고 쓴 미해군 공병대의 불도저 한 대가 멎었다. 〔…중략…〕 불도저가 크게 회전하더니, 뒤로 멀찍이 물러섰다가 달려들면서 바나나밭을 밀어 버리기 시작했다. 불도저는 드디어 초소 뒤의 빈

터를 향하여 굴러왔다. 우리는 담배를 내던지고 벌떡 일어섰다. 선임조장
이 불도저 앞으로 달려갔다. 그는 자동소총을 운전사에게로 겨누었다.

"꺼져, 이 새끼."

"갈겨 버려."

미군 중사는 발동을 끄고 어처구니 없다는 듯이 우리를 두리번거리고
나서 두 손을 벌리며 어깨를 으쓱했다. 내가 어리둥절해 있는 장교에게
다가가서 말을 걸었다.

"뭐 하는 겁니까?"

"바나나숲을 밀어내야겠어. 캠프와 토치카를 지을걸세. 저 해병이 막는
이유가 뭔지 모르겠네."

"우리는 작전명령에 따라서 저 탑을 지켰습니다."

[…중략…]

"탑이라구? 나는 저런 물건에 관해서 명령받은 일이 없는데."

"아직 통고되지 않았을 겁니다. 아군은 월남군에게 탑을 인계하기로 되
어 있습니다. 인민해방전선은 저것을 빼앗아 옮겨 가려고 했습니다."

나는 얘기하고 싶지 않았으나, 불교와 주민들의 관계, 참모들의 심리전
적 판단이며 마을에 관해서 설명하려고 애썼다. […중략…] 내 말이 다
끝나기 전에 불교라는 낱말이 나오자 이 단순한 서양 친구는 으흥, 하면
서 고개를 끄덕였다. 중위가 말했다.

"그런 골치 아픈 것은 없애 버려야지. 미합중국 군대는 언제 어디서나
변화시키고 새롭게 할 수가 있네. 세계의 도처에서 말이지."

나는 우리가 탑과 맺게 된 더럽고 끈끈한 관계에 대해서 달리 설명할
방도가 없음을 깨달았다. 장교는 자기가 가장 실질적이며 합리적인 강대
국 아메리카인의 전형임을 내세우고, 탑에 대한 견해도 그런 바탕에서 출
발할 것이다. 한 무더기의 작은 돌덩어리가 무슨 피를 흘려 지킬 가치가
있겠는가. 나는 안다. 우리가 싸워 지켜낸 것은 겨우 우리들 자신의 개 같

은 목숨에 지나지 않는다는 것을. 그러나 나는 역겨움을 꾹 참고 말했다.

"중지시켜 주십시오."

중위는 내게 한쪽 눈을 찡긋 감아 보이면서 고개를 끄덕였다. [···중략···] 배불뚝이 미군 중사는 불도저 위에서 뛰어내리며 투덜거렸다.

"노란 놈들은 이해할 수 없단 말야." [···중략···]

우리는 전사자의 시체와 장비를 싣고 그곳을 떠났다. 차가 바나나숲을 채 돌아가지 못해서, 나는 불도저의 굵직하게 가동하는 엔진 소리를 들었다. 불도저는 빈 터의 가운데로 돌격했고, 떠받친 탑이 기우뚱했다가 무너져 자취를 감추었다. 탑의 그림자마저 짓이겨졌을 것이다.[12]

베트남 전선에 투입되어 사선을 넘어다닌 경험을 지닌 작가가 전쟁이 갖는 보편적인 참혹성뿐 아니라 문명간의 갈등을 엿본 것은 결코 범상한 관찰에서 얻어진 것은 아니다. 「탑」 이외에 베트남 전선에 파견되기 전 파병용사의 전쟁 교육을 담당하는 특교대의 생활을 그린 「몰개월의 새」에서 황석영은 곧 전쟁의 소모품이 될 한 상병과 특교대 기지촌 '몰개월'의 작부 미자와의 짧은 만남을 얘기했다. 한 상병은 곧 베트남 전선으로 떠났고 미자는 '몰개월'에 남아 같은 생활을 계속할 것이다. 문화의 후진성이라 스스로 비하했던 우리의 정서와 전쟁 기계들을 양산하는 거대한 산업문명인 소위 '서구문명' 합리성과의 차이를 작가는 한 상병과 미자와의 인연 속에서 끄집어냈다.

미자가 면회 왔을 적의 모습대로 치마를 펄럭이며 쫓아왔다. 뭐라고 떠드는 것 같았으나 한 마디도 알아들을 수가 없었다. 하얀 것이 차 속으로 날아와 떨어졌다. [···중략···]

나는 승선해서 손수건에 싼 것을 풀어 보았다. 플라스틱으로 조잡하게 만든 오뚜기 한 쌍이었다. 그 무렵에는 아직 어렸던 모양이라, 나는 그것을 남지나해 속에 던져 버렸다. 그리고 작전에 나가서 비로소 인생에는 유치한 일이 없다는 것을 알았다. 서울역에서 두 연인들이 헤어지는 장면을 내가 깊은 연민을 가지고 소중히 간직하던 것과 마찬가지로 미자는 우리들 모두를 제 것으로 간직한 것이다. 몰개월 여자들이 달마다 연출하던 이별의 연극은, 살아가는 게 얼마나 소중한가를 아는 자들의 자기 표현임을 내가 눈치챈 것은 훨씬 뒤의 일이다. 그것은 나뿐만 아니라, 몰개월을 거쳐 먼 나라의 전장에서 죽어 간 모든 병사들이 알고 있었던 일이었다.[13]

물론「몰개월의 새」의 중심은 '이별'에 있다. 그러나 소설의 주인공이 달마다 작부들이 연출하는 이별의 의식에서 인연이라는 우리 정서의 매듭을 찾은 것은 삶의 소중함과 함께 전쟁 중 '서구문명'과의 대립에서 버텨 나갈 자양분이었다.[14] 또한「탑」의 계열에 들면서 부도덕한 전쟁의 전투 부적격자로 낙인찍힌 한 장교의 귀환을 그린「낙타누깔」은 베트남 전쟁을 소재로 한 황석영 문학에서 폭과 깊이를 지닌 역작이다. 미군에게서 시작한 풍조로 성 유희도구인 '낙타누깔'이 한국병사들에게 애용되는 것을 작가는 예사로 넘기지 않았다. 베트남 아이들이 정확한 한국 발음으로 이 성 유희도구를 팔 때 한국군은 미국에 기생하는 적으로 조롱받고, 거리에서 흑인 병사와 주인공이 베트남인과 시비가 붙었을 때, 베트남 순경의 당당한 태도, 좌·우라는 인의적인 틀에 상관없이 한 베트남 청년이 보여주는 그들의 자존심과 주체성 앞에서 우리의 정체성이 흔들릴 때 작가는 이 전쟁의 진실에 대해 의문한다.

흑인 병사가 계집애의 뒷덜미를 풀어 주었다. 경찰이 "어린애 때리는 거 나쁘다. 당신 돈 십 불 줘야만 한다"라고 못박으면서 손을 내밀었다.

흑인이 펄쩍 뛰며 흰 눈자위를 크게 드러내 보였다. "돈, 무슨 돈?" "저 소녀 물건 모두 부서졌다. 돈 십 불 내라." "필요 없다. 저 애가 길에 떨어뜨렸다." "돈 안 주면 당신 아이 디 카드 내놔라." "네가 뭔데?" "나 국립경찰." "우리는 연합군인데." "연합군 관계 없다. 돈 내라. 안 주면 당신네 큰사람에게 보고한다." 보다 못한 내가 주머니에서 군표 십 불짜리를 꺼내어 그에게 내밀었다. 경찰은 낯이 벌겋게 달아올라 화를 발락 냈다. "당신 뭐야, 미국 사람 저 물건 깨뜨렸다. 따이한 돈 필요 없다." 흑인 병사도 격노해서 고함쳤다. "이 냄새나는 동양놈아. 너희는 거지 같은 구욱이다. 구욱! 이 더러운 데서 우리는 너희 때문에 싸운다. 다친다. 죽는다." 모여들었던 군중 틈에서 헬쑥한 청년 하나가 나서더니 정면으로 우리를 쏘아보며 소리쳤다. "우리 때문이 아니다. 너는 네 형제들이 미워하는 정부의 체면을 지키러 여기 온 것이고, 또 너는 그 나라의 체면을 몸값으로 치러주려고 왔다. 둘 다 가엾은 자들이다. 우리는 원하지 않으니 모두 네 형편없는 고장으로 돌아가라. 우리는 바나나와 망고만 먹고도 산다. 굶어 죽지도 않고, 폭탄에 맞아 죽지도 않는다. 꺼져라. 내 나라에서."[15]

참전 전, 전쟁의 한 가운데, 귀환의 상황을 다룬 세 편의 소설에서 황석영은 베트남 전쟁에 참전한 우리의 모습이 용병의 역할을 잘못 담당한 정체성이 결여된 행동이었고, 얼마나 의미 없는 행위였던가를 일깨워 주었다. "군인의 명예란 언제나 국가가 추구하는 옳은 가치를 위해서 목숨을 거는 데 있다고 나는 믿어 왔다. 그런데 전장에서 돌아온 나는 내 땅에 발을 디디면서 조금도 자랑스러운 느낌을 갖지 못하였다. 나는 갑자기, 국가가 요구하는 바는 언제나 옳은 가치인가를 스스로에게 묻고 싶어졌다. 자신이 이 거리를 본의 아니게 방문하고 보니, 마치 침입한 꼴로 되어 버린 불청객인 듯 여겨졌고, 같은 기분이 들었던 그곳 도시에서의 휴양 첫날이 생각났다."[16] 더 나아가 거대한 서구문명이 필수적으로 생산하게 될 추잡한 잉여물인 저급문화로부터 우리는 구속받을 것인가? 아니면 극복할 수 있을 것인가?라고 작가는 진지하게 고민한다. "연거푸 헛구역질을 하는 나를 향하여 누군가 빤히 올려다보고 있었다. 그것은 깊숙하게 뚫린 변기 구멍 위에 얹힌 낙타누깔이었다. 퀭하니 흡뜬 사자의 썩어 문드러진 눈이 되어 그 바닥 없는 어둠은 나를 조용히 응시하고 있는 듯했다."[17] '낙타누깔'로 상징화된 서구문명의 저급 문화가, 미국이라는 거대한 손에 억지로 끌려 마지못해 떠밀려 개입한 이 전쟁에서 헐값으로 방매된 젊은 생명의 목숨이 그처럼 많이 은닉된 상황에서 또다시 죽은 자의 눈이 되어 우리를 지배해서야 되겠는가?

5

황석영의 장편소설 『무기의 그늘』은 저자가 직접 체험한 베트남전이 배경을 이룬다. 이야기 전개면에서 보면 어느 특정인물을 주인공으로 하여 소설을 이끌기보다는 한국군, 미군의 장교와 사병들, 사이공 정부군과 민족 해방전사의 전사들, 월남의 소시민과 농촌 가정, 장사꾼과 매춘부를 총망라하는 수많은 인물들을 중심으로 어느 하나 범상하지 않은 체험의 무게로 소설의 진실성을 획득했다. 한국 민주주의 발전의 조그만 승리로 기록되는 1987년 6월 항쟁의 국민적 열기에 대한 '대폭적 양보'와 '전면적 항복'의 내용을 담은 6·29 선언 이후로 제5공화국은 몰락하고 6공화국이 들어섰다. 그러나 이어 벌어진 문익환 목사, 서경원 의원, 임수경 학생, 또 황석영 자신의 방북 사건을 빌미로 삼아 6공화국 정부는 낡은 반북 이데올로기를 강화했다. 이런 이유로 작가는 직접 수상할 처지에 놓이지는 못했지만 '창

작과비평' 사는 제4회 만해문학상 수상작으로 『무기의 그늘』을 선정
했다. 선정 이유로 위원들은 "작가는 제국주의 침략전쟁의 본질과
피압박민중의 고난, 그리고 참된 정의와 평화의 원천이 무엇일지에
대한 심각한 사색을 빠른 템포의 소설적 형상들로 제시하고 있다. 심
사위원들은 무엇보다도 이 작품이 20년전의 남의 나라 전쟁을 묘사
함으로써 우리 분단조국의 운명을 간접적으로 시사하고 있음에 유의
하고 이를 높이 평가하였다"[18]라고 밝혔다.

  박영한의 『머나먼 쏭바강』을 시작으로 이상문의 『황색인』, 이원규
의 『훈장과 굴레』, 안정효의 『하얀 전쟁』, 그리고 지요하의 『회색 정
글』 등 베트남 전쟁소설의 계보에서 황석영의 작품이 큰 의미를 갖
는 것은 베트남 참전이 우리 현대사의 생생한 일부임을 각인시켰고,
제국주의와 민족주의 문제가 적실한 관심사인 우리에게 올바른 방향
타를 제시했다는 것이다. 『머나먼 쏭바강』이나 『하얀 전쟁』 등이 헐
리우드식 상투성을 무기로 영화나 TV드라마로 성공했을 때 소설적
진실로만 남은 이 작품은 작가가 밝혔듯이 앞으로 그가 써야 할 여러
작품들의 출발점 역할과 민족민주운동을 다루는 소설들의 한 유형이
되었다.

  소설은 사선을 뛰어넘던 전선에서 수사대로 차출되는 안영규 상병
으로 시작된다. '아무것에도 감동하지 않고 고통이나 분노마저' 겉
에 드러나지 않고 '감정이 볕에 새까맣게' 그을어 버린 전투원들이
'단 보름 동안이면 그렇게 찌끄러뜨리고 두들겨서 타 버린 빈 깡통'
처럼 변화되는 이 의미 없는 전쟁의 소모품이던 안 상병은 수사요원
으로써 군수물자가 암거래되는 추악한 비리의 현장으로 들어간다.
작가는 안 상병의 눈을 통하여 베트남 전쟁의 자본주의적 성격을 보
여주고, 이 구조 위에 형성된 거대한 피라밋 조직의 마켓팅 정점에는
미국이 있다고 단언한다. '중병에 걸린 베트남'을 치료하기 위해, 그

래서 '베트남을 건강'하게 만들기 위해 치료를 담당하고 있다는 미국의 사탕발림의 이면에는 미국이 대외원조를 통해 베트남을 비롯한 저개발국가들을 자본주의의 사슬로 묶겠다는 저의가 있었다.

미국의 대외원조는 다음과 같은 목적과 결과에 의하여 분류함. 미국의 세계적인 군사정치 정책을 수행하기 위한 것. 문호개방정책, 즉 천연자원에 대한 접근의 자유, 무역, 미국 기업의 투자기회를 얻기 위한 것. 무역과 투자기회를 찾는 미국 기업에게 즉각적인 경제적 이득을 주기 위한 것. 저개발국가에서의 경제발전이 확고하게 자본주의 방식에 따라 뿌리를 내리도록 보장하기 위한 것. 원조수취국들이 점점 더 미국의 다른 자본시장에 의존하도록 만들기 위한 것. 확대된 차관에 따른 부채는 거래중심국 자본시장에 대한 원조수취국들의 구속사슬을 영속화시킴.[19]

의로움을 저버린 전쟁에서 필연적으로 볼 수 있는 부정과 거짓이 이 전쟁에서 모순과 부조리에 얽혀 넘쳐 흐르고 불합리하고 부도덕한 욕망이 도처에 깔려 있다. 제국주의 성격이 짙은 미국의 참전이 이처럼 베트남을 황폐하게 만들었다. 이는 우리가 이미 겪었고 또한 겪고 있던 슬픔이었다. 의정부에서 PX의 행정을 맡아 보다 세 사람의 미군과 동거하고 그후 베트남으로 건너와 베트남 정부군 소령 팜꾸엔을 만나 마지막 기회인 '한 건'을 기대하며 월남 국적을 취득한 오혜정의 기지촌 생활에서의 기억을 통해 작가는 우리의 현실을 고발한다.

여기에서의 생활과 사물들이 미군의 매개로 다시 생명을 되찾게 된 것에 안도한다. 미군의 주둔은 이런 마취된 안도감들과 굳게 연결되어 있다. 구두닦이 소년은 그의 더러운 손끝에서 파아란 연기를 올리며 타고 있는 쎌렘 담배 때문에 자신을 둘러싼 지겨운 삶의 조건들과 곧 화해한다. 양키가 머물 때에만 이 축제는 지속될 수 있는 것이다. 축제를 장식할 모든 물건들은 끊임없이 새끼를 쳐서 서로 그물망처럼 굳게 연결되어 밖으로 아무것도 새어 나가지 못하게 울타리를 쳐놓는다. 저 피의 밭에 던진 달러, 가이사의 것, 그리고 무기의 그늘 아래서 번성한 핏빛 곰팡이꽃, 달러는 세계의 돈이며 지배의 도구이다. 달러, 그것은 제국주의 질서의 선도자이며 조직가로서의 아메리카의 신분증이다. 전세계에 광범하게 펼쳐진 군대와 정치적 힘 보태기, 다국적 기업망의 그물로 거두어진 미국 자본의 기름진 영양 보태기, 지불과 신용과 예금의 중요한 국제적 매개체로 정착된 달러 보태기, 다국적 은행의 번창 등의 결합 위에 핏빛 꽃은 피어난다.[20]

베트남 전쟁이라는 역사의 특수상황과 미국이라는 초유의 자본주의가 결합되어 벌어지는 이야기를 다룬 『무기의 그늘』은 분단조국을 사는 우리에게 강렬한 경종을 울려 주었다. 1980년대 말 이 작품이 나올 때 베트남은 그 오랜 전쟁과 가난, 죽음의 긴 터널을 빠져 나와 활기 넘친 사회로의 변모를 준비 중이었다. 이는 내전이 끝나고 외세의 개입으로부터 벗어나 통일 독립국가를 건설할 수 있었기 때문이었다. 이런 정세와 맞물려 우리는 이 소설을 통해 패망이라 듣고 교육받았던 베트남 전쟁의 진실을 베트남 국민의 민족해방과 분단된 민족의 재통일이라는 큰 테두리로 이해하게 되었고, 관제 정보나 언론에 기대어 알 수밖에 없었던 상식을 벗어나, 베트남 전쟁을 세계사적인 지배 전략구도로 보게 되는 소중한 자원도 얻게 되었다. 우리는 작품이 씌어진 시대, 더 나아가 지금의 우리 현실을 새롭게 조명해 남북한의 통일이 단순한 체제 통합의 차원을 넘어 민족의 동질성을 회복하는 과정으로 발전할 수 있는 계기를 마련해야만 하고, 아직도 해결되지 않은 통일된 한국의 문제를 논의할 그날을 위해 우리는 문학으로부터 교훈을 얻어야 한다.

1) 미국 정부는 1964년 미군 구축함에 대한 북베트남의 어뢰정 공격을 빌미로 삼은 소위 통킹만 사건 이후 전쟁에 직접 참가해 1968년까지 미지상군의 투입을 54만 명으로 확대했고 전비 또한 약 300억 달러나 쏟아 부었다.

2) 베트남 전쟁 반대운동은 세계 평화운동과 행동을 같이하여 국제적으로 '여론이라는 새로운 대국'을 출현시켰다. 베트남 반전운동 중 가장 주목할 사건은 1969년 10월 15일을 '베트남 반전의 날'로 정한 것이다. 이후 계속된 반전운동으로 미 국방부는 베트남 전쟁의 실상에 대해 조사 연구하고, 이것을 47권이나 되는 『미국방성 비밀 보고서』로 총정리했다. 그 내용이 『뉴욕 타임즈』에 실리면서 미국의 베트남 전쟁이 허상이었다는 것이 드러났고, 이에 반전운동은 큰 힘을 받게 되었다. 이는 국제적인 연대로 강화되어 베트남에 대한 북폭 중지→프랑스 파리에서의 베트남 평화회담→미군 철수→전쟁 종결로 이어졌다.

3) 비전투 부대인 비둘기부대의 파견에 이어, 곧 전투 부대인 청룡, 맹호부대를 파병함으로써 베트남에 주월한국군 사령부가 설치되었다. 미국의 증파 요청에 따라 군단급 규모의 국군이 파병되었으며, 이는 미국 다음가는 많은 숫자였다. 당시 우리 정부에 대한 미국의 파병 요청은 집요했다. "미국은 주한미군 철수와 원조 삭감 등을 무기로 한국 정부에 압력을 넣으면서, 다른 한편으로는 한국 방위에 대해 구속력 없는 공약을 거듭 반복하는 방식으로 자신의 요구를 관철시켰다. 한국이 미국으로부터 개입의 대가로 얻어낸 가장 포괄적이고 공식적인 보장은 전투부대 증파 결정 시기의 "브라운 각서"였다. 그것은 1966년 3월 4일 이후 3차에 걸쳐 전달되었다. 그것은 군사 원조와 경제 원조의 두 부분으로 나뉘어 있으며, 군사 원조는 한국군 현대화에 대한 지원과 주월 한국군 수당의 지급을 보장하였고, 경제 원조는 군원 이관의 중단과 소요 물자의 한국 구매

와 국제 개발국 차관 및 계획 차관 제공 등을 보장하고 있다."

김광덕, "미국의 동북아 정책과 한국 사회", 『청년을 위한 한국 현대사』, 박현채 엮음, 소나무, 1992. p.239 참조.

4) 위의 책, pp.239~240 참조.

"정치 활동 정화법(1962. 3. 16.)을 제정하여 잠재적 도전세력들을 정치적 영역에서 배제하였으며, 반공법(1961. 7. 3.)과 국가 보안법의 강화 개정(1962. 9. 12.) 등을 통해 반대세력들을 검거·처벌하였다."

5) 이영희, "강요된 권위와 언론자유", 『전환시대의 논리』, 창작과비평사, 1974, pp.8~9.

6) 위의 책, p.9.

7) 프레밍의 이 말을 인용하면서 "비판이 허용되지 않는 사회는 개선과 향상이 없고 그 결과는 더 한층의 타락이며, 타락한 제도를 유지하려는 지배세력은 탄압에 호소하는 악순환 속에 침체할 수밖에 없다"라고 이영희 교수는 단언했다. 위의 책, p.15, p.21 참조.

8) 이영희, 『우상과 이성』, 한길사, 1977, p.8.

9) 이영희, "베트남 전쟁(Ⅱ)", 『전환시대의 논리』, 같은 책, pp.301~303. 또한, 이 글에서 미국방성 비밀 문서의 분석을 통해 통킹만 사건이 미국에 의한 계획이었음을 밝힌 뉴욕 타임즈 기자 닐 시한의 기사를 인용했다. "북베트남에 대한 폭격과 공공연한 육·해·공 삼면에서의 공격은 통킹만 사건 발생의 흥분의 결과로서 부랴부랴 대응조치로서 취해진 것이 아니다. 국방성은 이미 그에 앞서는 수 개월 전부터 북베트남에 대해서 은밀히 군사공격을 계속적으로 해 왔었다. 더욱이 중대한 사실은 대통령의 전쟁권 확대를 위한 선전포고나 다름없는 의회의 결의를 받아내기 위해 오랫동안 치밀한 계획을 세워 그에 따라서 행동한 결과가 통킹만 사건이라는 것이 비로소 밝혀졌다."

10) 1965년 3월 24일, 당시 미 국방장관이던 맥나마라에게 보낸 맥노톤 국

방차관보의 보고서에 의하면 미국의 베트남 전쟁 목적은 70% 이상이 미국의 체면 유지였고, 10% 미만이 베트남 국민을 위한 것이었다. 미국은 전쟁 초기부터 최악의 시나리오까지 상정하여 "만일, 최악의 경우에 이르러 남베트남이 붕괴하든가, 그 행동에 도저히 참을 수 없게 되어 남베트남을 버리기로 결정할 경우, 이때에는 '우수한 의사가 최선의 치료와 노력을 다했는데도 환자는 죽고 말았다'는 인상을 대외적으로 주도록 노력한다(맥노튼 국방차관보 작성, 〈남베트남에서의 행동계획〉 최종각서-1964년 9월 3일-국방비밀문서자료 제19)"라고 밝힘으로써 자신들의 위선적인 베트남 전쟁관을 극명히 보여주었다. 위의 책, pp.319~321 참조.

11) 임헌영, 『문학의 시대는 갔는가』, 평민서당, 1978, p.112.

12) 황석영, 「탑」, 『객지-황석영 소설집』, 창작과비평사, 1974, pp.398~400.

'탑'이라는 불교적 이미지에 작가가 모티브를 둔 것은 당시 베트남인의 종교적 성향을 잘 이해했기 때문이다. 이영희 교수 또한, 베트남 전쟁을 총평가하는 글에서 토착적이고 민족주의적인 불교도와 외래종교인 카톨릭과의 불균형이 비극적인 베트남 전쟁의 성격 중 하나라고 밝힌다. "인구 1,881만(1972)의 남베트남의 약 80%가 불교도이고, 11%가 카톨릭이다. 카톨릭 가운데는 1954년 북베트남에서 내려온 카톨릭 신자 약 30만(전체 약60~80만 중)이 포함되어 있다. 그런데 인구의 불과 11%밖에 안 되는 카톨릭이 남베트남 정부·군·관료 권력을 장악하고 있었다. 그 인구 대비에서 극단적인 '과도권력집중' 현상을 이루었다(Bernard Fall). 외래종교인 카톨릭이 서양 지향적이었음에 반해 불교도는 토착적이고 민족주의적이었다. 북베트남에서 도피해 온 배경이 그 반공적 성격을 극단화하였다. 그래서 사이공 군대의 장교단의 50% 이상이 이 인구비 11%에 지나지 않는 카톨릭이었다. 개중에는 최고의 지도자 가운데 극소수의 불교도가 없는 것도 아니지만 국가의 절대적 권력이 소수의 카톨릭이 독점하게 되었다. 카톨릭은 교육과 사회적 기회를 장악했기 때문에 모든 국가 운영의 엘리트를 형성했고 카톨릭 정권이 하는 일이면 그것이 무엇이든 지지하는 가장 강력한 정치적 토대가 되었다. 불교는 그 자체적 성격 때문에도 그랬지만 카톨릭 정권의 강력한 작용으로 인해서 반카톨릭 정권, 즉 반사이공 정권적 성향을 짙게 갖게 되었던 것이다." 이영희, "베트남 35년 전쟁의 총평가", 『우상과 이성』, 같은 책, pp.212~213.

13) 황석영, 「몰개월의 새」, 『다시 읽고 싶은 소설』, 삼문, 1993, p.47.

14) 황석영이 베트남 전쟁에 관한 일련의 작품을 통해 조심스럽게 내비친 동양문화와 서양과의 갈등은 베트남 식민지전쟁을 일으킨 서구국가의 명백한 잘못이다. "우리 프랑스인이 범한 제1차 인도지나전쟁은 그 전쟁목표로서 식민지의 재정복, 피식민지 민족의 진정한 독립의 거부, 마침내는 아시아의 전술지점에서의 반공·자유 세계의 방위라는 따위의 명분 아래 행해졌다. 심지어는 기독교 문명의 방위라는 주장까지 동원될 지경이었다. 그런데 이 문명이라는 것이 다름 아닌 아우슈비츠의 살인수용소, 드레스덴 무차별 폭격, 히로시마 원폭투하를 서슴치 않은 문명인 것이다. 그러나 미국에 의한 제2차 인도지나전쟁은 이보다도 더한 수치스러운 잔학행위의 기회가 되었다. 초토화하는 B52의 무차별 폭격에서부터 고엽제에 이르기까지 베트남은 미국의 무기시험장으로 이용되었다." 프랑스 『르 몽드』의 한 사설, 이영희, "베트남정전협정의 음미", 『우상과 이성』, 같은 책, pp.225~226에서 인용.

15) 황석영, 「낙타누깔」, 『객지-황석영 소설집』, 같은 책, pp.212~213.

16) 위의 책, p.209.

17) 위의 책, p.222.

18) "제4회 만해문학상 발표", 『창작과비평』, 1989 겨울호, p.437.

19) 황석영, 『무기의 그늘(상)』, 창작과비평사, 1992, p.162.
20) 위의 책(하), pp.270~271.